मात और मात

(कहानी-संग्रह)

मात और मात

नीला प्रसाद

भारतीय ज्ञानपीठ

लोकोदय ग्रन्थमाला : 1420

ISBN 978-93-87919-83-9

मात और मात

(कहानी-संग्रह)

नीला प्रसाद

प्रकाशक : **भारतीय ज्ञानपीठ**

18, इन्स्टीट्यूशनल एरिया, लोदी रोड, नयी दिल्ली-110 003

मुद्रक : भारतीय ज्ञानपीठ, नयी दिल्ली

आवरण : महेश्वर

MAAT AUR MAAT
(Short-stories)
By Neela Prasad

Published by
Bharatiya Jnanpith
18, Institutional Area, Lodi Road, New Delhi-110 003
Ph. : 011-24698417, 24626467; 23241619 (Daryaganj)
Mob. : 9350536020; e-mail : bjnanpith@gmail.com
sales@jnanpith.net; website : www.jnanpith.net

First Edition : 2020
Price : Rs. 220

माँ चन्द्रकान्ता प्रसाद और बाबूजी दिनेश्वर प्रसाद को
जो साथ न होते हुए भी
अपनी सीखों, भावनाओं और विचारों में
साथ हैं निरन्तर

अनुक्रमणिका

मात और मात

मात और मात

आधी रात का वक्त है। उस सोए और उदास-से शहर में एक गली के अंत में बने गेस्टहाउस की पहली मंजिल पर अकेली रहती अनिद्रा की शिकार हो चुकी मैं बड़ी मुश्किल से कुछ मिनट पहले सोई थी कि लगभग चीखने के स्वर में हो रही बातचीत ने जगा दिया।

उनींदी मैं चौंक कर सहम-सी गई, फिर आवाजें पहचानने की कोशिश करने लगी। नींद पूरी तरह टूटते ही मैं समझ गई कि यह तो एक अकेली आवाज थी, जो मेरे ठीक सामने के कमरे से आ रही थी और डरने जैसी कोई बात थी नहीं।

वह फोन पर चीखती-सी आवाज में कह रही थी—

'अच्छा! आप भी गजबे करते हैं। एही समय मिलता है आपको फोन करने को?...'

ऊँची, बेसुरी आवाज की हें... हें करती हँसी ने मुझमें कोफ्त पैदा की। फिर बगल के कमरे में उसके ठहाके ऊँचे होते गए और इस कमरे में मेरी कोफ्त पहाड़ की ऊँचाई ग्रहण करती गई। पर नींद टूट चुकने के बाद उसकी बातचीत सुनने के सिवा कोई चारा था कहाँ! कुछ क्षण बर्दाश्त करते रहने की स्थिति के बाद मुझे बगल के कमरे की बातचीत में अपने-आप थोड़ी रुचि पैदा होने लगी।

"अरे पतरकार (पत्रकार) साहेब? छोड़िए ऊ सब और ई बताइए कि तीन दिन कहाँ गुम रहे? अच्छा किसी दूसरी थानेदारिन के पीछे थे? पर इ सहर में तो और कोई थानेदारिन हइए नै है...(ठहाका) बाकी सब जो है, इंटीरियर में है... सहर का पोस्टिंग सबको नहीं न मिल सकता है—ऊ भी माफिया का सहर में, ऊ भी माफिया के घर के ठीक सामने वाला थाना में... (कुछ क्षणों तक फोन पर दूसरी ओर जो थे, उनकी सुनते रहने के बाद) ...हमको बना रहे हैं का... रोज एक करोड़ का 'सीधा' पहले वाले सिटी एस.पी. लेते थे... जब तक 'सीधा' सामने टेबल पर रखा नहीं जाए, रात का खाना खैबे नै करते थे, बीवी चाहे जेतना पुचकार ले... अब वाले ओतना नै लेते हैं, पर कोई कम भी नै लेते हैं... आपको मालूम नै है का... हाँ, हाँ

हमको बनाइएगा... हम जानते नै हैं का... कि पतरकार केतना घाघ होता है... और एगो हमरे थाना है सहर में का?... एहीं पकड़ा-पकड़ाई होता है? एहीं बयान बदलाता है? सुन लीजिए... मेरे थाना में रिपोर्ट दर्ज नहीं हो, होइए नै सकता है। हम साफ बोल के रखे हैं कि कोई भी आए, सच-झूठ जो केस हो, पहले दर्ज करो... बाद में देख लेंगे... वैसे भी इ सहर में दुइए ठो तो कामे है... लड़का-लड़की साथे भाग जाए तो खोज के लाओ और दुसरा ई कि उगाही करो... ओ, तो आपको एफ.आई.आर. लिखाना है कि आपका दिल गुम हो गया है और थानेदारिन खोज नहीं रही है खूबे आदमी हैं आप! अच्छा, एफ.आई. आर. नहीं लिखने तक मेरा पीछा कीजिएगा? वेनु गोयल का पीछा कर-करके जाने केतना लोग निरास हुए, जाने केतना बिला गए लॉक अप के अंदर, पता लगा-लगा के जाने केतना पतरकार थक गए, कोए पता नै लगा सका... आपको भी उसी लाइन में आना है थाना के अंदर?... अच्छा, रात को आएँगे? जब हम रात-भर वहीं रहने को हों?... पतरकार साहेब सँभल के... मेरा हँसी जो अभी आपके दिल में गाना जैसा बज रहा है, तब आपको पुलिस सायरन जैसा लगने लगेगा... डंडा का माफिक चुभेगा। उहाँ का हम अकेले रहते हैं?! अरे, हम थाना इंचारज हैं, इंचारज... सिपाही, लाइनमैन, ट्रैफिक वाला, ड्राइवर, जीप-सब आगे-पीछे रखते हैं... ऐसहीं दौड़ जाएँगे एक मिनट में वारदात का सूचना मिलते ही?... नहीं, हम थोड़े मारते-पीटते हैं किसी को... जूनियर सिपाही सब काहे को साथे रहता है... हमको गाली देने का आदत नहीं है... निकलबे नै करता है मेरे मुँह से गाली... (हें, हें...हं, हं...) अभी तो कह रहे थे कि गाली देते सुनना चाहते हैं... अब का हुआ? हम सब समझ रहे हैं... काहे को एतना मीठा-मीठा बोल रहे हैं... सब पतरकार ऐसहीं घाघ होते हैं... मीठा-मीठा बात करके केस का डिटेल उगलवाना चाहते हैं... पर सँभल के! हम वेनु गोयल हैं, एतना आसानी से नहीं बताएँगे... अभी कैसे बता सकते हैं कुछ... ऊपर से पूछना पड़ेगा... काहे बताएँ आपको कि का बयान दिया? आप तो झट से छाप देंगे और भोरे-भोर एस.पी. साहेब का फोन हमको मिलेगा कि वेनु, ज्यादा स्मार्ट बन रही हो? ...ऐसे केस बिगाड़ोगी और थाना इंचारज बनी रह पाओगी? अखबार में छप जाने के बाद का कर पाएँगे हम... हाँ, हाँ, काहे नहीं?... आप तो एही सोचेंगे कि चिंता ई है कि तब उगाही कैसे होगा और कैसे पहुँचेगा ऊपर? अरे, आप तो सब जनवइया (जानने वाले) हैं जैसे!!... ऊपर वाले से कुछ उगलवाके दिखाइए... (हें, हें, हें...) सब कॉन्फिडेंसियल है... हाँ, आप तो बोलबे कीजिएगा कि कोई दिल वाली औरत होती तो... थानेदारिन दिल रखेगी तो केस पकड़ेगी? चलिए रखिए फोन... यहाँ आपका दाल नहीं गलेगा...''

फोन काट दिया गया और प्लेटों की खटर-पटर सुनाई देने लगी। वह शायद

टिफिन बॉक्स से खाना निकाल रही थी। पर वह खुश थी। कमरे से निकल कर चप्पल फटकारते बाथरूम जाने और वापस आते गुनगुनाने की आवाज साफ सुनाई दी।

फिर शांति छा गई। मैंने खिड़की से बाहर देखा। कमरे से लगभग सटे उगे दो विशाल, छाँहदार, घने पेड़ अँधेरे में दानवों की तरह खिड़की को खा डालने को उतारू दिख रहे थे। सड़क के उस पार वाली बिल्डिंग में नीचे एन्ट्रेंस के बरामदे पर एक अकेली लाइट जल रही थी। सड़क के अँधेरे को छेदती स्ट्रीट लाइट भी एक अकेली ही मौजूद थी। स्ट्रीट लाइट की छाया से सड़क पर बनती आकृतियाँ रोज जैसी ही डरावनी थीं!... और था रोज की तरह रात के इस समय पसरा रहने वाला घना सन्नाटा—बाहर भी और मन के अंदर भी!! एक वेनु जी हैं जो अलग-अलग पोस्टिंग निभाती, लगातार परिवार से अलग रहती, दिन-रात काम में डूबी खुश-खुश जीती हैं और एक मैं हूँ, जिसे मध्यवय में पहली बार परिवार से अलग रहने की मजबूरी आई तो एक-एक दिन काटना मुश्किल हो रहा है।

मैं जाने कितने तरह की भावनाओं से गुजरने लगी। एक-दूसरे में गुँथी हुई उन भावनाओं को एक-दूसरे से अलग करके देखना बहुत मुश्किल लगा। वेनु जी और पत्रकार साहब का यह अपना हित साधने का खेल है कि सचमुच विवाहेतर प्रेम? पत्रकार जी शादीशुदा हैं या कुँवारे? और वेनु जी? क्या वे कुँवारी हैं? उम्र क्या है उनकी? फ्लर्टेशन भरी बातचीत को प्रेम समझ लेने की उम्र से बाहर आ चुकी हूँ। यह कोई पहला मौका तो है नहीं, इस तरह की बातचीत सुनने का। इसका हश्र भी जानती हूँ। शायद अकेली और उदास होने के कारण ही इस बातचीत के बारे में इतना ज्यादा सोच रही हूँ। उनका मामला है—वे ही जानें। निबटे वह पत्रकार और निबटें थानेदारिन जी... 'चलो भई, सोने की कोशिश करो'—मैंने खुद को आदेश दिया और अपना आदेश मान, सोने की कोशिश सचमुच करने लगी। कुछ देर बाद लगा कि यह प्रेम में न होने पर भी नींद नहीं आने की परेशानी, प्रेम में झेली जाने वाली परेशानियों से कम है क्या? रात भर जागने की सजा मिली, पर प्रेम नहीं मिला तो मेरा तो दुहरा नुकसान हुआ न! उस रात खुद पर हँसती, तमाम बेमतलब की बातें सोचती मैं लगभग सुबह हो जाने तक जागी रह गई।

*

गेस्ट हाउस में मेरे कमरे के बाहर एक निहायत पतली गैलरी थी—दो फुट की। उसमें आमने-सामने के कमरों में हम रहते थे। मैं—शहर की सबसे बड़ी कोयला कंपनी की वरिष्ठ अधिकारी और वह—माफिया के शहर के सबसे महत्वपूर्ण थाने की थाना इंचार्ज। वैसे बातें हम आपस में न के बराबर करते थे। एक तो वह बहुत

व्यस्त रहती थी, उसके आने-जाने का कोई निश्चित समय भी नहीं था, दूसरे यह कि मुझे पसंद नहीं था कि कोई थाना इंचार्ज कंपनी गेस्ट हाउस में जबरन रहे और सभी संसाधनों पर अपना सबसे पहला हक समझे। तुर्रा यह कि वह खुले आम मेरी कंपनी के पेट्रोल पंप से अपनी जीप में पेट्रोल डलवाती थी और मैं अपने प्रशासकीय दायित्वों के तहत उसकी जीप के लिए पेट्रोल रिलीजिंग वाउचर साइन करने को मजबूर थी। मैंने आपत्ति उठाई थी पर बॉस का स्पष्ट निर्देश था कि जब वरिष्ठतम अधिकारी तक को कोई आपत्ति नहीं, मैं व्यक्तिगत स्तर पर इसे कोई मुद्दा न बनाऊँ, और याद रखूँ कि हमारा ऑफिस उसी के एरिया में आता है। वक्त-जरूरत लॉ ऐंड ऑर्डर बनाए रखने में मदद वही करती है। वैसे भी यूनियन की बहुलता और मिलिटेंसी के कारण उसकी मदद की जरूरत आती ही रहती है। मुझे यह भी भूलना नहीं चाहिए कि वह चाहे तो समय पर पुलिस न भेज कर हम अधिकारियों की सुरक्षा खतरे में डाल सकती है। बॉस का कहना था कि वह बहुत भली महिला है— कॉल करते ही पुलिस दौड़ा देती है और उसकी जीप के पेट्रोल का खर्च हमारे जैसी बड़ी कंपनी के लिए क्या है? ऊँट के मुँह में जीरा बराबर भी नहीं! इतना नगण्य कि चर्चा योग्य तक नहीं! फिर भी यह पेट्रोल वाला मामला नैतिकता की दृष्टि से मेरे गले की फाँस बना हुआ था। मैं बॉस की इस राय से इत्तेफाक नहीं रखती थी कि वह ईमानदार है, बल्कि मुझे तो पक्का यकीन था कि वह अति भ्रष्ट है। मैं उसे दिन में कई बार कुछ सेकेंड के लिए कमरे में आते देखती। फिर आलमारी खोलने-बंद करने की आवाजें आतीं और वह रफूचक्कर हो जाती। मुझे यकीन होता जाता कि वह ऊपरी कमाई के पैसे आलमारी में छुपाने ही आती है। वह नहाने भी जाती तो अपने कमरे में ताला लगा कर, ताकि मैं देख न पाऊँ कि उसके कमरे में क्या-क्या रखा है... पर उसके दुर्भाग्य और मेरे सौभाग्य से ऐसे अनेक मौके आए जब आधी रात उसके कमरे में सामान जाते या वहाँ से निकलते—हाँ, हाँ, मुझे पक्का यकीन है, जबरन माँगा या लूटा गया सामान आते-जाते—मैंने देख लिया। कई बार किसी दुकान वाले को फोन करते भी मैं सुन चुकी थी। वह कठोर आवाज में अपने जूनियर पुलिस वाले से कह रही थी—'पइसा माँग रहा है? इ जान के भी कि सामान वेनु गोयल के इहाँ जाना है? का सोचता है कि जाड़ा में मेरा बच्चा लोग पाँचो किलो ड्राइफ्रूट नहीं खाएगा? कोई जादे माँग रहे हैं?' इसी तरह कभी आधी रात को खटर-पटर सुन कर मैं उठती और कमरे से बाहर झाँकने जाती तो वह मैट्रेस के सेट बगल के उस छोटे कमरे में रखवाती पाई जाती जिस पर वह जबरन कब्जा किए हुए थी। मुझे बड़ी शान से वह बता चुकी थी कि राँची में अपने घर पर ही लेडीज हॉस्टल खोलने का उसका इरादा है। क्या करेगी दूसरे, तीसरे, चौथे तल्ले के इतने सारे कमरों का? लेडीज हॉस्टल खुलेगा तो जाहिर है कि वहाँ बिस्तरों के लिए गद्दे चाहिए होंगे, जो उसे अपनी

पोस्टिंग वाले शहर से ही मुफ्त में मिल सकते थे। कभी कोई फर्निचर, कभी कुछ और...फ्लैट का वह छोटा कमरा मुफ्त के सामानों से भरता जाता और किसी रात ट्रक से राँची रवाना कर दिया जाता। कभी-कभी तो समान इतना ज्यादा होता कि कुछ सामान अगली ट्रिप के लिए रख छोड़ना पड़ता। अमूमन हर बार मैं देख लेती—चाहे या अनचाहे! इसी कारण मैं उससे कोई लगाव नहीं महसूसती थी और किसी सुबह अपने कमरे में वह बैठी दिख जाए, तब भी बात करने से कतराती थी। मैं उससे दिल से जुड़ने की तो कोई कल्पना तक नहीं कर पाती थी।

जब मुझे कंपनी गेस्ट हाउस में कमरा अलॉट किया गया तो प्रशासन विभाग के महाप्रबंधक व्यंग्यात्मक स्वर में बोले—''लीजिए, सिक्योरिटी के साथ कमरा दे रहे हैं।'' उनका इशारा बगल में रह रही थानेदारिन की ओर था। क्या वे चाहते थे कि वह किसी तरह कमरा छोड़ दे? उस वक्त तो मुझे ऐसा ही लगा पर बाद में पता चला कि बात इतनी सीधी नहीं थी... दरअसल वह उस कमरे पर भी कब्जा किए हुए थी, जो मुझे अलॉट किया जा चुका था। वह कमरा खाली करने को तैयार तब हुई जब उसे पता चल गया कि मैं कंपनी में किस पद पर हूँ और इससे भी ज्यादा इस जानकारी के कारण कि मेरे एक रिश्तेदार इसी शहर में जिस पद पर हैं, वे उसका अहित आसानी से कर सकते हैं। इस तरह उस बिल्डिंग में कंपनी गेस्ट हाऊस के तौर पर इस्तेमाल हो रहे तीन बेडरूम वाले कई फ्लैटों में से एक फ्लैट के एक बेडरूम पर मेरा अधिकार कायम हुआ और बाकी दो पर उसका अधिकार बरकरार रहा। बाथरूम एक मेरा, एक उसका। ड्राइंग रूम दोनों का साझा। पर मेरे आने के बाद वह पहली मंजिल के उस फ्लैट के ड्राइंग रूम का इस्तेमाल कम से कम करती, अपने गेस्ट नीचे लॉबी में बिठाती। डाइनिंग रूम में हमारे साथ बैठ कर न खुद खाती, न अपने ड्राइवर या दूसरे पुलिस वालों को खाने देती। 'कंपनी के बड़े अधिकारियों के साथ आप लोग नहीं बैठेंगे'—यह निर्देश उसे स्पष्ट तौर पर देते मैं कई बार सुन चुकी थी।

*

पत्रकार और थानेदारिन की जिस कहानी में मैं उस रात अनचाहे शामिल हो गई, उसमें लगातार अंदर धँसती चली गई। कुछ दिनों के अंतराल पर एक आधी रात फिर सुनाई दी उनकी बातचीत। वेनु जी आदतन तेज आवाज में बोल रही थीं—

''अरे, हमको मालूम नै है का... कि इ लड़का-लड़की वाला केस नहीं है। इ तो पहले से सादीसुदा आदमी गुम हुआ है... भागा है कि भगाया गया है, कि किडनैप हुआ है, कि आतमहत्या किया है, का जाने... अभी तो हमको भी पता नहीं चला है। दिन भर उधरे थे, हम अपने से गए थे। उसकी बीवी तो मेरा पैर पकड़ के

ऐसे रो रही थी जैसे मेरा जेबी में रखा है उसका आदमी और हाथ डालके जेबी में, निकाल के दे देना है। (हें... हें...) आप भी न... काहे भागा, कहाँ गया, किसके साथ गया... अरे एही सब तो हम भी सोच रहे हैं। दसियों आदमी का बयान लिए दिन भर... भोरे के निकले अभी रात को एगारह बजे तो लौटे हैं...रिस्तेदार से लेके दोस्त, पड़ोसी... सब यही बोलता है कि सीधा-सादा आदमी था, जो काम मिले कर लेता था... हाँ, इधर काम नै था कुछ, तो हो सकता है कि कोयला चोर गिरोह अपने में मिला लिया हो और जब फँसने का बारी आया हो तो इसी को फँसा दिया हो... नया आदमी का जाने कि कोयला चोरी करके भी कइसे पकड़ाते नहीं हैं। इ कइसे पतरकार हैं आप कि इहाँ रहके भी जानते नहीं हैं कि काहे एक्के टेसन पर मालगाड़ी रोज दू घंटा, चार घंटा खड़ा रहता है... रोज रेलवे का गार्ड और चालक बदलने में एतना देर काहे लगता है... जब कंपनी ठीक से कोयला लाद के भेजती है तो पहुँचते-पहुँचते उसमें कम कइसे हो जाता है (... हा-हा-हा...) जो सोचना हो सोचिए, पर मेरा कोई लेना-देना नै है कोयला चोरी से... (अचानक चीखते हुए) काहे नहीं पकड़ेंगे कोयला चोर, ईनाम मिलेगा हमको तो... पर मेरा थाना क्षेत्तर में थोड़े होता है कोयला चोरी... करे कोई, तुरंत पकड़ेंगे। कंपनी गेस्ट हाउस में रहते हैं, तो का! कंपनी तो चाहती है कि हम एहीं रहें... उसको भी फायदा है हमरे इहाँ रहने से... बूझिए कैसे? पतरकार ऐसहीं बने हैं??... छोड़िए, छोड़िए... चाहते हैं हमको और हमरा मदद करना है तो कल फोटो छापिए उ गुमसुदा आदमी का... कोय तो बताएगा कुछ... खाली बाते करते हैं, कभी न तो आते हैं, न कुछ भेजवाते हैं... (ठहाका) अलग से अखबार भेजवाइएगा हमरे लिए? काहे? बजार में अखबार नै मिलता है?? रोज भोरे-भोर हमरे दरवाजा में बाहर से अटका दिया जाता है अखबार... थानेदार को सब खबर मालूम होना जरूरी है, ऐसे कैसे थानेदारी करेंगे... चलिए, ठीक है रखिए... काहे, नींद काहे नहीं आएगी? हाँ, रात भर जाग सकते हैं न... आज तो जागने पड़ेगा। ऊ जो गुम हुआ है, उसकी बीवी को बोल के आए हैं कि रात भर थोड़ा-थोड़ा देर में अपने पति को फोन मिलाते रहिए, जैसहीं घंटी बजे, हमको मोबाइल पर बता दीजिए... हम तुरंत ट्रेस कर लेंगे... ठीक है बताएँगे न... कोई खबर हो, तब बताएँ... देखिए, आज हम बहुते परेसान हैं। भोरे से कुछ खाए नै हैं। अब तो खाने दीजिए... अरे, जो बनाया था सिपाही लोग थाना पर, ओही ले के आ गए, और का खाएँगे?... हमको आदत नहीं है पीने-पिलाने का पतरकार साहेब... जिससे मन हो पता कर लीजिए।''

*

अगली सुबह हँसते हुए—

'कमाले करते हैं आप तो। फ्रंट पेज पर मेरा एतना बड़ा फोटो छाप दिए। जेतना बड़ा ऊ गुमसुदा का फोटो है, उससे चार गुना बड़ा है उसकी बीवी से बात करते मेरा... हाँ, हाँ, वर्दी में रोबदार नै लगेंगे तो साड़ी में लगेंगे?... ऊ सब नफासत का कपड़ा हमरे किस्मत में कहाँ, ऊ तो मेरे सामने का कमरा में जो कंपनी की मैडम रहती हैं, ऊ पहनती हैं रोज... मान तो रहे हैं कि नै आता है साड़ी पहनना, तो कैसे पहनेंगे... एक बार सिटी एस.पी. की बीवी बोली कि मेरे घर पार्टी में साड़ी पहन के आना...तो उस दिन एगो दोस्त को बोले थे पहनाने जाके साड़ी खरीदे, ब्लाउज सिलवाए... अच्छा, हम भोर में फोन करके सपना खराब कर दिए आपका? आप जानबूझ के रात को बतियाते हैं सोने से पहले कि रात को हम सपना में दिखें? तो अभियो तो आप नींदे में लग रहे हैं, समझ लीजिए कि राते है आपके लिए। का? सपना देख रहे थे कि हमको लेके घूम रहे हैं...इ सपना तो सपने रह जाएगा पतरकार साहेब... अरे, हमको अभी जल्दी से तैयार होके भागना है। अभई तक ऊ गुम हुए आदमी का न तो कोई पता मिला है, न लहासे (लाश ही) मिला है कि मरा मान लें...जी नहीं, हम वेनु गोयल हैं। जब तक केस सॉल्व नहीं हो जाता, हम दिन-रात ड्यूटी पर रहेंगे। सो पाएँ, चाहे नहीं... इ चैलेंज केस है मेरे लिए... काहे कि न तो ऊ आदमी का नाम कभी क्रिमिनल में आया, न कोई और उसका नाम लिया। ऊ तो सीधा-सादा आदमी था, ऐसा बताया है लोग, तो ऐसे कैसे गुम हो जाएगा, वेनु गोयल के एरिया से? हम तो पता लगा के छोड़ेंगे... चलिए बाय....बाय!''

*

उसी दिन रात को—

'अरे, हम अभिए तो घुसे हैं कमरा में...आप का सी.सी.टी.वी. लगाके रखे हैं कि घुसते ही फोन करने लगे। आए हैं और तुरते जाएँगे... नहीं भाई, उगाही का पैसा रखने को नै, कागज माने डॉक्यूमेंट लेने आए हैं। ऊ केस नहीं, एक ठो दुसरा केस का... साला हमरे नाम ले लिया साहेब के सामने कि वेनु गोयल से कहने पर भी पुलिस नै गई जब भी कि ऊ बोला था कि उसका जमीन पर रात को उसका गोतिया लोग दीवार डाल रहा है। अब बोलिए कि हम काहे करेंगे अइसा, काहे पुलिस नै भेजेंगे? अब ई दुसरा बात है कि मेरा कहना है कि भाई गोतिया हो, तो बैठ के हिसाब कर लो, काहे को आपस में लड़ना? असली बात तो ई है कि साहेबे का नजर है ऊ जमीन पर... करोड़ों का है न... एकदम प्राइम लोकेशन पर... तो ऊ चाहबे करेंगे कि थाना-पुलिस होता रहे... गोतिया लोग लड़ते रहे... और अंत में कुर्की हो जाए....''

उसकी छत फोड़ती हँसी गूँजी।

"बोलिए, आपको चाहिए कोय जमीन... है एगो और... उसको बेचवाना है औने-पौने। हम तो लेइए रहे हैं, साहेब की मैडम भी ले रही हैं... और चाहिए तो आपहूँ ले लीजिए... अरे, नाम चाहे जिसका लिखाए खरीदने वाले में, रहेगा हमरे। नहीं चाहिए? पइसा नहीं है?? चलिए, हम गिफ्ट दे देंगे... का करेंगे एतना जमीन-जायदाद... दुइए ठो तो बच्चा है। मन में रहेगा कि चाहने वाले को भी कुछ दिए थे... (हा-हा...) मजाक कर रहे हैं। समझ गए न! छाप मत दीजिएगा। आजकल का कानून बहुत कड़ा है। जमीन खरीद-बिक्री का सब डिटेल ऑनलाइन करना पड़ता है। बेनामी खरीदने में बहुते मेहनत लगता है। ठीक है कल बताते हैं आपको ऊ गुमसुदा आदमी वाला केस का डिटेल... अरे, तीन ठो टीम लगा है उसको खोजने में। तीन दिसा में गया है। जहाँ-जहाँ सक का सुई घूमा, उधरे चला दिए टीम... हाँ, हाँ, कल माने, जब लौटेंगे कमरा पर तबे हो सकता है कल नहीं, परसों सुबह हो जाए...हमरे लिए चैलेंज है। हाँ, कोट करके लिख दीजिए कि "थाना इंचार्ज का कहना है कि तीन टीम मिल कर उस गुम हुए आदमी को खोज रही है।"

*

कई दिन गुजर गए। वह रात को दो-तीन बजे आती और चुपचाप सो रहती। फोन आता कोई तो तुरंत बात खत्म कर देती। मेरी बेचैनी बढ़ती जा रही थी। अखबार से जानने की कोशिश की पर पता न चल पाया। क्या हुआ? गुम हुआ आदमी मिला कि नहीं? क्या वेनु गोयल ने हथियार डाल दिए? पर यह तो चैलेंज केस था न उनका? आखिर एक दिन अखबार ने बताया कि गुम हुआ आदमी वेनु गोयल ने खोज निकाला यानी कि उसे एक पुलिया के नीचे बेहोश पड़ा मिला। चलो, मिल गया। मेरे दिल को चैन नसीब हुआ। पर पत्रकार जी अब फोन क्यों नहीं करते? उस मुद्दे पर बेचैनी थी मुझे! आखिर उसी रात मेरी किस्मत चमकी और रात ग्यारह बजे के आसपास, जब मैं सोने की तैयारी कर रही थी, बगल के कमरे से तेज आवाज सुनाई दी।

'हाँ, मिला था न! इ कौन-सा बधाई हुआ केस सुलझाने का, कि कोई सिपाही मानने को तैयारे नै था कि कोई हमहूँ को फूल भेजवा सकता है। आप भी खूबे मजाक किए उहाँ चोर-उचक्का सबके सामने फूल लेके बैठेंगे? का? इहाँ नहीं तो महिला थाना में?... हाँ, हैं हम इनचारज उहाँ के भी पर उहाँ भी तो रोज कन्ना-रोहटे (रोना-धोना) मचा रहता है। दिन भर मियाँ-बीवी का झगड़ा निबटाओ, सुलह कराओ... लगता है जैसे इ सहर में सब झगड़े करने को सादी करता है (...हें... हें...) हाँ, उहाँ बइठे होते तो आपका फूल मियाँ-बीवी को आधा-आधा पकड़ा देते कि हमरे सामने एक्सचेंज करो और चुम्मा लेके एक-दुसरे का, इहाँ से

चलते बनो। रोज लड़बे करते हो, कभी फूलो दिया करो एक-दुसरे को...का किए फूल का? अब इससे आपको मतलब? आपको देना था, दे दिए; हमको जो करना था उसका, कर लिए। अरे, फूल भेजवाने का मतलब हम भी जानते हैं ऊ भी लाल गुलाब...आप भी न... अब मेरा उमर है इ सब सोचने का? बेटी जवान होने को है। तो का?? कमाले बोलते हैं आप भी! अच्छा, कोए नै मानेगा? हमको नै करना है दुसरा सादी... आपसे माने? हमको किसी से नै करना है। अच्छा? हाँ, चेहरा हो रहा है न लाल... देख रहे हैं आईना, सामने ही खड़े हैं... बॉडी चुस्त नै रखेंगे तो थानेदारी कइसे करेंगे? एतना सोच-समझ के खाना पड़ता है... कमर तो रहबे करेगा पतला... का बोल रहे हैं आप? (हें... हें) कोईयो कर लेगा दुबारा सादी? चलिए, खुस हुए हम सुनके निहाल हुए। तो? अच्छा सुनिए, ऊ जो गुम हुआ उसका आधे कहानी आप छापे, काहे कि प्रेस को आधे कहानी पता चला। पर हम आपको पूरा बता देते हैं। ऊ मिला था एक पुलिया के नीचे, बेहोश। हमको जैसहीं खबर मिला कि कोई बेहोस आदमी मिला है, हम दौड़े। पहचानते नै थे, इसी से जो गुम हुआ, उसका बेटा साथे ले गए थे। बेटा झट से बोला कि 'पापा हैं हमरे', तब जाके उसको तुरते कंपनी का अस्पताल ले गए। अब आपहीं नहीं, सब अखबार वाला मेरा वाहवाही करते खबर छाप दिया। टी.वी. में भी आ गया। हस्बैंड, बेटा-बेटी सब हमको टीवी पर देखके खुस हो लिया। पर आपको हम अंदर का बात बता रहे हैं। उसको खोजने में हमरा कोई हाथ हइए नै था। उसको तो एक आदमी आते-जाते देखा और थाना में हमको फोन कर दिया... हमको किया, काहे कि आप अखबार में मेरा एतना बड़ा फोटो छाप चुके थे—एही सुनना चाहते हैं न? चलिए, मान गए। असल में ऊ पुलिया, जहाँ ऊ पड़ा था, मेरा थाना छेत्तर से थोड़ा बाहर पड़ता है। और कोई केस होता तो हम थोड़े न ऐक्सन लेते...कह देते कि दुसरा थाना को बोलो... पर इ तो प्राइम केस था, तो तुरंत गए। उसको होस में लाए डॉक्टर लोग और जब बोले कि 'कोई हेल्थ प्रॉब्लम नहीं है, ले जाइए', तब हम उसको लेके आ गए इहाँ... इहाँ, माने नै समझै? अरे, इहाँ कंपनी गेस्ट हाउस! एगो कमरा में चुपचाप सुला दिए। किसी को खबर नहीं हुआ पतरकार साहेब—न कंपनी के किसी अफसर को, न मीडिया, न गेस्ट हाउस के इंचार्ज को। हाँ, कमरा खोलने वाले उस स्टाफ को पता था—बस! अरे बाबा, हमको इ केस अपने नाम करना था—चाहे जैसे। भोरे-भोर जब उसका नींद टूटा तो उसको चाय-नास्ता करवा के, जो बयान उसको देना था, सब समझाए। उसमें पुलिया का लोकेसन बदला गया। तब ऊ पुलिया मेरा थाना छेत्तर में आ गया। उसका बेटा को प्रेस का सामने आने से इनकार कर दिए... और उसकी बीवी? ऊ तो पति मिल जाने से एतना खुस थी हमसे कि हम जो बोलें, करने को तैयार... तो तीन घंटा बातचीत करके जब बयान देने को ठीक से तैयार

करवा दिए, तब उसको छोड़े घर जाने को। कहानी पता भी चल गया कि कइसे गायब हुआ था और कहानी बन भी गया कि कइसे मिला हमको... अरे, ऊहे कहानी था कोयला चोर गिरोह का... पर ऊ जो गिरोह के आदमी का नाम लिया, हम चकरा गए। ई माफिया का परिवार तो मेरे थाना छेत्तर का है। अगर ऊ आदमी पकड़ा जाता मेरा छेत्तर से बाहर और मेरे थाना छेत्तर वाले माफिया परिवार के आदमी का नाम ले लेता, तो हम बेकारे में न परेसान होते! पूछताछ करने को माफिया के घर जाना पड़ता और उसको खोज निकालने का इनाम दूसरा थानेदार ले लेता। लेकिन हमरा किस्मत साथ दिया और हम दूसरा थानेदार को गंध लगने से पहले ही उसको निकाल लाए। बयान में नाम ऊ दूसरे माफिया परिवार से जुड़े आदमी लोग का दे दिए, जो मेरा थाना क्षेत्तर से बाहर है। (हा-हा-हा...) अब चूँकि दुन्नो माफिया परिवार का लड़ाई जग जाहिर है तो दूसरे थानेदार को अब ऐक्सन लेना पड़ेगा न, कि ऐसे कइसे कोयला चोर गिरोह को संरक्षण देते हैं... जरूर कोयला चोरी और पैसा का आपसी लड़ाई में आम आदमी को झोंक के गायब करा रहे हैं... कोयला चोर गिरोह का जाँच हो कि कौन गुट का काम है ई... अब मेरा काम खतम, रिपोर्ट सबमिट, केस क्लोज... और दूसरे थानेदार का नया केस फाइल तैयार... अब ऊ थानेदार जागे रात को। काहे कि जो ई काम किया नहीं, ऊ काहे मानेगा कि उसका गुट का आदमी है... ई भी काहे मानेगा कि उसका गुट में कोयला चोरी का काम होता है...

'कभी-कभी औरत भी समझदारी का काम कर डालती है... मान गए न! आप छापिए स्टोरी ऊ दूसरे माफिया गिरोह के बारे में कि उनका सिकायत पहले भी आता रहा है... उन पर कार्रवाई होना चाहिए। सरकार दबाव बनाए कि पुलिस माफिया से डरे नहीं... अब देखिए न मजा।' उसने फोन बंद किया और बर्तन धोने वाशबेसिन पर जा खड़ी हुई। मैं भी सोने की कोशिश करने लगी।

*

अखबार में अगले दिन खबर छपी कि केस में ट्विस्ट है। वह आदमी जिस पुलिया के नीचे पड़ा मिला, वह किसी और थाना क्षेत्र में आता है। उस आदमी ने खुद अपना बयान बदल दिया है। पिछला बयान दरअसल उस पर दबाव डाल कर दिलवाया गया था और वह धमकी के कारण डर गया था। वह सीधा-सादा आदमी है। काम नहीं था तो चोरी का कोयला बताए गए स्थान पर पहुँचाने को राजी हो गया। छोटा ट्रक था, कम ही माल था उस पर। पहली खेप सही जगह पहुँचा देने पर आगे बड़े ट्रक पर भेजा जाता पर बीच रास्ते उसे किसी ने ट्रक से उतार दिया। ट्रक ड्राइवर उसे बीच रास्ते उतार कर कहाँ गया, उसे नहीं मालूम। लगता है गिरोह के ही दो आदमियों ने उसे पुलिया के नीचे दबोचकर कुछ सुँघाया और वह बेहोश हो गया।

उसे तो इतना भी नहीं पता कि कोयला ब्लैक में बिकता तो कितने रुपयों की कमाई होती! उसे कहा गया था कि मेहनताना मिलेगा, इसीलिए राजी हो गया। अब मेहनताना तो मिला नहीं... और ठीक भी है, कोयला बताई गई जगह तक उसने पहुँचाया कहाँ!! पर वह क्या करता, ज्यादा विरोध करता तो मार दिया जाता न... अब वह समझ चुका है कि वह इस तरह के कामों के लिए नहीं बना। कोई नौकरी मिल जाती तो... वरना फिर से बच्चों का ट्यूशन खोजेगा। इस छोटे से शहर में ट्यूशन में ज्यादा कमाई नहीं, परिवार चलाना मुश्किल हो जाता है!

*

उसके अगले दिन के अखबार की खबर—सरायढेला थाना इंचार्ज वेनु गोयल ने पत्रकारों को संबोधित करते हुए कहा कि उस आदमी का बयान उनके विरोधी थाना इंचार्ज ने बदलवाया है। उसे पैसे दिए गए हैं ताकि खराब रिकॉर्ड वाला थाना अपने रिकॉर्ड को कुछ तो दुरुस्त कर सके। वेनु गोयल के थाने को कई बार गुड परफॉर्मेंस अवॉर्ड मिल चुका है और इस कारण पड़ोसी थाना इंचार्ज उनसे जलते हैं। उनके सॉल्व किए केस को हड़पने की कोशिशें पहले भी हो चुकी हैं। पर वे नहीं डरतीं। उनको तो कई पर्सनल अवॉर्ड भी मिल चुके हैं। इस केस पर जितनी मेहनत उन्होंने की, जितनी टीमें लगाईं, वह और किसी को पता हो न हो, उनके बॉस तथा खोज निकाले गए आदमी की पत्नी को पता है। बॉस की सराहना और उन महिला का धन्यवाद उन तक पहुँच चुका। उस महिला द्वारा तो औकात के अनुसार कुछ देने की पेशकश भी की गई पर वेनु गोयल कभी इस सब में रही नहीं। एक महिला होने के नाते, पत्नी और माँ होने के नाते, उन्हें पता है कि गुम हुए उस आदमी की पत्नी को कैसा लग रहा होगा। एक महिला होने के नाते वे यह भी समझती हैं कि पुरुष वर्चस्व वाले इस समाज में जब एक महिला कामयाब होती है और उसके मुकाबले दूसरा पुरुष पीछे रह जाता है तो उस पुरुष का अहं कितना चोट खाता है। अगर यह सच्चाई है कि उस गुम हुए आदमी को सिखाया-पढ़ाया गया कि क्या बयान दे, तो विरोधी थाना इंचार्ज सिद्ध करें। जो आदमी बेहोश था, उसे कैसे पता कि वह कहाँ पड़ा था! उसे होश तो आया है वेनु गोयल के सामने! तो अगर किसी और पुलिया के नीचे पड़ा होता और वहीं होश आने पर वह खुद चलकर थाना जाता, वहाँ के इंचार्ज के सामने बयान लिखवाता, तब न... पर कुछ सुँघाए जाने पर वह कहाँ बेहोश हुआ, उस आदमी को पता है। वह आदमी बेरोजगार और गरीब है। उसे सुरक्षा भी चाहिए। उसे डर है कि वह बता देगा कि किसने चोरी के कोयला भरे ट्रक के साथ उसे भेजा, तो उसकी जान पर बन आएगी। संभव है कि उसे संदेह हो कि वेनु गोयल महिला होने के नाते उसे सुरक्षा नहीं दे पाएगी। पर वह गलत है, पूरी तरह

गलत। हाँ, उसे पैसा मुहैया नहीं कराया जा सकता, पर यह कोशिश की जा सकती है कि उसे कोई टेम्पोररी नौकरी मिल जाए। उसकी पत्नी तो रोज वेनु मैम से मिलने आ रही है, रोज धन्यवाद दे रही है, हाथ जोड़कर अनुरोध कर रही है कि उसके आदमी के लिए कोई रोजगार जुगाड़ दिया जाए... पर यह काम तो व्यक्तिगत स्तर पर ही किया जा सकेगा, क्योंकि किसी थाना इंचार्ज की इतनी औकात नहीं होती कि नौकरी दिला दे।

*

अगले दिन की खबर

'मैंने कोई बयान नहीं बदला'—गुमशुदा का बयान।

'मेरे पति को वेनु गोयल ने ही खोजा'—गुमशुदा की पत्नी का बयान।

*

उसके अगले दिन

'वेनु गोयल झूठ बोल रही हैं—ट्रैफिक सिपाही चश्मदीद गवाह'

*

अगले दिन

'यहाँ तो बड़े-बड़े बिकते हैं, ट्रैफिक सिपाही किस गली में'—वेनु गोयल

*

उसके अगले दिन

'मामला दरअसल दो माफिया गुटों के वर्चस्व का है'—सिटी संवाददाता

लड़ाई इस कारण है कि दोनों माफिया गुट अपने-अपने क्षेत्र के थाना पर पूरा कंट्रोल चाहते हैं। वह पुलिया जिस थाना क्षेत्र का था, वहाँ चूक हुई है तो थाना इंचार्ज को भुगतना होगा। बिना माफिया के आशीर्वाद के थाना चलाना और इस शहर में सस्टेन करना मुश्किल है।

*

रात को पत्रकार और वेनु गोयल की बातचीत।

'खेला और चलाना है कि खतम समझें? का मतबल? आप हमसे प्रेम किए और हम आपको बरबाद किए?

'प्रेम? प्रेम करते होते तो ऊ बयान बदलने वाला खबर छापते? हम तो आपको छापने को बताए नै थे।'

सहसा वह चीखीं—

'दूसरा पतरकार छापा था मतलब?' नाम आपका नै था तो खबर दुसरा का हो गया... खबर बनाके दुसरा का नाम डालके छाप दिए... सोचे कि वेनु गोयल बेवकूफ बन जाएगी?

'हमको कैसे मालूम?

'हमको नहीं मालूम रहेगा तो आपको रहेगा पतरकार साहेब... हमको जो मालूम रहता है, आपको भी नहीं रह सकता। ऊ खबर जिसका नाम से छपा था, मेरा बहुते क्लोज है। हमको अंदर का सब बात मालूम है कि आपके अखबार में का होता रहता है... आपको प्रमोशन चाहिए, तो हमको काहे सीढ़ी बना रहे थे और ऊ भी प्रेम करते हैं कह-कहके? ठीके हुआ कि आपका बीट बदल गया। क्राइम बीट मिलते ही आप जादे फड़फड़ा रहे थे। आप लोग मान के चलते हैं कि औरत है तो आपके सिकंजा में रहेगी—बीवी हो कि थानेदार...'

सहसा चुप्पी छा गई।

उधर से शायद फोन काट दिया गया था।

*

'तो आप का सोचे थे कि सच्चे में औरत का दिमाग तलवा में होता है!' वेनु जी दो दिन बाद रात को फोन पर बात करतीं, रस लेकर कह रही थीं।

फोन के उस ओर से बेखास्ता हँसने की आवाज मुझ तक चली आई।

फिर ज्यादा बात किए बिना वेनु ने फोन रख दिया।

उस गुम हुए आदमी और पत्रकार-थानेदारिन की प्रेम कहानी, दोनों खत्म हो गई थी? शह और मात का खेल खत्म हो चुका था? कम से कम उस समय तो ऐसा ही लगा। फिर मैं छुट्टी लेकर घर चली गई।

*

छुट्टी के बाद गेस्ट हाउस लौट रही थी। लौटते समय सोच रही थी कि चलो, किस्सा खत्म हुआ। अब न फिर से पत्रकार-थानेदारिन की बातें सुननी पड़ेंगी, न किसी भावनात्मक उद्वेलन से गुजरना पड़ेगा। अब कुढ़ते जीने की कोई वजह नहीं। फिर भी पेट्रोल वाउचर पर साइन करने की कसक तो रहेगी ही। करियर में जब भी नैतिकताहीन काम करने की मजबूरी आई, मैं नौकरी छोड़ने की सोचने लगी। इन दिनों भी सोच रही थी। पर मामला सिर्फ वेनु की जीप के पेट्रोल वाउचर का नहीं

था। यह भी तो तय नहीं था कि नई नौकरी कर ली अगर, तो वहाँ सबकुछ मेरे मन लायक होगा ही। वहाँ भी हो सकती थी किसी पत्रकार, किसी थानेदार की उपस्थिति... वहाँ भी हो सकते थे मेरे अभी वाले बॉस जैसे बॉस... या कि किसी प्राइवेट कंपनी की नौकरी में इससे ज्यादा बुरा भी हो सकता था। अगर मैं उन मुद्दों पर विरोध जताती, जिनसे बॉस या कंपनी के व्यापक हितों और स्वार्थों की हानि होती हो, तब मैं नौकरी से निकाली भी जा सकती थी।

स्टेशन से गेस्ट हाउस लौटते मन में द्वंद्व चलते रहे। आखिर टैक्सी का इंजन बंद हुआ और मैं सामान से लदी-फँदी ऊपर चढ़ी। फ्लैट में ताला बंद था। ऐसा पहले भी हो चुका था। मैं बाहर गई होती तो वेनु जी फ्लैट के बाहरी दरवाजे पर अपना ताला लगा देतीं और लौटने पर मुझे उन्हें फोन करवाकर थाने से आदमी बुलवाकर ताला खुलवाना पड़ता। पर अबकी गेस्ट हाउस का एक मेरा मुँहलगा और वेनु जी का सालों तक दिलो-जान से सेवक रहा स्टाफ मुस्कराता ताले की चाबी लेकर हाजिर हो गया।

'अबकी चाबी तुम्हें दे गई हैं मैडम? चलो, इतना भरोसा तो किया।' मैं मुस्कराई।

'आप भी मैम पुलिस वाले किसी पर भरोसा करते हैं? वह भी वेनु मैडम?' ताला खोलते वह मुस्करा कर बोला। 'जब से वेनु मैडम गईं, तब से फ्लैट बंद पड़ा है।'

'चली गईं?'

'हाँ, बताया था न, कि उनका ट्रांसफर हो जा सकता है। उनका विरोध में इधर तीन-चार खबर छपा था न्यूज पेपर में'

'अच्छा! ...क्या?'

'अरे, ऊ सब मत पुछिए। एगो अखबार वाला उनके पीछे लगा हुआ था। लिख दिया कि हाउस रेंट लेती हैं पर कंपनी गेस्ट हाउस में रहती हैं... इहाँ का किराया भी नहीं देती। एक ठो कंपनी का फ्लैट कंपनी अस्पताल के पास भी कब्जा रखा है। बेनामी जमीन हथियाई हैं, घूस लेती हैं और जाने का-का... तो मैडम का ट्रांसफर होइये गया आखिर...'

वह ताला खोलकर चला गया। वह भले मुस्करा रहा था, उसकी हताशा मैं समझ सकती थी। वह गेस्ट हाउस में कॉन्ट्रैक्टर का आदमी था। इतने साल पुलिस की पक्की नौकरी मिलने की आशा में वेनु जी की जी-जान से सेवा करता रहा- सुबह पाँच बजे वेनु जी द्वारा दुकान खुलवाकर दूध ला देने के लिए नींद से उठा दिए जाने से लेकर, आधी रात उनका खाना गर्म करने के लिए घर से आ जाने तक... रोज उनके बर्तन मुफ्त में धोने से लेकर, उनकी वर्दी प्रेस करने, जूते चमकाने तक!!

मैं अंदर घुसी। सन्नाटा था और थी गंदगी। गंदगी-वेनु जी की फैलाई हुई।

इधर-उधर बिखरी पानी की बोतलें, दस बोतलों की पैंकिंग वाले गत्ते के डब्बे... फिंका हुआ टिफिन बॉक्स, फिंके जूतों, सैंडलों की कतार। वे हमेशा बॉटल्ड वाटर पीती थीं, आर.ओ. वाटर नहीं। शायद मुफ्त में मिल जाता होगा।

एक ओर मुझे बुरा लग रहा था कि उन्हें जाना पड़ा, पर राहत भी महसूस हो रही थी मानो किसी दर्द से छुटकारा मिल गया हो।

रात को डाइनिंग रूम में खाना खाते, मुझे गेस्ट हाउस के कीपर समझा रहे थे- 'इ खबर जरूर ऊ दूसरा माफिया वाला छपवाया होगा। माफिया और थाना वैसहीं मिला रहता है... वेनु मैडम तो रिस्ता बनाके रहती थी सबसे। तबे न एतना साल ठीक माफिया सरगना के सामने वाला थाना में इंचार्ज बनके रह सकी। अब तो एतना इंटीरियर में पोस्टिंग मिला है और ऊ भी कोई प्राइम सहर नहीं, तो केतना कमाई कर पाएगी? इहाँ का बाते अलग था। सबसे बनाके रखती थी, तब तो इ हाल हुआ... हाँ, अपोजिट ग्रुप भले नाराज रहता था, काहे कि..."

मेरा दिमाग सुनना बंद कर चुका था। ट्रांसफर हो चुका था उनका। क्या अब पुलिस जीप के पेट्रोल वाउचर पर साइन करने-न करने के नैतिक द्वंद्व से छुटकारा मिल जाएगा? उस खयाल को मैंने दिमाग से निकाल दिया। सही यही लगा कि इस बारे में सोचने की बजाय इस संभावना पर खुश हो लिया जाए कि आधी रात बगल के कमरे की हलचल और बातचीत नींद नहीं तोड़ेगी।

*

आधी रात का समय है। दिल में सन्नाटा साँय-साँय बजता है। बजते सन्नाटे में फिर से नींद नहीं आती। पहले निश्चिंत रहती थी कि कभी न कभी-सही रात के दो बजे—वह लौटेगी। थानेदारिन के बगल के कमरे में रहते मैं सेफ हूँ।

अब तो डर लगता रहता है। इस कोने के फ्लैट में कोई घुस आया तो नीचे किसी को पता तक नहीं चलेगा। मैं आधी रात को कमरे से बाहर निकल ड्राइंग रूम में टहलती रहती हूँ। नीचे से पुलिस सायरन बजाती जीप पार होती है पर गेस्ट हाउस में रुकती नहीं। क्या मैं वेनु को मिस कर रही हूँ? और उस पत्रकार की बातों को? उस पत्रकार का क्या हुआ? ओ हाँ! याद आया। उसे तो पहले ही क्राइम बीट से हटा दिया गया था।

*

किसी तरह रात कटी। ऑफिस जाने की तैयारी में साड़ी पहनते मैंने वेनु गोयल के साड़ी के बारे में किए कॉमेंट्स याद किए और मुस्कराई। औरत वह कड़क और साहसी है। पति-बच्चों से लगातार अलग रहती मन से नौकरी निभा रही है। अपने

काम को एंजॉय करती है। काम भी मन से और ऊपरी कमाई भी खूब जतन से। एक पत्रकार के साथ 'खेल' में शामिल होकर इतनी अच्छी पोस्टिंग गँवा बैठी। पर अपना अहित हो, इससे पहले ही उसने दूसरे पक्ष का अहित कर दिया था। गजब का रिश्ता था यह-दोनों पक्ष एक-दूसरे पर मर-मिटने की बजाय, एक-दूसरे को मार-मिटाने पर उतारू।

यही सब सोचती ऑफिस पहुँच गई। 'कोई इंतजार में देर से खड़ा है' —मेरे नए पिअन ने बताया। मैंने सर घुमा कर देखा। मेरी ओर पीठ किए कोई गैलरी में खड़ा था। पीछे मुड़कर मुझे अपने कमरे में उपस्थित पाकर मेरी ओर लपका और ऐन सामने आ खड़ा हुआ। उसके हाथ में पेट्रोल रिलीजिंग वाउचर था।

आखिर वही हुआ, जिसका अंदेशा मुझे अंदर-अंदर खाए जा रहा था।

वह वही ड्राइवर था—हाँ, वही, वेनु गोयल की जीप का ड्राइवर।

वह अपने नए थानेदार की जीप के लिए पेट्रोल वाउचर साइन करवाने आया था।

(मंतव्य 5, मार्च 2016)

साजिशें

बिस्तर पर लेटकर मैंने लाइट बंद कर दी। आँखें मूँदते ही अहसास हुआ कि सर की नसें तड़क रही थीं। ऐसे में नींद को कोसों दूर होना ही था। आज का दिन सिसकियों भरा दिन था। दिन, जिसने मुझ समेत तीन और लोगों—आलोक, स्तुति और सीमा—के जीवन की दिशा बदल दी। अब हमारे रिश्ते कभी पहले जैसे नहीं रहेंगे, न ही हम एक-दूसरे से पहले की तरह मिल पाएँगे। जी चाह रहा था कि स्तुति, सीमा और आंटी की तरह मैं भी सिसक-सिसक कर रोऊँ पर बचपन से मिले मेरे संस्कार मुझे रोक रहे थे। पुरुष हैं तो आप सब के सामने रो नहीं सकते। शायद इसीलिए आलोक भी आँखों में आँसू आते ही अपने कमरे की तरफ बढ़ गया। रोया होगा जरूर-पर अकेले में। मुझे तय है, वह चाह जरूर रहा होगा कि कोई हो जो उसके आँसू पोछ दे! मेरे तो सर का हाल यह है कि न सही तरीके से सोच पा रहा हूँ, न कोई निर्णय ले पा रहा हूँ। जो हुआ, ठीक ही हुआ न? सही नहीं हुआ होता तो उमड़ते आँसुओं के समानान्तर अंदर से तनाव मुक्त होने की अनुभूति नहीं उग रही होती। आखिर अपने बचपन के दोस्त आलोक को पुलिस केस में फँसते या जेल जाते कैसे देखता? न ही स्तुति को गलत रिश्ते में फँसते देख सकता था। और फिर सीमा या आंटी कब तक सच से भागतीं? रहा मैं, तो मेरे तो हवन करते हाथ जले। वैसे पता नहीं; हो सकता है, जले अभी नहीं हों।

आज सुबह की शुरुआत ही आँखों में आँसू आने से हुई थी। फर्क यह कि आँसू तब आलोक, स्तुति, सीमा या आंटी नहीं, मेरी आँखों में थे। लग रहा था कि मैं हार गया, स्तुति को बचा नहीं पाया।

कई महीने पहले स्तुति को कह देने वाली बात पर दुविधा थी, फिर बाद में कह ही डाल देने की बेचैनी होने लगी—लहरों की तरह उफनती, मचलती, लगातार ऊँची उठती, अंदर शोर मचाती बेचैनी!!

आलोक और स्तुति की नजदीकियाँ जितनी बढ़ती जातीं, मेरे अंदर सब कह देने की बेचैनी उतनी ही तीव्र होती जाती!

उन दोनों को रेस्तराँ से एक साथ बाहर निकलते देखता, तो कह देने की ख्वाहिश सतह पर आ मचलने लगती। वॉट्सऐप पर दोनों की गलबहियाँ डाले तस्वीरें देख मन में खदबदाहट होने लगती... और जब पता चला कि स्तुति के पेरेन्ट्स आलोक के घर आकर शादी की बात तय कर गए, तब से तो मेरा खाना-पीना-सोना हराम हो गया। मैं उन दोनों का पीछा करने लगा। मुझे पक्के तौर पर पता रहना जरूरी था कि उन दोनों में क्या चल रहा है। साथ ही, स्तुति से अकेले मिलने के मौके की तलाश या उसकी संभावना जारी रखनी थी। ऐसा हुआ भी दो-एक बार कि आलोक स्तुति को बाय बोलकर अकेला अपनी कार में चला गया, तो मुझे लगा कि अब स्तुति से बात करने का मौका मिल जाएगा पर मैं उसके सामने प्रकट हो पाता, उससे पहले स्तुति भी अपनी कार स्टार्ट करके फर्राटे से निकल गई। खड़ा रह गया मैं ठगा हुआ-सा सड़क पर अकेला-उड़ती धूल, शोर, अनजाने लोगों और दिल में बातें करने की शिद्दत से उठती ख्वाहिशों समेत...तब क्या करता, चल दिया मोटरसाइकिल उठाकर मुँह लटकाए!

दिक्कत यह थी कि विचारों की रेल के पटरी पर रहते बात कर डालना चाहता था, वरना रेल के पटरी से उतर जाने के बाद कितना-क्या-कैसे कह पाऊँगा, तय नहीं था! इसी उधेड़बुन में इतने महीनों तक चलती रही मन में रिहर्सल, पर कहना टलता रहा। बातों की रेल मन में सरपट दौड़ती कहाँ से कहाँ पहुँच जाती, पर कहा एक शब्द नहीं जाता। फिर रात को पछताते हुए अगले दिन के लिए योजनाएँ बनतीं और नींद लाने की कोशिश में करवटें बदली जातीं। इतनी बार स्तुति से राह चलते या आलोक के घर से निकलते टकराया, पर कह कभी कुछ नहीं पाया—सिवा 'हलो' के। उसने भी मुझसे बातें करने में कभी रुचि नहीं दिखलाई। भाई, नए प्रेमी के बचपन के दोस्त से बातें करना कोई घाटे का सौदा नहीं होता—करनी ही चाहिए बात। पर अफसोस कि उसने ऐसा नहीं सोचा!

*

आखिर एक दिन आलोक के घर चला गया। न आंटी मिलीं, न आलोक। बस उसकी बहन सीमा घर पर थी। पूछने का मन हुआ कि उसके पास स्तुति का मोबाइल नंबर है क्या? या फिर घर का पता? मैं स्तुति से आमने-सामने बात करना चाहता था, वरना किसी को फ्रेंड न होते हुए भी फेसबुक पर मेसेज कर देना कौन-सा मुश्किल है!

मैंने आशंका से चारों तरफ नजरें फिराईं—कहीं फिर से नया टी.वी., माइक्रोवेव या ए.सी. न दिख जाए... पर नहीं, कुछ नहीं दिखा। मैं निश्चिंत हुआ। मैंने सीमा से पूछा—

'कैसी हैं आप?'

वह फूहड़ तरीके से हँसने लगी। बोली कुछ नहीं। बेशऊर लड़की। आलोक से बड़ी है, इसीलिए मैं भी दीदी ही मानता और चुप लगा जाता हूँ, वरना लगाता एक चाँटा और सिखा देता हँसने-बोलने का सलीका। मुझे मालूम है कि आंटी और आलोक ही नहीं, घर के बाकी लोग भी काफी सालों तक चाहते रहे कि भले उम्र में मुझसे बड़ी है, सीमा की शादी मुझसे हो जाए। पर मैं दिल का पक्का था। ना बाबा ना, ऐसे परिवार की लड़की से अपनी जिंदगी नहीं सजाऊँगा। कुँवारा रह लूँगा पर कुसंस्कारी परिवार की लड़की नहीं ब्याहूँगा। क्या वह छोटी-सी नासमझ बच्ची है जो सब देखती-सुनती भी मौन धारण किए आराम से जो होता रहा है, होने देती रही है?

तो उस दिन फूहड़ तरीके से हँस लेने के बाद सीमा ने बताया कि परसों ही स्तुति के माँ-पापा घर आए थे। शादी तय हो गई। बस, दहेज को लेकर थोड़ी आनाकानी कर रही थीं स्तुति की माँ... यहाँ तक कि स्तुति की माँ ने उस दिन आलोक की माँ से हँस कर कह दिया कि पढ़ी-लिखी, लड़के से ज्यादा कमा रही लड़की से शादी के लिए भी दहेज की माँग उनकी समझ से परे है। वे दहेज प्रथा की विरोधी हैं और यह शादी वैसे भी लड़के-लड़की की आपसी पसंद से हो रही है। तब आलोक की माँ एकदम बिफर गईं और बोलीं—

'अपनी पसंद से करने दे रहे हैं तो क्या समाज, परंपरा, रिश्ते-नाते सब छोड़ दें? रिश्तेदारों को उपहार, बहू को गहने कुछ न दें?... और सबसे बड़ी बात यह कि लड़की की माँ होकर कोई इस तरह बात कर कैसे सकता है? मुँह पर लड़की की भावी सास की बात काटना क्या अपमान नहीं है?'

आखिरकार स्तुति के पापा ने बात सँभाली। स्तुति की माँ ने भी माफी माँग ली। स्तुति ने बाद में आलोक को बताया, आलोक ने सीमा को और सीमा ने मुझे कि स्तुति की माँ ने बेटी की भावी सास का दिल रखने की खातिर माफी बेमन से माँगी थी, वरना उन्हें दहेज देने की न तो कोई इच्छा है, न आलोक की माँ के इस रवैये को समर्थन देने का इरादा कि आज के जमाने में भी लड़के की माँ होने के नाते खुद को ऊँचा या बड़ा समझें, दहेज लेकर कमाऊ बहू घर लाएँ!

सीमा हँसती हुई आराम से ये बातें बताती रही। इसमें उसे सोचने या विरोध करने लायक कुछ लगा ही नहीं? मैं अंदर ही अंदर उसकी हँसी से जलता रहा। आखिर मैंने हिम्मत करके पूछ ही लिया—

'आप दहेज प्रथा को बुरा नहीं समझतीं?'

'घोड़ा घास से यारी करेगा, तो खाएगा क्या?' वह खीं-खीं हँसती बोली। शायद वह इंगित कर रही थी कि दहेज के कारण ही उसकी शादी रुकी हुई है। फिर

बोल ही पड़ी—

‘मेरी भी किस्मत अच्छी होती तो आज अपने घर होती न!’

‘यह आपका घर नहीं है?’ मैंने चकित होते पूछा।

‘आप ही बताओ, है यह मेरा घर? है मेरा कोई अधिकार या इज्जत?’

मेरे पास जवाब नहीं था। मैं उठ कर चला आया।

*

आज सुबह उठते ही आँखों में आँसू आ गए। बेचैनी इतनी ज्यादा थी कि ऑफिस जा नहीं पाया। आलोक की माँ यानी कि आंटी ने कल ही कहा था कि शाम को लड़की वाले आने वाले हैं, तू भी आ जाना। सोचा शाम को तो जाना ही है, क्यों न एक बार सुबह भी उनके घर का चक्कर लगा आऊँ, सो चला गया।

उनके घर तो बड़ी तैयारियाँ चल रही थीं। सीमा खिड़की पर खड़ी थी, मानो अभी से स्तुति के माता-पिता को आते देखने को उतावली हो रही हो। तय किया जा रहा था कि उनके स्वागत में घर की कितनी सज्जा की जाए और आलोक के पापा को बुलाया जाए या नहीं। पापा यानी कि अंकल शायद आने के मूड में थे नहीं, न ही उन्हें यह बताया गया था कि दहेज में बारह लाख रुपये लिए जा रहे हैं—वह भी कैश!

मैं निकल आया। मन में तूफान था। अगर आज नहीं, तो कब कहूँगा? किसी को डूबने से बचाना हो तो पानी सर के ऊपर से गुजर जाने का इंतजार करते नहीं होना चाहिए। मैं सीधा स्तुति के ऑफिस चला जाता, पर आज वह ऑफिस गई होगी, इसमें संदेह था। सुबह मैंने आलोक से बातों-बातों में स्तुति के घर का पता पूछ लिया था। उसने खुशी की रौ में बिना किसी संदेह आराम से बता भी दिया था।

मैं आलोक के घर से निकला और मोटरसाइकिल पर सीधा नोएडा चल दिया। नोएडा पहुँच उनके घर जाने से पहले अपने विचारों को समेटने यानी बातों की रेल को फिर से पटरी पर लाने की खातिर सेक्टर 18 के एक रेस्तराँ में कॉफी पीने को रुक गया... और लो, आज तो किस्मत मेहरबान थी मुझ पर! सामने ही स्तुति बैठी थी। साथ में शायद उसकी माँ थीं शायद। मैं जाकर बगल की टेबल पर उनकी ओर पीठ किए बैठ गया। बस एक कॉफी पी लूँ, फिर मैं उन दोनों से बातें करने को मनतः तैयार हो जाऊँगा। ध्यान यह रखना होगा कि वे पहले ही उठ न जाएँ। दिल जोरों से धड़क रहा था। आज पहली बार उससे यूँ सीधे बात करनी थी, वह भी उसकी माँ के सामने, वह भी अपने दोस्त का कच्चा चिट्ठा खोलते, वह भी शादी तुड़वाने के इरादे से... मुझे पसीना आने लगा। बात करने के बारे में फिर से दुविधा हुई, पर मामला स्तुति जैसी किसी मासूम, खूबसूरत, टैलेन्टेड लड़की का

था, जो माता-पिता की इकलौती संतान थी, बहुत सारी संपत्ति की वारिस भी... और फिर... मैंने दिल को सँभालते सोचा—बढ़िया नौकरी कर रही, धनी, खूबसूरत और टैलेन्टेड लड़कियों के साथ, कभी धोखा नहीं होना चाहिए। मेरा फर्ज है कि असलियत उजागर कर ही दूँ... सच बोलते, कैसी झिझक!!

मैंने हिम्मत करके कुर्सी बदल ली। देख ही नहीं पाऊँगा तो जानूँगा कैसे कि चली जाने को है! यहाँ तक कि मैं 'हलो' बोलने के इरादे से स्तुति की ओर ही मुँह करके बैठ गया, पर बैठते ही चौंका। अरे, वह तो रो रही थी! खुद में ही इस कदर खोई थी वह कि मेरी ओर देखने का कोई सवाल ही पैदा नहीं होता था। उसकी माँ ने उसका दाहिना हाथ थाम रखा था। मैंने फिर से कुर्सी बदल कर पीठ उसकी ओर कर ली और कान लगाकर सुनने लगा। बस तभी से, ठीक उसी क्षण से सिसकियाँ कानों में पड़ने का सिलसिला जो शुरू हुआ, देर रात तक चलता रहा।

सिसकती हुई स्तुति को देखना वैसे ही दिल गला देने को काफी था और ऊपर से उसकी बातें!

'ममा, सोचिए कि ठगने को चुने जाने वाले एकमात्र हम ही नहीं थे'—स्तुति काँपती आवाज में कह रही थी। 'हमसे पहले वालों से तो उन लोगों ने दहेज की पहली किस्त ले ली थी, उसके बाद शादी से इनकार कर दिया... हमने तो बस सौभाग्य से पैसे अभी दिए नहीं हैं... और आलोक की बहन शादीशुदा नहीं, कुँवारी है... यह भी नहीं बताया कि पापा-मम्मी में नहीं पटती, दोनों अलग रहते हैं... और फिर... कौन जाने शादी के बाद भी पैसे वसूलने की खातिर किसी और से प्यार का नाटक करना जारी रखता आलोक...'

वह रोती हुई कुछ क्षण थमी। मेरा कलेजा मुँह को आने लगा। आश्चर्य! इसे कैसे पता चला यह सब—यही बातें बताने तो मैं आया था यहाँ!

'इतना मत सोचो'—उसकी माँ ने उसकी हथेली को थपकते कहा—'मेरा कहा मानकर तुम डिटेक्टिव एजेंसी से जाँच करवाने के लिए राजी हो गई, गलत शादी से बच गई, शुक्र है ऊपरवाले का। अब पुलिस के सामने दहेज की माँग वाली रिकॉर्डिंग सुना दो और उन्हें भुगतने दो।'

तो यह मामला है! मेरी तो खुशी के मारे हँसी फूट पड़ना चाहती थी।

अबकी माँ की हथेली पर बेटी की उंगलियाँ कस गईं।

'नहीं माँ, प्लीज... मैंने आलोक से प्यार किया था। मैं उसे किसी परेशानी में या जेल जाते नहीं देख सकती।' धार-धार आँसू बहाती स्तुति बोली।

'उसे भूलने की कोशिश करो। जिंदगी एक जगह खड़ी नहीं रह सकती। आगे बढ़ जाओ, नई दोस्ती करो और...'

'नहीं माँ, अब मैं और किसी से प्यार नहीं कर पाऊँगी। मैं शादी भी नहीं कर

पाऊँगी शायद... सोचो कि अब किसी भी पुरुष पर भरोसा कैसे कर पाऊँगी मैं!

'जैसे रंग छोड़ने वाले गीले कपड़े फर्श पर घिसटते चले आते निशान बनाते जाते हैं वैसे ही मेरा अतीत हमेशा मेरे साथ एक लकीर बनकर घिसटता-सरकता, बदरंग निशान छोड़ता चलेगा। बदरंग निशान को मैं वापस पीछे मुड़, रगड़-रगड़ मिटाती रहूँगी बार-बार... क्या मैं आगे बढ़ जाने पर भी अतीत की इस घटना से कभी मुक्त हो पाऊँगी? इन धब्बों को मिटाने की कोशिश छोड़ पाऊँगी? कोई और मुझे चूमेगा तो उस चुंबन में आलोक के होंठों का स्वाद मिल जाएगा, कोई और मुझे जब पहली बार छुएगा तो आलोक की छवि...

'माँ, सोचो कि वह मेरी जिंदगी का पहला प्रेमी था। वह मुझे ब्याहता, चखता, मेरे बच्चों का पिता बनता! उससे पहले के सब तो स्कूल-कॉलेज के दोस्त भर थे। मैंने तो आलोक को जानने-समझने की भरपूर कोशिश की। मुझे बार-बार संदेह होता कि वह सच्चा नहीं है और शायद इसीलिए उसे अच्छा मानने से मेरा दिल हिचक जाता। वह जताता तो था कि मैं उसे बहुत पसंद हूँ, पर कारण ठीक से बता नहीं पाता था। जब मैं छेड़-छेड़ कर पूछती, तब कह देता कि वह मेरी क्वॉलिफिकेशन, अच्छी नौकरी, अच्छे स्वभाव का दीवाना है और फिर इतना पढ़ा-लिखा परिवार... धनी होने पर भी इतने सभ्य-शालीन माता-पिता... तब लगता, वह कितना डाउन टु अर्थ है। मैं चाहती थी कि वह अपने परिवार के बारे में भी सब कुछ वैसे ही खुलकर बताए, जैसे मैं बताया करती थी। पर मैं जब भी उसकी बहन के बारे में जानना चाहती, वह टाल जाता। मैं उसके अतीत के बारे में पूछती, वह बचने लगता। मैं उसके माता-पिता के बारे में जानना चाहती, वह बेचैन होने लगता... मैं शादी से पहले उसका ज्यादा से ज्यादा साथ चाहती, ताकि उसे समझने का मौका मिले। वह चाहता, शादी ही जल्दी से हो जाए, फिर होता रहेगा जिंदगी भर समझना-जानना... मुझे लगा वह मुझे जल्द से जल्द पाना चाहता है, पर अब समझी कि उसे दहेज के रुपयों की जल्दी थी।'

रोती हुई वह नजरें झुकाए चुप हो गई। उसकी माँ ने मोमो की प्लेट उसके आगे बढ़ा दी। स्तुति एक मोमो उठा कर कुतरने लगी। उसकी माँ ने कॉफी का घूँट लिया तो मुझे याद आया कि मेरी कॉफी भी ठंढी हो रही है... दिल जोरों से धड़क रहा था। मैंने काँपते हाथों से प्याला उठाया।

मन में कुलबुलाहट होने लगी फिर से कि उन्हें बता दूँ कि आलोक के माँ-पापा को एक ही शहर में अलग रहते जमाना बीत गया। आलोक के भइया-भाभी दहेज में मिला सारा सामान और गहने लेकर अलग हुए, तब से आंटी यानी आलोक की माँ एकदम अशांत रहने लगी थीं। पति से उनकी रोज लड़ाई होती—रहन-सहन का स्तर ऊँचा करने, बैंक बैलेंस बढ़ाने, बेटी के लिए दहेज की रकम जमा करने जैसे

मुद्दों को लेकर। तब अंकल जी ने एक दिन सूटकेस उठाया और चले गए बड़े बेटे के पास! उसके बाद कभी-कभार ही छोटे बेटे और बेटी से मिलने इधर आते। जब भी आते, पत्नी से किसी न किसी बात पर बहस या लड़ाई के बाद कटु शब्दों के साथ ही विदा होते। उस दिन स्तुति के माता-पिता आए, तो आलोक के पापा घर पर नहीं थे। कह दिया गया कि शहर से बाहर गए हुए हैं। पर आज सुबह तो ऐसा लगा कि सब की इच्छा थी कि उन्हें बुलवा लिया जाए। लड़की वालों को यह पता नहीं चलने देना था न कि माँ-पापा में नहीं पटती और वे अलग रहते हैं!

सुबह तो खिड़की पर खड़ी सीमा वहाँ से हटने का नाम ही नहीं ले रही थी—मानो उसके वहाँ खड़े होने से स्तुति के ममा-पापा जल्दी से आ जाएँगे—शाम के बदले सुबह ही। आंटी के मन में चाहे जो चल रहा हो, सीमा के चेहरे पर उतावलापन और तनाव पढ़ा जा सकता था। मैंने खेद सहित सोचा कि लोग घर आते हैं छोटे भाई आलोक का घर-परिवार देखने, पर उसे रिजेक्ट कर दिए जाने के डर से टेंस सीमा हो रही होती है। भाई की शादी का इतना चाव, वह भी बड़ी बहन होने के बावजूद, बाहरी किसी को समझ नहीं आता, पर पड़ोसी जरूर सूँघने लगे हैं। जब भी अंकल किसी ऐसे दिन गुड़गाँव से आते, जब घर की साज-सज्जा हो रही होती और चाय-नाश्ते का सामान घर लाया जा रहा होता, पड़ोस की शर्मा आंटी मुस्करा कर पूछतीं—'कोई आ रहा है, आलोक को देखने?' सीमा 'ना' नहीं कर पाती। यह अलग मुद्दा है कि माँ की बात मानकर हर बार मजबूरन उसे लड़की वालों को अपना अलग परिचय देना पड़ता। कभी वह बच्चा पैदा नहीं कर पाई एक बेचारी पत्नी होती, जिसे पति ने छोड़ दिया होता या ससुराल वाले सता रहे होते; तो कभी वह पति के विदेश रहते, मायके रह रही शादीशुदा बेटी होती। एक बार जब उसने सच बता दिया कि वह आलोक से बड़ी और कुँवारी है तो माँ ने उसे इतना डाँटा कि.... सही है, अगर बत्तीस साल का आलोक उससे छोटा है तो वह सत्ताईस की कैसे बताई जा सकती है? और सही उमर बता दी जाए तो उसकी शादी की बात आसानी से कैसे चलाई जा सकती है?

आज सुबह तो मेरे सामने ही सीमा ने माँ से पूछा था—'आज क्या कहना है? पति विदेश में हैं? ससुराल रायपुर है?'

'आज तू चुप रहेगी।' आंटी ने कठोरता से कहा—'बस, नाश्ते की प्लेट रख कर चली जाना।'

'पर बाद में घर देखने के बहाने जब लोग अंदर आकर मुझसे भी बातें करने, छेड़ने लगते हैं...'

'तो बात करना रोक नहीं सकती? मत दे जवाब।' आंटी ने डपटा।

माँ को अबूझ-सी देखती सीमा को वहीं छोड़, मैं उठकर चला आया था।

स्तुति की आवाज से मैं फिर से चेता और वर्तमान में लौट आया। वह माँ को बता रही थी—

'ममा, आलोक से मिल कर लौटते मुझे हमेशा कोई उलझन घेरे रहती थी। सोचती रहती कि क्या है आलोक के साथ और उसकी बातों में जो मन को उस पर भरोसा करने से रोक देता है? कोई गुत्थी, जो सुलझ नहीं पाती। उसके व्यक्तित्व की कोई परत—जिस पर उँगली रखना बाकी है। वह छोटी-छोटी बातों पर भी इतना झूठ क्यों बोलता है, जबकि बाद में पकड़ा ही जाता है? क्या वह अपनी असली उम्र बता देता तो मैं उससे शादी से इंकार कर देती? क्या वह अपनी सैलरी बिना झिझक बता देता तो मैं ज्यादा खुश नहीं होती?

'सुख-दुःख अंदर मिल गए-से लगते रहे ममा... बता नहीं पा रही थी तुमसे पर सोचती रहती थी, तुम्हें कैसे समझाऊँ अंदर की दुविधा या इस रिश्ते को 'हाँ' कर देने की हिचकिचाहट को? तभी तो तुमने जैसे ही डिटेक्टिव एजेंसी के बारे में कहा, मैंने इनकार नहीं किया। आलोक मुझे अच्छा लगता था, साथ निभ सकता था, पर साथ की बात सोचते ही कोई बेचैनी अंदर उग आती थी। अंदर की झील के शांत पानी में रोशनियाँ काँपने, काली परछाइयाँ बनने लगती थीं। इस सब का रहस्य तो अब जाकर खुल पाया न... दो दिन पहले ही काफी देर साथ बैठे गप्पें मारी थीं। कोक पी, पिज्जा खाया। आलोक के पूरे परिवार से पहले एक बार मॉल में मिल चुकी थी, इसीलिए कहा उससे कि क्यों न आज अचानक उसके घर जाकर सब को चौंका दूँ! यह सुनते ही आलोक के चेहरे पर उलझन छा गई। बोला—क्या पता पापा घर पर हों, न हों। तब मैं बोली कि पापा घर पर नहीं होंगे तो क्या... बाकी सब से मिल लूँगी, पर वह राजी नहीं हुआ घर ले जाने को। यह तो अब पता चला कि पापा दरअसल साथ रहते ही नहीं। दिखावे के लिए जब-तब बड़े भइया के घर से बुलवा लिये जाते हैं।

'मैंने तो उसे यह भी बताया था कि तुम दहेज विरोधी हो, पर वह बोला-सवाल माँ को खुश करने का है। उनकी नाराजगी मोल लेकर तुम मेरे घर में कैसे अजस्ट कर पाओगी? वैसे भी बारह लाख हो कि सोलह लाख—तुम्हारे माँ-पापा के लिए इतनी-सी रकम कोई मायने नहीं रखती।'

मेरे होंठ सूखने लगे। रोती हुई स्तुति को उसकी माँ ने कंधे से घेर लिया। अब वे दोनों ही चुप थे। मैं इंतजार करता रहा कि वह आगे और कुछ बोले तो मैं निश्चिंत होकर उठ सकूँ पर वह मेज पर दोनों हथेलियाँ उलझाए, सिर झुकाए-सी बैठी रही। मेरा मन हुआ उसे कह ही दूँ, मैं तुम्हारा दुःख समझता हूँ, पर अब तो तुम्हें खुश होना चाहिए। मैं तो तुम्हें और खुद को बधाई देना चाहता हूँ। बच गई, तुम बच गई... बच गया, मैं भी यही बातें कह कर आलोक की नजरों में खलनायक होने से बच

गया। अब जश्न क्यों नहीं मनाती, आँसू बहाने के बदले?! जश्न मनाना तो मुझे भी बनता था पर मुझे साफ महसूस हुआ कि जश्न मनाने की मन:स्थिति मेरी है नहीं। क्या मैं दु:खी हो रहा हूँ, खुश होने के बदले? क्यों भला! शायद दुखों का रंग हमेशा काला नहीं होता, न ही सुखों का हरदम चमकदार। किसी रिश्ते को—जिसका नाम भले पहले से तय हो—परिभाषित करना कभी-कभी बहुत मुश्किल लगने लगता है! किसी बचपन के रिश्ते को—जिसे दोस्ती कहता आया हूँ—पकड़े रहना या अचानक छोड़ देना भी कोई कम मुश्किल नहीं होता। अब स्तुति को पता हो कि न हो कि वह सोच क्या रही है, मुझे पक्का पता था कि मैं क्या सोच रहा हूँ।

स्तुति से बातें करने की जरूरत खत्म हो चुकी थी। वह तो साफ तौर पर शादी को 'ना' कर चुकी। अगर उसकी माँ उसे इनकार लें तो शायद दहेज की पहली किस्त के दस लाख रुपयों के बदले आज आलोक के घरवालों को पुलिस के दर्शन होंगे।

*

अचानक मैं चौंका। मैंने अपनी भावनाओं को खँगालने की कोशिश की। मैं चाहता रहा था कि स्तुति की शादी आलोक से न हो। वह ठगी नहीं जाए। वह क्या, कोई भी ठगा न जाए! पर इस क्षण मुझे आलोक, सीमा और खुद अपने लिए बुरा लगने लगा... स्तुति के लिए तो खैर अच्छा-बुरा दोनों लग रहा था। वह गलत शादी से बच गई पर बेचारी का दिल टूट गया... काश कि स्तुति को कोई अच्छा-सा लड़का मिल जाए... मेरे जैसा? मुझे तुरंत खुद पर हँसी आई। उस जैसी लड़कियों को तो बस दूर से निहारने की औकात रखता हूँ मैं! परिवार या अपने बारे में झूठ परोसकर, स्तुति को धोखे से जिंदगी में शामिल करके मैं प्यार शब्द को शर्मिंदा करना नहीं चाहता... पर एक झटका लगा। यह सब तो बाद में भी सोचा जा सकता था। अभी सवाल यह था कि आलोक जेल न जाए... जेल जाने की नौबत तो शायद नहीं, पर पुलिस का लफड़ा झेलना भी उसके हिस्से न आए... साला, क्यों इतने प्रपंच में जीता है? बहन को आगे पढ़ाकर किसी नौकरी में क्यों नहीं लगा देता? पर खोट आलोक के दिल में थी जरूर... वह शायद अच्छे पद, बड़े संस्थान में काम करते होने के बावजूद कम सैलरी पाने की कसर निकाल, चुटकी में दौलतमंद बन जाना चाहता था। अपनी माँ की सोच से प्रभावित होकर? हाँ, शायद यह आलोक की माँ थी, जो चाहती थी कि दहेज की पहली किस्त लेकर भी बाद में शादी को इंकार कर-करके बेटी के लिए दहेज जमा करती जाए, घर की साज-सज्जा करे, महँगे सामान से घर भर ले.... वरना आलोक खुद पूरे मन से इस योजना को अंजाम क्यों देता रहता? और मौन समर्थन देने वाली सीमा? क्या उसे शामिल नहीं मानें?

सच चाहे जो भी हो, मुझे अपने दोस्त को पुलिस केस से बचाना था। मैंने कॉफी के पैसे चुकाए और उन दोनों की नजरों से बचता हुआ बाहर आ गया। मोटरसाइकिल पर सवार होकर सरपट भागता हुआ वापस दिल्ली पहुँचूँ, उससे पहले मुझे आलोक को फोन कर लेना चाहिए क्या? पर लगता नहीं था कि स्तुति, माँ को आलोक के घर जाने या पुलिस को खबर करने देगी। अब आलोक की शादी कैंसिल है—पक्के तौर पर। मैं दिल ही दिल बहुत खुश हुआ। इतने दिनों से चला आ रहा सारा तनाव पल भर में गल गया। इतनी अच्छी स्तुति अब सड़ू आलोक को नहीं मिलेगी। ऊपरवाले तुसी ग्रेट हो। अब सामने बैठ कर धीरज तो बँधा दूँ पट्ठे को! मैं मोटरसाइकिल स्टार्ट करके उड़ने लगा। नोएडा सेक्टर 18 से वसंत कुंज में आलोक के घर तक के 30 किलोमीटर के रास्ते में कहीं नहीं रुका- ट्रैफिक लाइट के सिवा।

पर उनके घर के पास पहुँच कर अंदर जाने से हिचक गया। उन्हें ऐसा लगना नहीं चाहिए था कि शादी कैंसिल होने से मैं इतना खुश हूँ। फिर यह भी पता नहीं लगना चाहिए था कि मैंने स्तुति से बातें करने या आलोक का भेद खोलने की कोशिश की। मुझे तो आलोक का खास दोस्त होने के नाते दुःखी दिखना बनता था। जो सुना, वह कैसे सुना, क्यों गया था नोएडा, मन में यह कहानी गढ़नी भी बाकी थी। दुःखी दिखने की प्रैक्टिस करने को मैं वापस अपने कमरे में जाकर बिस्तर पर लेट गया और बहुत सारी बातें सोचता थोड़ी देर के लिए सो ही गया।

*

रात हो चुकी थी, जब नहाया-धोया मैं गंभीर बना आलोक के घर घुसा। लड़की वालों को छह बजे आना था, अब आठ बजने को थे। बेचैन आलोक बार-बार घड़ी देख रहा था और उसके पापा भी। आलोक शायद ऑफिस से जल्दी घर आ गया था। 'लड़की वालों के इंतजार में भूख रोके नाश्ता करने से इनकार कर रहा है'—सीमा ने हँसकर बताया। 'पापा को गुड़गाँव वापस लौटना है, वे भी बेचैन हो रहे हैं।' —सीमा ने यह भी बताया। पर सबसे ज्यादा बेचैन तो आंटी जी दिख रही थीं। मैं चुपचाप एक ओर बैठ गया और हिसाब लगाने लगा।

आज दहेज की पहली किस्त आनी थी—दस लाख कैश। बाकी दो लाख महीने भर बाद शादी के ठीक पहले मिलते। शादी से पहले दहेज के रुपये, शादी के बाद हर माह स्तुति की सैलरी के... और उसके भी बाद माता-पिता की इकलौती, ढेर सारी संपत्ति की वारिस के—उनके घर तो रुपयों की बरसात होने वाली थी। तभी तो अच्छे पद पर काम कर रही, धनी पिता की इकलौती बेटी स्तुति सब को पसंद थी—खासकर आंटी को। सोच रही होंगी आंटी कि स्तुति से शादी हो जाए,

तो भविष्य में आलोक को अफेयर चलाकर झाँसा देते दहेज की पहली किस्त डकार जाने की जरूरत न रहे। तब सीमा की शादी तो आराम से हो ही जाती... उसी की क्या, पूरे घर की किस्मत बदल जाती। अंकल जी को खबर तक नहीं लगने देतीं वे कि शादी में कितना दहेज लिया गया, न ही पूछने पर बतातीं। घर के किसी खाली कमरे के अंदर जाकर आराम से रुपये ले लेतीं और अंकल जी सब कुछ से बेखबर स्तुति के पापा से ड्राइंग रूम में बातें करते होते... वैसे अगर आंटी को लगता रहा कि सीमा की शादी की जिम्मेदारी उसके पापा की है—सिर्फ पापा की—तो गलत भी नहीं! आलोक ने बताया था कि अंकल जी से जब भी सीमा की शादी की बात कही जाती, बोल देते कि कर तो रहे हैं कोशिश, अब दहेज के कारण बात नहीं बनती तो क्या करें! सीमा ने भी एक दिन दिल खोल ही दिया था मेरे सामने कि उसे कितना बुरा लगता है कि उसके कारण घर में झगड़े होते हैं, उसी के कारण माँ और पिता को अलग होना पड़ा। अगर आंटी की इच्छा के अनुसार बड़ी भाभी को दहेज में मिले सारे गहने-बर्तन-फर्निचर सीमा की शादी के लिए रख लिए जाते, तो आज यह स्थिति नहीं होती, पर अंकल ने यह होने नहीं दिया। आंटी को लगता है कि अंकल थोड़ी सख्ती दिखाते तो बड़े भइया की हिम्मत नहीं थी कि इस तरह सारा सामान और गहने लेकर चले जाते... पर अंकल ने कह दिया कि सामान और गहने बहू को मायके से मिले हैं, इसीलिए उन पर बहू का ही हक है। फिर झगड़े की शक्ल बद से बदतर होने लगने पर अंकल अपना बक्सा उठाकर बड़े भइया के यहाँ गुड़गाँव चले गए और आंटी बेचारी अकेली रहती परिस्थितियों से जूझती तिकड़में लगाती रहीं। बेशऊर सीमा ने उस दिन एक बात पते की कही थी कि उसके अंदर एक कचहरी है, जहाँ रोज माँ-पापा के पक्ष-विपक्ष में मुकदमे चलते रहते हैं। रोज दोनों पक्षों की जिरह सुनी जाती और फैसला सुनाया जाता है। फिर अगले दिन जिरह की शक्ल बदल जाती है और जाहिर है—फैसला भी। जिरह की शक्ल बदलती है बाहर यानी समाज में घट रही घटनाओं के कारण। किसी की शादी होती है तो वह फिर से अपने लिए उदास होती है। फिर अगले दिन कोई बहू ससुराल में जला दी जाती है तो उसे लगने लगता है कि इससे तो हम कुँवारे भले... पर यह कुँवारे भले वाला भाव दो-चार रोज में ही गल जाता है और शादी के जोड़े, शादी के गीत उसे बुलाने-ललचाने लगते हैं। कभी लगता है कि माँ सही है, तो कभी पापा का पक्ष लेने का मन होने लगता है। यह सब बताते सीमा का चेहरा बेचारा-सा दिख रहा था। मैं तय नहीं कर पाया था कि वह इतनी बातें मुझसे क्यों कर रही है—क्या उसके अंदर अब भी मुझसे शादी की कोई दबी-सी इच्छा बाकी है या कि सिर्फ इस कारण कि घर पर कोई है नहीं, जिससे वह दिल की बात कह सके?

सवा नौ बज गए। तय था, स्तुति के घर से अब कोई नहीं आने वाला। मैं

आराम से बैठा नमकीन कुतरता रहा। अंकल डरते-डरते बोले—'अब मैं चलूँगा। देर हो जाएगी। लगता है आज वे लोग आ नहीं पाएँगे।'

किसी ने कुछ नहीं कहा, तो वे जाने को उठ गए। 'पापा को कुछ खाने को दे दूँ?' सीमा ने हिचकते हुए पूछा, फिर हिम्मत करके कुछ मीठा-नमकीन निकाल लाई। उन्होंने उदास दिखते खाया और तुरंत चल दिए।

उनके जाते ही आंटी का गुस्सा फूट पड़ा—'चले गए आराम से। यहाँ मैं बेटी की चिंता में न सो पाती हूँ, न खा पाती हूँ। किसी तरह पैसों का जुगाड़ हो, शादी हो जाए, तो बला टले सिर से... जो कर रही हूँ, क्या अपने लिए? दहेज माँगती भी हूँ तो उनसे जो दे सकते हैं। अब क्या हो गया उन लोगों को, जब सारी बातें तय हो चुकी थीं? आलोक, तू पता क्यों नहीं करता?'

'स्तुति फोन नहीं उठा रही' आलोक ने मरे गले से कहा।

'तो उसकी माँ को लगा' आंटी चिढ़कर बोलीं।

'आप ही लगा लो न...' आलोक ने जोर से कहा और अपने कमरे में जाने लगा।

मुझे लगा—यही सही समय था। मैंने हिचक छोड़, उसे कमरे में जाने से रोका और डरते-डरते सब बता दिया—अचानक नोएडा जाने का प्रोग्राम बन जाने की गढ़ी हुई कहानी के अलावा बाकी सब कुछ सच-सच! सीमा खड़ी-खड़ी अविश्वास से मुझे सुनती रही, फिर सिसकती हुई हतप्रभ-सी एक ओर बैठ गई। आंटी भी किसी सोच में हाथों पर ठुड्डी दिए दीवान पर अधलेटी हो रोने-सिसकने लगीं। आँसू तो आलोक की आँखों में भी थे। क्या वह सचमुच स्तुति से प्यार करने लगा था, सिर्फ उसके धन से नहीं? क्या पिछले मामलों की तरह अबकी दहेज की पहली किस्त लेकर शादी से मुकर जाने का उसका कोई इरादा नहीं था?

मुझे लगा पुलिस केस की आशंका से कोई विस्फोट होगा। सब चौंकेंगे और अफरा-तफरी मच जाएगी।

पर नहीं। पुलिस के नाम से किसी को कोई परेशानी नहीं हुई। रोती हुई आंटी ने अचानक करवट बदल मेरी ओर आजिजी के भाव से देखा—मानो पूछ रही हों, कह चुका कि और भी कुछ बाकी है! मैं संकोच से घिरा उठने लगा। वे आलोक से बोलीं—

'कह दे थाने में फोन करके कि आना जरूरी हो तो आ जाएँ उन लोगों के साथ, पर बाद में ध्यान रखें। कौन-सा हम कैश ले चुके! कैसे सिद्ध करेंगे?! बातों की रिकॉर्डिंग... हुंह! कह दे, उनका इंतजाम हो जाएगा, जैसे पहले होता आया है...'

फिर उनकी नजरें मेरी ओर घूमीं—

'और तू... तू ही है न साजिशी इस सब का?... कहानियाँ बनाकर सुना रहा

है हमें डिटेक्टिव एजेंसी की और समझता है कि... तुम्हें तो मैं बाद में अच्छी तरह देख लूँगी।'

वे धमकी भरे स्वर में बोलीं और गुस्से से भरी उठकर अंदर चल दीं। विस्फोट अब मेरे अंदर हुआ, पर इससे पहले कि कोई अप्रिय स्थिति आए या किसी को पता चले, मैंने वहाँ से खिसक जाने का निर्णय लेने में ही अपनी भलाई समझी। इतनी देर से दुःखी दिखने का नाटक कर रहा मैं अब सचमुच दुःखी था। आलोक की आँखों के आँसू, आंटी और सीमा की सिसकियों से घिरा जब उनके घर से अपने कमरे पहुँचा तो उन सिसकियों में स्तुति के साथ मेरी खुद की सिसकियाँ भी मिली हुई थीं। मुझे महसूस होने लगा, मेरे चारों ओर शिकार और शिकारी फैले हैं। कुछ पता नहीं चल पा रहा, किसे किसका शिकार करना है, कौन किसके विरुद्ध साजिशें रच रहा है, कौन पीड़ित है, कौन पीड़क... और अचानक मैं शर्म से पानी-पानी हो गया। मैं भी तो अनजाने आखिर उन्हीं में शामिल हो चुका था!

(पाखी : अक्टूबर-नवंबर (संयुक्तांक) 2015)

बीच में नदी

शाम का समय। ऋषिकेश में सुबह से बरसता आसमान, उन दोनों को पूरी तरह भिगोकर चुप हो चुका। हल्की धूप निकल आई है। ढलती शाम की हल्की धूप-छाँह में वे दोनों गंगा घाट पर बैठने को चौड़ी लाल सीढ़ियाँ चढ़ रहे हैं। ठंढ उन्हें कँपकपाती है। बहुत सिहरन है... शरीर को बेध-बेध जाती हवा से लड़ते, कैप और कोट में खुद को कसते, वे सीढियाँ चढ़, बेंच पर बैठ गए। राम झूला उनकी बाईं ओर, सामने गीता भवन, दाएँ नदी तट का दूर तक दिखता सर्पिल विस्तार... पर ठीक सामने तो बहती नदी है—वेगपूर्ण, बीच-बीच में पसरे बालू के चौड़े-गोलाकार, छोटे-बड़े द्वीपों को समेटती। तट पर उजले पत्थरों के ढेर—यहाँ से वहाँ तक। फोटो खींच चुके, विडियो बना चुके। अब दोनों चुप बैठे निहार रहे हैं।

पति गीता भवन को, पत्नी गीता भवन को।

पति गीता भवन को; पत्नी—नदी, बालू, राम झूले, सीढ़ियों, धूप को...

पति गीता भवन को; पत्नी पीछे फुटबॉल खेलते बच्चों, बस स्टैंड, बहते पानी, उस पार के सारे भवनों, आश्रमों, आते-जाते सैलानियों... सारे दृश्य को...

पति अब भी गीता भवन को; पत्नी जमीन, आसमान, नदी, पेड़, धारा, कैलास आश्रम, इस्कॉन टेंपल, ओंकारेश्वर आश्रम को...

'सामने ही तो है—नदी पार करके चले जाते! पतली-सी तो है बीच की धारा... बेकार ही लक्ष्मण झूला होते, पैदल चल-चल, भींग-भींग, थक-थका के परेशान होकर पहुँचे गीता भवन!' पत्नी ने कहा।

'हाँ', खोए-से बोले पति।

पत्नी चुप हो गई। फिर दो क्षण बाद, याद आने पर कि पत्नी कुछ कह रही है, पति ने कहा—'सोचा थोड़े था कि जहाँ ठहरे हैं, वहाँ से ठीक सामने होगा! पर भींग जाते अगर नदी पार करते।'

'अरे, मैं तो मजाक कर रही थी! देखो, धारा कितनी तेज है। क्या पता नदी भी बहुत गहरी हो? जाना तो उस पार से ही था। पर राम झूला से सीधे पहुँच जाते। उतना चलने की कोई जरुरत थी नहीं!'

'हूँ' पति ने कहा। दोनों फिर से चुप हो गए।

पत्नी को पता था कि पति गीता भवन के उसी कमरे में अब भी बैठे हैं, जहाँ कुछ देर पहले थे—अपने 'पहले प्रेम' से मिलते हुए! पत्नी भले साथ थी, पर पति के जाने वह वहाँ नहीं थी। उसकी उपस्थिति तो वह पुल मात्र थी, जो उसे अतीत में उतार सकती थे। पत्नी नहीं होती तो 'वह' ठीक से बात नहीं कर पाती। शर्माती। पत्नी नहीं होती तो पति रिश्तेदारों भरे उसके घर में जाते हिचकते। पर पत्नी थी साथ, इसीलिए 'वे दोनों' पुल पार करके, अतीत में उतर गए थे। 'उसे' सब याद था—स्कूल में प्रेम पत्र पाने से लेकर, गाना, पढ़ाई... सबकुछ!! पत्नी साथ चली गई क्योंकि उसे 'उस लड़की' से कोई शिकायत नहीं थी। उसने कोई छल-प्रपंच नहीं किया, झूठा आश्वासन नहीं दिया, न प्रेम पत्र का जवाब दिया कभी, न शादी को 'हाँ' की। तब भी अगर कोई सालों-साल उसकी 'हाँ' का इंतजार करता कुँवारा रहा, तो वह क्या कर सकती थी? खाना सबने वहीं खाया—या कहें कि 'उसने' जिद करके खिला दिया। अब भक्ति-मार्ग पर बहुत दूर चली जाकर, मन से पूरी संन्यासिन हो गई है। बाहरी कमरे में मंदिर है गुरुजी का, जिसे बात-बेबात हाथ जोड़ती, ताकती रहती है। स्कूल के जमाने से ही अध्यात्म की ओर मुड़ रही थी पर पति की ओर से इंतजार चलता रहा—लगभग बीस सालों तक!! इस बीच औरों से प्रेम भी हुआ, पर शादी की बात नहीं बनने पर 'अपने पहले प्रेम' को ही बार-बार शादी का संदेसा भेजा गया।

पत्नी ने उससे बातें कीं। पूछा कि कैसे मुड़ीं अध्यात्म की ओर... और वह बताती रही... लौटते समय पत्नी ने कहा—'प्रेम तो इन्होंने बहुत सारे किए, शादी से पहले और बाद में भी—पर सबसे लंबा इंतजार आपका ही किया।'

'वह' संकुचित हुई। पति ने बरजते हुए आँखें दिखाईं। क्या वे चाहते थे कि जो फिल्मी-सा सच 'उसके' सामने परोसा है कि बस 'उसका' और 'उसका ही' इंतजार किया—वह चमकीले काँच-सा फिल्मी रोमांस पत्नी के मुँह से निकले किसी सच से, एक छन्न की आवाज करता टूटकर, आम, दुनियावी प्रेम-सा न दिखने लगे?... पर 'उसके घर' से निकलकर आहत दीखते पति ने कहा कुछ नहीं... चुप तो चुप।

अब पति पास बैठे थे। इतनी ठंढ और इकतीस दिसम्बर की इतनी रोमांटिक शाम, पर पत्नी ने कहीं और खोए पति का हाथ नहीं पकड़ा। इसी तारीख को वे पहली बार मिले थे। यह आशा व्यक्त की थी कि अब जीवन भर साथ रहेंगे, साल-दर-साल इसी तारीख को मिलते, नए साल का सूरज साथ ही देखते, अपने साथ के लिए कभी पछताएँगे नहीं...उनकी चाहत का सूरज कभी डूबेगा नहीं, बल्कि साल-दर-साल ज्यादा चमकीला होता जाएगा! पति ने तब यह भी कहा था कि वे पत्नी से

कभी कुछ छुपाएँगे नहीं... पर अपनी बात पर कायम रहते तो शादी के बाद छुपकर प्रेम कैसे कर पाते!

अब पत्नी को पता है कि पति उसके नहीं हैं। उसके कभी हो ही नहीं पाए... पहले प्यार के इकतरफा आवेग को शादी से पहले और बाद में जाने कितने प्यार कर-करके ढूँढते,असफल होते, बेचैन के बेचैन जीते रहे।

तो पति, इस वक्त तो साफ अपने 'पहले प्यार' की स्मृतियों में खोए थे और पत्नी, इस सत्य, इस कसक में कि उनके रिश्ते में तो कभी वो 'स्पार्क' आया ही नहीं, जो पति-पत्नी को एक दूसरे से बाँधकर, 'दो से एक' कर देता है। तब कोई पति कभी धोखा देने, दिल दुखाने या झूठ बरतने की सोच तक नहीं सकता!

तो बेमानी-बेस्वाद हो गया है इकतीस दिसम्बर को शुरू हुआ यह साथ! पर साथ तब भी है, भले उसमें प्यार घोलने, उसे पारदर्शी बनाने की कोशिशें अब दोनों में से कोई नहीं करता।

पति वहाँ बैठे क्या सोच रहे थे, पत्नी को नहीं पता; पर वह उनकी प्रेमिका के बारे में सोच रही थी। पत्नी 'उसे' जानती नहीं थी, आज पहली बार मिली। लगा कि 'वह' स्थिर दिमाग की है—जो ठान लिया, सो ठान लिया। प्रेम नहीं करना, तो नहीं करना... शादी नहीं करनी, तो नहीं करनी। न बेकार में बहलाए रखना, न धोखा देना। पत्नी सोच रही थी कि इतनी स्थिर दिमाग, दृढ़ चरित्र प्रेमिका से शुरू करके, कैसी-कैसी, ढुलमुल, झूठी, चरित्रहीन, छल-प्रपंच से लदी तथाकथित प्रेमिकाओं को प्यार किया पति ने, जो उसे अपनी पत्नी से छल करने को खुलेआम उकसाती रहीं!!... और पति ने लंबा इंतजार किया, तड़पा—तो एक 'दृढ़ चरित्र वाली' पहली प्रेमिका और इसके ठीक उलट चरित्र की हद तक 'बेहया-बेवफा' दूसरी किसी प्रेमिका के लिए...

...और इन दो विपरीत ध्रुवों के प्रति आकर्षित पुरुष की नियति, बगल में बैठी यह अच्छी-सी, बुद्धिमान-सी, सीधी-सी कही जाने वाली पत्नी, जिससे सामाजिक जुड़ाव को पति कई मजबूरियों के कारण तोड़ नहीं पाते... मजबूरी नंबर एक—बाप होने की। मजबूरी नंबर दो—शादी को तैयार कोई दूसरी न मिल पाने की, मजबूरी नंबर तीन... खैर, छोड़िए।

तो एक नदी है बीच में। उस पार 'वह' है, अपनी किसी और दुनिया में खो चुकी और दिल दुखा हो अगर तो उसके लिए माफी माँग चुकी। इस पार पत्नी है—सच स्वीकार चुकी, साथ होती हुई भी पति से भावनात्मक दूरी साध चुकी... और बीच में 'वो एक और', झूठ और छल की शृंखला की नवीनतम कड़ी, उसे बहला रही उसकी वर्तमान बेवफा और बेहया प्रेमिका...

नदी अकेली बह रही है। बाकी सब भी अकेले-अकेले हैं। पति प्रेम के

अनुभवों से भरा, पर इस क्षण 'पहले प्रेम' से बिछुड़, भावनात्मक रूप से अकेला... पत्नी शुरुआती अपेक्षाओं से परे, विवाह की मजबूरियों की मारी, भावनात्मक रूप से घोर अकेली; और 'वो गीता भवन वाली', अपनी मर्जी से जीवन में अकेलापन ही चुनने वाली भी अकेली-अकेली...

पर नदी जैसे ही समृद्ध हैं सब! पास बैठे पति—अतीतजीवी, विवाह में नहीं, विवाहेतर प्रेमों में जीते, पत्नी को बिना शर्म लगातार छलते, प्रेम के कई-कई अनुभवों से समृद्ध। बगल में बैठी पत्नी—चाहना की लगातार विकसित होती अपेक्षाओं से, जिंदगी में किसी छल-प्रपंच में न उलझने की संतुष्टि से समृद्ध... वहाँ गीता भवन में बैठी 'वह'—चाहे जाने और आध्यात्मिक अनुभवों से समृद्ध।

तो एक नदी जो सामने बह रही थी, 'उसके' और 'इसके' बीच, 'पति' और उसके 'पहले प्रेम' के बीच, गीता भवन में बैठी 'प्रेमिका' और यहाँ बगल में बैठी 'पत्नी' के बीच, जो आर-पार करती बसी थी बीच में—उस नदी का सबको पता था। सब उसे देख पाते थे।

एक और नदी हुआ करती थी पत्नी के अंदर, जहाँ वह पति के साथ सारी भावनाओं, सारे संचित प्यार में भींगी-भींगी जीना चाहती थी। पति द्वारा भिगो-नहला दी गई जाना चाहती थी। वहाँ वह पति के साथ नहाना चाहती थी—पर वह चिकना घड़ा, कभी वहाँ डूबता या भींगता नहीं था। उस छलिया के अंदर तो अपनी अलग नदी थी—जहाँ पत्नी नहीं, प्रेमिकाएँ नहाती थीं।

लगातार छले जाने के उपक्रम से थकती पत्नी, अब पति को अपने अंदर की नदी में बुलाती, भिगोती नहीं थी। पत्नी की दुनिया से लगातार गायब होता जाता पति भी, पत्नी को अब अपने अंदर की नदी दिखाता नहीं था। पर अफसोस कि सब सोचते थे कि उन दोनों की नदी एक ही है, जिसमें दोनों मिलकर नहाते हैं!

पत्नी ने पति को ध्यान से देखा। पति अब भी खोए थे। पति ने पत्नी को देखा तक नहीं कि वह आखिर कहाँ खोई थी!

क्या पति को अंदाजा तक था कि एक नदी अब भी है पत्नी के अंदर? वह तो सिर्फ सामने बहती उस नदी को देख रहे थे, जिसके उस पार 'वह' थी... पर पत्नी? वह तो बिन देखे भी, अपनी-अपनी गति से बहती, सामने बहती दिखती और अंदर बहती, पर नहीं दिख पाती; दोनों नदियों के अस्तित्व से सराबोर, कल्पना में नहाती-तैरती-बहती बहुत दूर निकल गई थी।

'चलो', पति ने उठते हुए कहा।

'हाँ, चलो', कहती पत्नी भी उठ गई।

दोनों चल दिए... और नदी बीच में खामोश बहती रही।

(जनसत्ता : जनवरी 2013)

माफिया बनाम माफिया

'माफिया की फोटो क्लिक करके जरूर भेजना'—ट्रांसफर ऑर्डर आने के बाद जबसे इस शहर में आना तय हुआ, दोनों बच्चे गाहे-बगाहे कहने लगे। वंदना हँसती और टाल जाती। बच्चों के लिए माफिया उत्सुकता और ग्लैमर का विषय था, तो उसके लिए प्रत्यक्ष तनाव का। वैसे अंदर तैरते, ठोस होकर दिमाग में घुस जाते तनाव को सतह पर आने से वह लगातार रोकती रहती। खुद को भरोसा दिलाने की कोशिश करती कि माफिया से उसे कोई लेना-देना तो होगा नहीं, फिर क्यों घबराना! पर सालों-साल से ट्रेड यूनियन डील करते अंदर की यह सच्चाई उसे पता थी कि ऑफिस में फंक्शनल ट्रेड यूनियन वाले माफिया के अनुयायी निकल जा सकते थे। इस तरह ऑफिस में यूनियन से रोजमर्रा की डीलिंग परोक्ष रूप से माफिया से डीलिंग बन जा सकती थी। यह भी हो सकता था कि किसी छोटे-मोटे मुद्दे पर यूनियन से मतभेद उसे किसी माफिया गुट की नाराजगी का केन्द्र बना दे और वे वंदना को कोई नुकसान पहुँचा दें—अपनी राह का काँटा समझकर! पर वंदना की औकात क्या उनके लिए किसी काँटे जितनी भी होगी? काँटा क्या चींटी तक से कम होगी। वह किसी माफिया गुट को चुभने लगे, ऐसी औकात बना पाना ही क्या कोई छोटी उपलब्धि होगी? इस विचार से वंदना के चेहरे पर मुस्कान आ जाती। सोचती- क्या वे सचमुच कंपनी के ऑफिसरों को भी नहीं बख्शते? यह सच है या अफवाह कि माफिया के शहर में ऑफिस के सारे काम नियम-कानूनों को धता बताते माफिया सरगनाओं के मनमुताबिक करने की मजबूरी रहती है? क्या फिल्मों में दिखाए सीन की तरह सचमुच कोई भी ऑफिसर राह चलते उनकी हिंसा का शिकार हो जाता है और पुलिस कुछ नहीं करती?? ऐसे खयाल उसे असहज कर देते— यूनियन से डीलिंग के ढाई दशकों के अपने तमाम अनुभवों के बावजूद!!

अपने भय, अपनी आशंकाएँ अंदर दबाए वह बच्चों के सामने वही साहसी माँ बनी रहना चाहती, जिस पर बच्चों को हमेशा गर्व रहा। साहस का बाहरी खोल उतारे बिना खुद को ही दिलासा देते टोन में वह बच्चों से कहती—

'माफिया को आम आदमी या कंपनी के किसी अदना-से ऑफिसर से कोई मतलब नहीं होता। उनकी डीलिंग मैनेजमेंट के उन खास लोगों से होती है जो उनके कारोबार में बाधा बनते हैं या बन सकते हैं। फिर मेरी भेंट माफिया सरदारों से कैसे होगी जो फोटो खींचकर भेजूँगी?'

बचपन में वह खतरों से खेलकर विजयी होने के सपने देखा करती थी। बड़ी होने पर घर-बाहर अपने निर्णयों के लिए अक्सर दुस्साहसी कही जाती रही पर अब प्रौढ़ता की ओर बढ़ते तमाम भय उसे घेरने लगे थे। अतीत में लिए अपने ही निर्णयों पर आश्चर्य और खौफ होता था। ऐसे कैसे जीती रही थी वह खुद को तमाम खतरों में डालकर? माफिया के शहर में ट्रांसफर के मुद्दे पर संतोष की बात यह थी कि उसी शहर में तमाम ऑफिसर्स सालों से काम करते आ रहे थे और माफिया ने उनमें से गिने-चुने को ही छेड़ा था। हत्या भी दो-चार की ही हुई थी—वह भी हाल के सालों में नहीं। माफिया गुटों की लड़ाई आपसी होती थी—दूसरे ग्रुप पर वर्चस्व कायम करके अपना कारोबार निष्कंटक बनाने के लिए। और अब तो एक माफिया गुट के सरगना दूसरे गुट के हाथों मारे जा चुके थे।

ऐसे ही खयालों से घिरी अंदर से रोती और बाहर से हँसती दिखते, उसने सामान बाँधे और पहुँच गई माफिया के शहर!

*

वह उतरी तो प्लेटफॉर्म पानी से धोया जा रहा था। इस दृश्य ने उसे तत्काल खुश कर किया। उसने याद करने की कोशिश की तो याद नहीं आया कि पहले कभी किसी भारतीय रेलवे प्लेटफॉर्म को धुलते देखा था। जिस गंदगी की आशंका लेकर घर से निकली थी वह प्लेटफॉर्म पर उतरते ही निर्मूल साबित हुई। प्लेटफॉर्म के बाहर टैक्सियों और ऑटोरिक्शा की कतारों ने दिल्ली की याद दिला दी।

मोलभाव किए बिना टैक्सी लेकर वह गेस्ट हाउस की ओर चल दी। टैक्सी में बैठी खिड़की से बाहर दिखते दृश्यों को दिल में बिठाते उसने सोचा—तो ऐसा है माफिया का शहर!! उजाड़-उजाड़, फिर थोड़ी हरियाली; साफ-सुथरे इलाके में बनी मल्टीस्टोरीज तो एकतल्ला मकानों वाली पतली गलियाँ... किसी भी आम भारतीय छोटे शहर की तरह बिना प्लानिंग पसरता जाता शहर। सड़क किनारे लगे ठेले, छोटी-छोटी किराना दुकानें, मिठाइयों की तमाम दुकानें, मॉल, बड़ा-सा होटल और फिर से छोटी-छोटी बिल्डिंगें, हाउसिंग सोसाइटी, मुहल्ले... धूल और धुआँ उड़ाते स्कूटर-ऑटो... साइकिल रिक्शा और कारें।

उसे भटकाए बिना टैक्सी वाले ने गेस्ट हाउस पहुँचा दिया। पर गेस्ट हाउस पर नजर पड़ते ही दिल उदास हो गया। दिल्ली रहते फोन करके कोई गेस्ट हाउस

माँगा और मिल गया तो खुश हुई थी कि इस शहर में ऑफिस के लोग कितने अच्छे हैं! बाहर से अपने शहर आ रही ऑफिसर की सुविधा का खयाल रख रहे हैं। पर अब इस उदास, टूटी-फूटी-पुरानी बिल्डिंग को देख, वह अपनी सोच पर शर्मिंदा हुई।

पहली नजर में ही पता चल गया कि यह कोई उपेक्षित और गंदा गेस्ट हाउस है। अंदर खोजने पर भी कोई रिसेप्शन डेस्क नहीं मिला जहाँ से अपने ठहरने के बारे में अपेक्षित जानकारियाँ ले सके। सामान टैक्सी से उतारकर दुविधा में थी कि क्या करे-कहाँ जाए, तभी अंदर के दरवाजे से कोई निकल आया और सीढ़ियों की ओर इशारा करते कहा कि अगर आप दिल्ली से आई हैं तो आपका कमरा ऊपर 102 नंबर का है। सामान उतार चुकी थी इसीलिए फिलहाल यहीं ठहर जाना मजबूरी थी। सामान खुद ही ऊपर ले जाने का मन बना रही थी कि अचानक एक छोटा-सा, हड्डियों का ढाँचा दिखता लड़का कहीं से प्रकट हो गया और सामान वंदना के हाथों से लेकर फुर्ती से सीढ़ियाँ चढ़ने लगा।

ड्राइंगरूम-नुमा कमरे से गुजरकर—जहाँ सोफा लगा था—अगले कमरे में, जो बेडरूम था, सामान पटककर लड़का गायब हो गया, पर मिनट भर के अंदर एक गंदे जग में पानी लिए फिर से प्रकट हो गया। बोला—

'आप अपने लिए जग खरीद लीजिए। मैं रोज उसमें पानी भर दिया करूँगा। तब तक इसी से काम चलाइए।'

अगले दिन वंदना जग खरीदकर नीचे डाइनिंग हॉल में देने गई तो वहाँ कई नए जग कतार में सजे दिखे। वंदना को उसी ओर देखती पाकर केयरटेकर निर्लिप्त बोले—

'ये सब सी.बी.आई. वालों के लिए हैं।'

वह चौंकी पर उस मुद्दे से ध्यान हटाती बोली—

'मेरे कमरे की मेज टूटी है, कहाँ रखूँ लैपटॉप? बिजली के कई स्विच भी काम नहीं करते... मोबाइल और लैपटॉप चार्ज कैसे करूँगी? बगल वाला कमरा तो खाली है—मुझे वहीं शिफ्ट क्यों नहीं कर देते?'

केयरटेकर ने कहा—

'मैडम आपको कइसे मालूम कि खाली है? ऊ तो पुलिसवाला लोग का कमरा है—एक जाता है तो साम(शाम) तक दुसरा आ जाता है...'

'तो क्या पुलिस और सी.बी.आई. वाले यहीं रहते हैं? उनके खुद के गेस्टहाउस यहाँ नहीं हैं क्या?' उसके यह कहते ही वहाँ उपस्थित सब हँसने लगे।

'ए बंगाली! मैडम के जग में जल्दी से पानी भरो', कहकर केयरटेकर ने उसकी ओर मुँह किया और बोले—'आप इहाँ काहे आईं मैडम? आपका लेवेल का

अफसर इहाँ थोड़े न आता है! अभियो निकल लीजिए। इहाँ कोय अच्छा कमरा नै मिल सकेगा। अच्छा कमरा पुलिस और सी.बी.आई. वाला लोग को मिलता है। कंपनी का केतना अफसर इहाँ रहबे करता है जो कोय सोचेगा आपका खातिर! हाँ, एगो कमरा खाली होने को है। हो सका तो दे देंगे। आपको तो वी.आई.पी. गेस्ट हाउस माँगना था'

पता चला कि भीतरी सच्चाई यह थी कि वी.आई.पी. गेस्ट हाउस की जगह पतली गली के कोने में टूटे-फूटे फर्निचरों और साधारण-से कमरों वाला यह कामचलाऊ गेस्टहाउस कंपनी के उन बेचारे ऑफिसरों को दे दिया जाता था जिनकी न तो पहुँच-पैरवी थी, न दादागिरी दिखाने की आदत।

कंपनी के दूसरे गेस्टहाउस मुख्य सड़क की दूसरी ओर थे। एक दिन उस ओर जाकर वी.आई.पी. गेस्ट हाउस की विशाल बिल्डिंग, चमचमाते-खूबसूरत कमरे और शानदार बागीचा देख आई। यह गेस्ट हाउस महत्वपूर्ण और पहुँच वाले अफसरों और उनके रिश्तेदारों, पुलिस, सी.बी.आई, विजिलेंस के ऊँचे ऑफिसरों या दिल्ली से पधारे मंत्रालय के दूसरे बड़े अधिकारियों के लिए था। वंदना के रैंक के ऑफिसर भी वहाँ रह सकते थे—रहते भी थे, पर किसी रेफरेंस के बिना नहीं। यह बात उसे पहले से पता भी होती तो क्या कर लेती!!

*

बार-बार ट्रांसफर होकर नए शहर में जाना और बसने की कोशिश करना—वैसे ही दिमागी तनाव बढ़ाता था। घर-परिवार पीछे छोड़कर नए माहौल में, नए लोगों के साथ तालमेल बिठा पाने की कोशिश में खुद को खर्च करते जिंदगी होम हो रही थी। गेस्ट हाउस के मामले में उसने चुप ही रहने का फैसला किया। तीसरे दिन उसका कमरा बदल दिया गया। तीसरे तल्ले का यह कमरा भी साधारण ही था पर सभी स्विच काम करते थे। टेबल के साथ रखी कुर्सी के ऐन बीच प्लास्टिक के तारों की बुनावट फट गई थी पर उस छेद पर चादरों की परत बिछा देने से काम चल जा सकता था। बड़ी-सी टेबल मजबूत और साबुत, साइड टेबल थोड़ी हिलती, सिंगल बेड कामचलाऊ, आलमारी विशाल, कमरे की दीवारें नई पेंट की हुई, दीवार पर लगा साफ-शफ्फाफ आईना बहुत बड़ा... वंदना ने दिल को समझा लिया कि फिलहाल यही आशियाना है। सामान जमाते खूबसूरत परदे सरकाकर बड़ी-बड़ी खिड़कियों से बाहर झाँका तो ऊँचे-ऊँचे पेड़ों और चहुँ ओर पसरी हरियाली ने घावों पर थोड़ा मलहम लगा दिया। घनी हरियाली के बीच तीन-तीन तल्लों वाली कई बिल्डिगें दिखाई पड़ रही थीं। यह तो बाद में पता चला कि वे कंपनी क्वार्टर थे और सभी बिल्डिंगें अंदर से गंदगी और बदबू से पटी पड़ी थीं।

यहीं रहते उसे कंपनी की भीतरी सच्चाइयाँ समझते अजस्ट करके काम करना था।

उसी रात खाना खाते, उसी की तरह कंपनी में नए ट्रांसफर होकर आए, उसी के रैंक के डॉक्टर साहब मिल गए। वे हँसते हुए बोले—

'कंपनी के इस ऑफिस में पैरवी के बिना पत्ता तक नहीं हिलता... माफियावालों के शहर के लोग हैं मैडम!! या तो औकात दिखाइए या पड़े रहिए एक किनारे... मुझे भी दे दिया यही सड़ियल गेस्ट हाउस... पर एक बात है। आप यहाँ सालों रहते रहिए, कोई पूछने वाला नहीं— जबकि वी.आई.पी. गेस्ट हाउसों में जल्दी छोड़ने का दबाव बना रहता है।' सुनकर वंदना को थोड़ा सुकून मिला।

पहले भी ट्रांसफर हुए थे पर ऐसा बुरा अनुभव किसी ऑफिस में नहीं हुआ। यहाँ के लोग तो नए आए का दिल से स्वागत करने या महिला के सामने सभ्य व्यवहार करने की औपचारिकता तक से अपरिचित थे। लगता था जैसे यह शहर जिंदगी के तमाम सबक दे जाएगा।

किसी तरह दिन बीतने लगे। आए हुए महीना भी नहीं बीता था पर लगता ऐसा था जैसे युगों से इसी उदास शहर में अकेली रहती वह बूढ़ी होती जा रही है।

ऑफिस और गेस्ट हाउस—दोनों जगह लोग उससे अजीब-सा बर्ताव करते-मानो देश की राजधानी से माफिया के शहर आकर उसने कोई गुनाह कर दिया है। दोनों जगहें उसका तनाव बढ़ातीं और वह रोज नए सिरे से पछताती कि यहाँ क्यों आई।

*

वह शहर एक ही मुख्य सड़क पर बसा लगता था।

उसी सड़क से रास्ते फूटते और अंदर अलग-अलग कॉलोनियाँ बसी मिलतीं। बाजार जाना हो कि ऑफिस—उस मुख्य सड़क पर आए बिना किसी का दिन नहीं गुजरता।

दोनों माफिया परिवार—कुंती निवास और सिंह मैन्शन—भी उसी सड़क पर बसे थे, जिन पर बनी फिल्म 'गैंग्स ऑफ वासेपुर' ने उन्हें वंदना के बच्चों की उत्सुकता का केन्द्र बना दिया था।

'कुंती निवास के पास रोक दो' लोग ऑटोवाले से कहते। 'सिंह मैन्शन तक चलोगे?' दूसरा कोई उसी ऑटोवाले से पूछता। ऑटोवाले बिना खौफ 'कुंती निवास' के बाहर सवारी उतारते, 'सिंह मैन्शन' तक जाने की हामी भरते।

भारी-भरकम दरवाजे वाला 'सिंह मैन्शन' तो बाहर से किसी सुनसान हवेली जैसा लगता—मानो वहाँ कोई रहता ही न हो, पर कौन जाने अंदर खूब चहल-पहल

रहती हो! वही हाल 'कुंती निवास' का था। कभी किसी कार को अंदर जाने देने के लिए दो सिक्योरिटी गार्ड्स मिलकर वहाँ का विशाल दरवाजा ठेलकर खोल रहे होते, तो लोग अंदर झाँकने की कोशिश करते, पर कारें पलक झपकते अंदर गुम हो जातीं और दरवाजा फिर से बंद!!

वैसे माफिया का डर निर्मूल नहीं था और यूनियन-माफिया गठजोड़ की वंदना की आशंका भी सही थी। भले ऑफिस के कामकाज में माफिया की सीधी दखलअंदाजी नहीं थी, ऑफिस में ऐक्टिव सारे ट्रेड यूनियन वाले दोनों माफिया गुटों में से किसी एक के समर्थक थे। एक गुट दूसरे पर हावी रहने की जुगत लगाता रहता। जब-तब धरना-प्रदर्शन-घेराव होता ही रहता। जो ऑफिसर जिस गुट को फेवर करना चाहते या जिनसे उनकी पहचान होती, उस गुट वाले यूनियन के एजेंडे पर तुरंत ऐक्शन लेकर काम शुरू कर देते। दूसरे गुट के यूनियन के काम लटकाते रहते। शुरुआत में वंदना को बहुत परेशानी हुई। किसी गुट विशेष के प्रति झुकाव नहीं दिखाना परेशानी का सबब बनने लगा। बॉस भी यही चाहते थे कि काम बस उस यूनियन का हो, जिसका वे चाहते हैं। उसे सावधानी बरतनी पड़ती कि न तो बॉस नाराज हों, न उसकी छवि 'इस' या 'उस' गुट को फेवर करने वाली की बने। वह चाहती थी कि नियम-कानून के तहत जिस यूनियन का जो मुद्दा सही लगे—उस पर ऐक्शन ले लिया जाए। बॉस की आँखों की किरकिरी बनकर ऑफिस में टिक पाना असंभव था तो किसी गुट विशेष की गोटी बनकर काम करते खुद की नजरों में गिरते जाना भी अवांछनीय।

*

...और फिर अंदर बसी आशंकाएँ एक-एक कर सच होने लगीं। बॉस के चहेते गुट की यूनियन के किसी काम को इनकार कर देने का साहस दिखाया तो बॉस ने आदेश दिया कि सभी संबंधित फाइलें उनके कमरे में भिजवा दी जाएँ। फिर जिस-जिस काम को उसने नियम बताते या फंड की किल्लत जताते तुरंत करने में असमर्थता जताई थी या करने से इनकार ही कर दिया था—उसे तुरंत कर डालने का आदेश देते बॉस ने सारी फाइलें सीधे वंदना के जूनियर को मार्क कर दीं। उसे तो खबर तक कई दिनों के बाद लगी कि ये फाइलें अब उसके जूनियर सिंह जी डील कर रहे हैं। उसे आशंका हुई कि अब उसकी छवि अकारण ही खराब होगी कि वह कतई व्यावहारिक नहीं है, यूनियन से रिश्ता साधने की चिंता किए बिना नियम-कानून बघारती है; पर इसका सुखद पक्ष यह था कि इससे यूनियन के समक्ष किसी तरह की जिम्मेदारी नहीं रह गई थी।

'यूनियन डील करना इनके बस का नहीं' —किसी ने जड़ ही दिया।

अब ऐसे माहौल में तो यूनियन से रिश्ता बनने की उम्मीद खत्म ही थी, इसीलिए उसने वही ठाना जो हर ऑफिस में ठानती थी—अपनी ही तरह से काम करना। हमेशा की तरह। बिना भेदभाव दोनों माफिया गुट सम्बद्ध यूनियनों से एक-सा बर्ताव। पिछली मीटिंग में उठे मुद्दों पर काम नहीं होने की बात उठते ही जवाब कि सिंह जी से पूछिए—फाइलें तो वही डील कर रहे हैं।

वह फिर भी आहत महसूसती थी, भले जवाबदेही से मुक्त हो ।

फिर एक दिन अपने अधीन काम कर रहे किसी को—जो सीधे 'साहब' तक पहुँच वाला था, काम पूरा नहीं करने और उद्धतता दिखाने के कारण डाँटकर कमरे से निकाल दिया तो रात-भर आशंकित रही। किसी ने कह दिया था कि फोन आएगा 'साहेब' का और आपको अपनी गलती नहीं रहते भी माफी माँगनी पड़ेगी। आगे के लिए आश्वासन भी देना होगा कि भविष्य में उनके गुट के किसी को न तो डाँटेंगी, न उनसे काम लेने की कोशिश करेंगी। यूनियन के पदधारी भी कहीं काम करते हैं?

तमाम चिंताओं से घिरे किसी तरह पहली रात बीती। फिर अगला दिन बीत गया और उससे अगला दिन भी। कोई फोन नहीं आया। चौथे दिन कोई बता गया-

'बात 'साहेब' तक पहुँची थी पर आपके बारे में पता लगाने के बाद उन्होंने तय किया कि कुछ नहीं कहेंगे। 'साहेब' बहुत शरीफ आदमी हैं और सिंसियरली काम करने, नियम-कानून जानने वाले ऑफिसरों—खासकर महिला ऑफिसरों—के रास्ते कभी नहीं आते। किसी को मालूम हो कि न हो कि आप कौन हैं, 'साहेब' को मालूम है कि आपके करीबी रिश्तेदार इस शहर में किस पद पर...'

आसपास बहुत लोग मौजूद थे। वंदना ने इशारे से उन्हें आगे कहने से रोक दिया। यह पहला मौका था जब उसने इस ऑफिस में अपने रिश्तेदार का नाम सुना था। वह चौंक गई। आश्चर्य! मानना पड़ेगा माफिया के अंदरूनी तंत्र को!!

*

उम्मीद के विपरीत कुछ अरसा बाद उसकी किस्मत पलटी और दोनों माफिया गुटों से जुड़ी यूनियनों का सहयोग उसे मिलने लगा। दरअसल बिना फंड उपलब्ध रहे, जिन क्वार्टरों के रिपेयर के लिए बॉस ने यूनियन के खौफ में हामी भर दी थी, वह काम फिनांस ने लटका दिया था। यूनियन नेता कहते पाए गए—

'तब सहमति देने का फायदा क्या हुआ? अगर अप्रूव किया था तो एक्स्ट्रा फंड लेकर दिखाते! इससे अच्छा तो यही था कि मैडम की तरह सीधे 'ना' कर देते और अगले बजट में मेंटेनेंस के सारे कामों के लिए अभी से अलग फंड प्रोविजन करने की मैडम की सलाह मान लेते। मैडम बोल्ड और प्रैक्टिकल हैं—जो करने लायक होता है उसी काम को हाँ करती हैं और तब करवाकर ही दम लेती हैं।'

पर वंदना के लिए तमाम तनाव तब भी मौजूद थे। क्वार्टर अलॉटमेंट के मुद्दे पर दूसरे अधिकारियों समेत उसका भी घेराव हुआ। प्रबंधन के अधिकारियों के विरोध में नारे लगे और हाय-हाय हुई तो उसका नाम भी लिया गया। दूसरे मुद्दों पर भी यही सब होता रहता। वह कमरे में बैठी होती अंदर और बाहर विरोध में नारेबाजी होती रहता। कभी कॉलोनी में जमा कूड़ा उठाया नहीं गया होता तो कभी पानी नहीं आया होता... कभी प्रमोशन कमिटी की बैठक हो जाने के बाद भी प्रमोशन ऑर्डर इशू होने में देरी हो रही होती, तो कभी कॉलोनी में लाइट चली गई होती। मेंटेनेंस विभाग के साथ प्रशासन विभाग को भी लपेटे में लेते नारेबाजी शुरू हो जाती। साथी ऑफिसर बिल्कुल सहयोगी नहीं थे। वंदना की परेशानियों से असंलग्न रहते और यूनियन उसकी हाय-हाय करती, विरोध में नारे लगाती तो ऐसा लगता कि खुश होते। दिक्कत यह थी कि इमीडिएट बॉस इतने अभद्र थे कि उनसे कोई आशा रखना ही बेकार था। हाल यह था कि वंदना अक्सर सोचा करती थी कि इतने अभद्र बॉस की तो डायरेक्टर से शिकायत की जानी चाहिए और यह काम उसे खुद ही तत्काल कर डालना चाहिए। स्वाभाविक है—वह परेशान-परेशान जीती थी। गर्मी बहुत ज्यादा थी—मौसम में भी, ऑफिस के माहौल में भी। ऑफिस के अँधेरे-से कमरे में बिना ए.सी. बैठे पसीना बहता रहता और अंदर उदासी रिसती रहती। पति और बच्चों की याद सताती, उनसे जल्दी-जल्दी न मिल पाने की असहायता तड़पाती। माफिया का यह शहर उसे सोखे जा रहा था।

फिर भी जब से यूनियन का समर्थन मिलना शुरू हुआ, उसे आश्वस्ति हुई कि माफिया सरगना भले दुनिया के लिए टेरर थे, कम से कम इतने सभ्य-शरीफ तो थे ही कि कंपनी के ऑफिसरों को बिना कारण न छेड़ें। वैसे भी उनकी दुनिया और प्राथमिकताएँ बिल्कुल अलग थीं, जो रोजमर्रा के कामकाज में कंपनी की दुनिया से नहीं टकराती थीं। टकराती तब थीं, जब या तो उनके वर्चस्व को खुलेआम चुनौती दी जाए या उनका व्यापार प्रभावित हो। जाहिर है, इस शहर में उन्हें चुनौती देने की तो कोई आम आदमी सोच तक नहीं सकता था, बल्कि सब स्वेच्छा से उनका वर्चस्व मानते आराम से जीने के आदी थे। माफिया गुटों के प्रतिनिधि, लगभग हर चौराहे पर ऑटो वाले, बस और ट्रक वाले से हर ट्रिप की अपने हिस्से की वसूली करते और दो हाथ की दूरी पर पुलिस उन्हें अनदेखा करती खड़ी रहती। वसूली के पैसे देने में आनाकानी करने की हिम्मत दिखाने का प्रश्न ही नहीं था। वसूली करने वाले लोग इतने कठोर और खौफनाक-से दिखते थे कि वंदना उनका चेहरा देखने तक से बचती। हमेशा उनसे नजरें चुराती निकल जाती।

'पुलिस क्यों अनदेखा करती है, समझ गई न?' एक दिन साथी ऑफिसर ने कहा तो वंदना मुस्करा कर चुप लगा गई। 'वसूली का इलाका बँटा हुआ है दोनों

में'—उसे यह भी बताया गया।

*

गेस्ट हाउस में तीसरे तल्ले से ऊँची-ऊँची सीढ़ियाँ चढ़ते-उतरते रोज पाँव दुखते। यहाँ किसी लिफ्ट का नहीं होना उसे खलता। सोचती कि शायद महानगर में तमाम सुविधाओं के बीच रहती वह कुछ ज्यादा ही आरामपसंद और नाजुक हो गई है। उस रात घुटने दुखाती रात के खाने के लिए सीढ़ियाँ उतरकर नीचे डाइनिंग हॉल पहुँची तो दूर से सारी कुर्सियाँ भरी नजर आईं। पहले तो हताशा हुई कि फिर से तीन तल्ले चढ़कर ऊपर कमरे में लौटना और थोड़ी देर बाद दुबारा नीचे उतरना पड़ेगा पर दो-तीन खाली कुर्सियों पर नजर पड़ते ही राहत मिली। हॉल के अंदर घुस ही रही थी कि केयरटेकर महोदय लपके चले आए और चिरौरी के स्वर में बोले—

'मैडम, बीसेक मिनट बाद आते...'

'क्यों?'

'अभी तो इ लोग सब खा रहा है—सी.बी.आई. वाला...'

'तो?' उसकी कठोर मुद्रा ने उन्हें आगे बोलने नहीं दिया। इस बातचीत के बीच वह हॉल में घुस चुकी थी। केयरटेकर जी ने तुरंत एक खाली कुर्सी खींचकर आगे की और बैठने का इशारा किया। फिर वे रसोई की ओर मुँह करके जोर से बोले—

'ए बंगाली...मैडम आ गई हैं। प्लेट लगाओ जल्दी से।'

वही दुबला-पतला बंगाली लड़का प्लेट लगा गया, जिसने पहले दिन सामान उठाया था। कई मिनट हो गए, सलाद कुतर-कुतर वंदना ने प्लेट खाली कर दी पर खाना परोसे जाने का नाम नहीं था। पहले से बैठे वे सब खाने पर टूटे पड़े थे। रोटियाँ आतीं और उनकी प्लेटों में तत्काल गायब हो जातीं। सब्जी, दाल... सब दुबारा,तिबारा डोंगों में भरे गए तब जाकर उनका खाना पूरा हुआ। आखिरकार वे सब उठे और उनमें से एक ने आदेश के स्वर में कहा—

'ऑमलेट और दूध कमरे में टाइम से भिजवा दीजिएगा। और याद है न कि कल बृहस्पतिवार है। पूजा के लिए फूल आने में देर न हो। ऑफिस पहुँचने में देर हो जाती है।'

'हाँ, ठीक है, ठीक है। आप पहुँचिए कमरे में, अभी दूध गरम करके भेजते हैं। आमलेट का खातिर अंडा नहीं होगा तो मँगा लेंगे। दसेक मिनट बादे न लीजिएगा...'

'हाँ। आपको मालूम नहीं है का...?' वे लगभग डाँटते हुए बोले।

वे चले गए तो केयरटेकर महोदय ने राहत की साँस ली। फ्रिज खोलकर

देखा। अंडे नहीं थे। उन्होंने छोटू को इस हिदायत के साथ दुकान दौड़ा दिया कि 'अगर दुकान बंद हो गया होगा तो हमको उहीं से फोन करना—हम मालिक को बोल के दुकान खोलवा देंगे।'

...फिर वे वंदना की ओर लपके। पहले वाली प्लेट उठाकर दूसरी लगाई, पानी दिया। बची-खुची सब्जी परोसते संकोच में पड़कर कहा—

'मैडम भुजिया बना दें भिंडी का? तुरंते हो जाएगा। तेल गरम है कड़ाही में।'

वंदना ने इनकार कर दिया।

'तब आलू तलवा देते हैं न!' केयरटेकर जी का संकोच बना हुआ था।

वंदना ने सर हिलाकर इनकार कर दिया। मूड खराब हो चुका था। दाल और बचीखुची आलू-बैंगन की सब्जी के साथ बेमन से खाना खाकर अपमानित-सी उठ गई।

...और ऐसे मौके बार-बार आते रहे। चिकन, मछली, विशेष सब्जियों और खास व्यंजनों पर पहला हक उनका—बच जाने पर कंपनी के ऑफिसरों का। गेस्ट हाउस चलाने वाले सभी उनका ही पहला हक माने बैठे थे—बल्कि चाहते थे कि चाहे जितना खाएँ, जितना हक जमाएँ गेस्ट हाउस पर, सारे असिस्टेंट भले अपनी ही सेवा में लगाए रखें, कंपनी का कोई केस न बिगाड़ें।

*

'तुमने माफिया वालों को देखा? दिखने में कैसे हैं?' एक दिन बेटे ने फोन पर पूछा। उसने बता दिया कि नहीं देखा। पर 'नहीं देखा', कहने के तुरंत बाद लगा कि कहीं गलत तो नहीं कह दिया? देख नहीं रही है माफिया हर रोज? क्या सिर्फ कोल माफिया ही माफिया होते हैं?

'पर उनका घर तो बाहर से देखा होगा न? कैसा घर है? 'गॉड फादर' के घर की तरह?' बेटी ने मचलते हुए पूछा, तो वह हँसने पर मजबूर हो गई।

कुछ दिनों के बाद सी.बी.आई. गैंग के साथ खाना खाते वंदना ने बाईं ओर वाले से पूछ लिया—

'आपका नाम क्या है?'

उन्होंने उसे घूरकर देखा।

'अरे इनको नै जानते हैं मैडम? इ सिंह साहब हैं न... सी.बी.आई. में इंस्पेक्टर...' केयरटेकर कुछ घबराए-से बोले, मानो पूछकर वंदना ने कोई गुस्ताखी कर दी हो।

'ओ, अच्छा... और आप?' वह अबकी दाएँ घूमी।

लगा जैसे हताशा में केयरटेकर महोदय अपना सर दीवार पर दे मारेंगे।

'मेरा नाम ए कुंडू है।' बेमन से जवाब दिया गया। फिर कर्टसी के नाते पूछ लिया वंदना से—

'आप किस पद पर हैं? कहाँ से ट्रांसफर होकर आई हैं?'

वंदना ने बता दिया। सुनते ही सवाल उछाल दिया गया—

'तो इस गेस्ट हाउस में क्यों रहती हैं? जाकर अपने लेवेल के गेस्ट हाइस में रहिए... वी.आई.पी. गेस्ट हाउस में...'

'नहीं मिला।' वंदना ने सच उगल दिया।

'कहलवा देतीं किसी से...', कुंडू जी बोले।

'किससे? क्यों कहलवाऊँ? मैं यह सब नहीं कर पाती...', वंदना ने कहा तो वे चुप लगा गए।

'अरे कुंडू साहेब तो अभिए प्रमोट होके डेपुटी सुपरिन्टेन्डेंट हुए हैं। मिठाई खिलाए थे हमलोग को।'

केयरटेकर उन्हें खुश करने में लगे थे।

'ओह, मुबारक हो', वंदना बोली।

'थैंक्यू मैम', कहकर वे मुस्कराए।

फिर अगले दिन से, यानी कि रात को खाते समय कभी टकरा जाने पर वंदना की उन लोगों से छिटपुट बातें होने लगीं। उस बातचीत में भी भाव यही था कि अपर हैंड तो हमारा ही है। आप भी साथ बैठ जाती हैं तो बैठिए। अपने खाने का समय बदल क्यों नहीं लेतीं, जैसे कंपनी के दूसरे ऑफिसरों ने बदल रखा है?

वंदना को यह भी लगता कि उन्हें उसकी जब-तब उपस्थिति से फरमाइशें करने में दिक्कत होती है। जिस सब्जी के साथ पूरी बनवाने की इच्छा होती, रोटी खा लेते पर सीधे कह नहीं पाते। सारा चिकन अपनी ही प्लेट में डालते हिचक जाते। उनमें से एक की खुराक तय थी—तीन पाव सब्जी, दो कटोरा दाल, एक प्लेट सलाद और आठ बड़ी रोटियाँ। बाद में दूध और हफ्ते में तीन दिन चिकन या मछली।

'खाने का पइसा तो सबकोई दे देता है। चिकन, मछली खाता है तो उसका अलग से पइसा देता है। सी.बी.आई. वाला सब खाने का पइसा नै दे, कभी होइए नै सकता है। अगर कोनो पइसा दिए बिना चल जाता है तब हमको बस एगो चिट्ठी देलवाना पड़ता है साहेब लोग से उनका ऑफिस में और तुरंत उसका सैलरी से पैसा काटके हमको मिल जाता है। ऑफिस ऊ आदमी से पूछने को रुकता तक नै है कि जो बिल आया है, सही है कि नै—हमको पइसा मिलेगा और ओतना ही उसका सैलरी से कट जाएगा अगला महीना।' केयरटेकर वंदना को बता चुके थे पर मजे की बात यह थी कि पैसा प्रति थाली के हिसाब से लिया जाता था—यानी कि महीने में

कितने दिन खाया उस हिसाब से—खाने की क्वांटिटी के अनुसार नहीं, इसीलिए आप आठ रोटियाँ खाएँ या एक—पैसा बराबर लगता था। यही नियम सभी गेस्ट हाउसों में चलता था, जिसका फायदा उठाते लोग सुबह के नाश्ते में ही इतना खा लेते थे कि दिन का खाना खाने की जरूरत नहीं रहे। फिर शाम को फल -बिस्किट के साथ चाय पीकर सीधे रात का खाना। इस तरह पैसों की बचत होती और चालाक, दुनियादार होने का सुकून भी दिल में बना रहता। इस सुकून के साथ वे सब खुद की नजरों में ऊँचे उठते जाते!

पर वंदना के लिए बात पैसे की नहीं थी। वह उनके रवैये से आजिज थी। उनका इस गेस्ट हाउस में अहंकारपूर्ण रवैया दिखाते रहते रहना और वह भी तब-जब दो सौ मीटर दूर उनका अपना इतना बड़ा और सुंदर गेस्ट हाउस मौजूद था। खाना भी अपने गेस्ट हाउस में नहीं—यहीं खाएँगे और रौब गाँठते पड़े रहेंगे महीनों-सालों। ऊपर से यहाँ रहते होने का एहसान भी जताएँगे जब-तब!

'कंपनी इनकार भी तो कर सकती है?' एक दिन वंदना ने पूछ लिया।

केयरटेकर महोदय उसे आश्चर्य से देखने लगे।

'आपका नौकरी का केतना साल हुआ है?'

'बाईस साल'—वह संजीदगी से बोली।

'तबियो नै समझते हैं कुछ? कहाँ-कहाँ काम किए हैं आप?'

'अरे कहीं भी किया हो... आप यह बताइए कि अगर इन छोटे ऑफिसरों को इस गेस्ट हाउस में रखने से इनकार कर दिया जाए तो ये क्या कर लेंगे? जबरन सी.बी.आई. का कोई केस खड़ा कर देंगे आपके विरुद्ध? नहीं न! या कि यहाँ रहते हैं, इस कारण कंपनी के लोगों के केस बंद करा देंगे? है औकात इस लेवल के ऑफिसरों की? वैसे भी पुलिस और सी.बी.आई. से कौन डरता है—चोरों और बेईमानों के सिवा? मैं तो नहीं डरती। मैंने तो गेस्ट हाउस इंचार्ज रहते अपने पिछले ऑफिस में सी.बी.आई. वालों को कह दिया था कि अपने गेस्ट हाउस में कमरे नहीं दे पाएँगे... और बहुत दबाव डलवाने पर तीन-तीन दिनों के लिए कमरा दे देती थी। रूम रेंट पहले ही जमा करवा लेती थी और खाने-नाश्ते-चाय का पैसा हर रोज कैश में। हाँ बिल जरूर दे देती थी... रह लीजिए तीन दिन और होइए विदा... सहने की कोई सीमा होनी चाहिए कि नहीं!! मुझे तो बॉस ने फ्री हैंड दे रखा था कि जैसे चाहो डील करो, तुम जानो। मामला गड़बड़ाए, तो खुद निबटो। पर मामला कभी गड़बड़ाया नहीं कि अलग से निबटने की नौबत आए। इस लेवल के ऑफिसरों की औकात अपने बड़े बॉस के सामने कितनी होती है, पता नहीं है आपको?'

वह बोली तो वे आश्चर्य से उसका मुँह ताकने लगे। फिर मुस्कराते हुए बोले—'कौन डरता है—इसका जवाब तो आप देइए चुके मैडम... और हम बता दें

कि इहाँ तो डायरेक्टर से लेके चपरासी तक सब इनको हथेली पर उठाने को तैयार है। त आप समझ गए न... जेतना केस चल रहा है उसका एक तिहाई भी सलट जाए तो...'

हिसाब लगाते और स्थिति का आकलन करते फिर से रात को नींद नहीं आई।

इस गेस्ट हाउस में रहना अब बर्दाश्त बाहर होता जा रहा था। बात सिर्फ खाने तक सीमित नहीं थी। कंपनी ऑफिसरों को हर मामले में इग्नोर किया जा रहा था। कमरे की कुर्सी टूटी थी पर बदली नहीं गई अब तक। ए.सी. भी जब-तब खराब होता रहता था, पर किसी को परवाह नहीं थी। कहने पर भी परदे धुलवाने को भेजे नहीं गए। बिस्तर का गद्दा बीच में धँस गया-सा लगता था... और असुविधाओं की लिस्ट रोज-रोज लंबी होती जा रही थी। वंदना ने कंपनी बंगले के लिए आवेदन कर दिया था, पर वह अलॉट होने में अभी महीनों की देर थी।

*

एक दिन ऑफिस की भीतरी खबरें बता जाने वाले एक यूनियन लीडर हँसते हुए बोले—

'चलिए, एक दिन मैडम से मिला लाते हैं आपको। खुश होंगी किसी साहसी, दबंग लेडी ऑफिसर से मिलकर...'

'अरे नहीं' वंदना के मुँह से बेखास्ता निकल गया। वह कल्पना भी नहीं कर सकती थी किसी माफिया सरदारनी से मुलाकात की। उसके अंदर फिल्मों में देखे दृश्य घूमने लगे।

एक बार जब फील्ड विजिट के लिए गई थी तो एक सुनसान, कच्चे रास्ते वाले चौराहे पर कार रोक कर ड्राइवर ने बताया था—

'यही है वह चौराहा, जहाँ उनकी—यानी कि माफिया लीडर की—हत्या हुई थी। मैम, करना क्या था! उनकी कार को ओवरटेक करके दूसरी कार ने रोका। फिर जाकर विंडो खटखटाया। बॉडी गार्ड ने यह पूछने को कि माजरा क्या है, जैसे ही शीशा नीचे किया, तीन लोगों ने सब पर गोलियों की बरसात कर दी। ड्राइवर, साथ बैठे बॉडी गार्ड, पीछे की सीट पर बैठे किंग और उनकी अगल-बगल बैठे लोग- सब मारे गए, कोई एक भी बच नहीं पाया। इतने पास से मारी गई थीं गोलियाँ कि कई किलोमीटर दूर अस्पताल पहुँचने तक बचने का कोई सवाल ही पैदा नहीं होता था। कोई विटनेस तक नहीं मिला। यहाँ दोनों ओर जो छोटी दुकानों की कतार देख रही हैं, उसमें मौजूद कई लोगों ने देखा था सारा कांड पर कोई राजी नहीं हुआ गवाही देने को। इतना खौफ था उनके मन में। गवाही देते तो सचमुच मारे जाते। तब भी पता तो चल ही गया कि किसने मारा, कैसे मारा... हो सकता है कि मारने वाले

गुट ने खुद बताया हो। किंग यानी कि डॉन मारे गए तो उनकी पत्नी और छोटे भाइयों ने कमान सँभाल ली, पर अब पहले जैसी बात नहीं रही।'

पहले जब इस तरह की खबरें सुनती थी, वंदना को उत्सुकता होती थी डॉन के जीवन की महिलाओं की कहानियाँ सुनने की। कैसे शादी हुई, कब पता चला कि माफिया डॉन से ब्याही गई हैं... जानने पर कैसा लगा... अब राजनीति में आकर कैसा लगता है, कैसी कट रही है जिंदगी?... पर अब परिस्थितियाँ बदल गई थीं। इस शहर में किसी भी माफिया गुट के साथ अपना नाम जोड़ा जाना वह गवारा नहीं कर सकती थी।

दिल और दिमाग दोनों ने मिलने की गवाही नहीं दी। साथ में ये यूनियन लीडर हों, तब भी नहीं...

'आपकी ही प्रतिष्ठा बढ़ेगी इस कंपनी में... कि सीधे 'उन तक' पहुँच है। वैसे भी आप जानबूझकर किसी का काम न तो डिले कर रही हैं, न किसी बिल में हिस्सा माँग रही हैं, तो कोई गुट आपसे नाराज नहीं है।' उन्होंने समझाते हए कहा।

'अरे, बिल्कुल नहीं। बस 'मैडम' को नमस्ते कह दीजिएगा मेरी ओर से।'

'मैडम को मालूम है कि आप कौन हैं!' उन्होंने इशारे में फिर से याद दिला दिया।

अब उसे लगने लगा था कि 'यह' गुट हो कि 'वह' दोनों को मालूम था कि उसके रिश्तेदार यहाँ किस पद पर हैं। दोनों गुटों के कई-कई मामले फँसे होंगे उसके रिश्तेदार के यहाँ... तो क्या उसी कारण दोनों यूनियन वाले उससे अच्छा रिश्ता बनाकर रखना चाहते थे? उसके काम और व्यवहार से ज्यादा महत्वपूर्ण था उसका किसी खास का रिश्तेदार होना!! खास बात यह भी थी कि उसके समकक्ष पद पर काम कर रही किसी और लेडी ऑफिसर को यूनियन से डील करने या प्रशासन के इस तरह के पेचीदा काम सौंपे ही नहीं गए थे। यूनियन और आउटसाइड कॉन्ट्रैक्टर्स से डीलिंग, बजट को लेकर फिनांस डिपार्टमेंट से माथापच्ची, टेंडर निकालना—सब वंदना के जिम्मे। वह इस ऑफिस में नई थी, 'बिन माँ-बाप' की समझी गई थी, इसीलिए ऐसे सारे काम उसे ही दे दिए जा रहे थे जिन्हें करने में दूसरे पुरुष और महिला अधिकारी कतराते थे। दूसरे शहर से आई एक महिला अधिकारी की सुविधा या सुरक्षा बड़े अधिकारियों के लिए जैसे कोई मुद्दा ही नहीं था—यह वंदना को आश्चर्यजनक और अन्यायपूर्ण लगता। एक ओर कंपनी अधिकारियों का यह रवैया, दूसरी ओर गेस्ट हाउस में दूसरे दर्जे की नागरिक बने जीना! अब तो बस यूनियन ही उसकी सहायक रह गयी थी। यूनियन—जिसकी डोर परोक्ष रूप से माफिया के हाथों में थी।

*

और फिर एक रात गेस्ट हाउस में एक घटना घट गई।

घटना—जिसने वंदना के प्रति वहाँ के लोगों के रवैये को आमूल बदल दिया।

उस दिन चाहती तो यही थी कि सी.बी.आई. गुट के खाने आने से पहले ही खाकर निकल जाए, पर उनका ग्रुप अचानक अपने नियत समय से पहले प्रकट हो गया। जल्दी वे आए थे इसीलिए वंदना की उनके साथ खाने की मंशा प्रकट नहीं होती थी। उनमें से कुछ किसी रेड से आ रहे थे, तो कोई एक कोर्ट में पेशी से। सब थके-माँदे थे, इसीलिए चाहते थे शायद कि अब खाना खाकर ही आराम फरमाएँ। साथ में कुंडू जी भी थे, जो संभवत: इस कारण साथ आ गए थे कि बाद में डाइनिंग रूम में अकेले खाना खाने आने की जहमत से बच जाएँ।

वंदना खाना शुरू कर चुकी थी, इसीलिए उन सब का मन मारकर इंतजार करना लाजिमी था। इंतजार लंबा नहीं होता क्योंकि वह तो बस दो रोटियाँ खाती थी और पहली रोटी उसकी प्लेट में आ चुकी थी... पर वह खुद को रोक नहीं पाई। बगल में बैठ चुके सिंह जी और कुमार जी को थके-हाल देख केयरटेकर महोदय से बोल पड़ी—

'अरे, इन्हें भी जल्दी से खिला दीजिए... कोर्ट में खड़े-खड़े थक गए लगते हैं। और बाकी सब तो रेड करने निकले थे तो जाहिर है कि...'

'आपको कैसे पता कि हमें कोर्ट में खड़े रहना पड़ा देर तक?' इतने महीनों में सिंह जी पहली बार उससे मुखातिब हुए और वह भी बड़े रूखे अंदाज में।

'अरे भाई, चार-साढ़े चार घंटे, देर तक ही हुआ न...'

'आपको कैसे पता?' सिंह जी ने फिर पूछा।

'बाई चांस पता चल गया... आज आपलोगों की पेशी सुकीर्ति दास जी के यहाँ थी न?'

'हाँ,थी तो... पर आपको कैसे पता...' सिंह जी जैसे जानने पर अड़े हुए थे।

'अरे आपलोग का उहाँ पेसी था? आजे तो दास साहेब भोरे-भोर आए थे मैडम से मिलने... बाहर गाड़ी खड़ा करके अपना बॉडी गार्ड से मैडम को बोलवाए और खड़े-खड़े बात करके चल दिए। पहले भी आए थे दू-एक बार। आपका नजदीक का रिस्तेदार हैं मैडम?' केयरटेकर बीच में टपक पड़े।

वंदना के पास सर हिला कर हामी भरने के सिवा कोई चारा नहीं बचा।

कमरे में सघन खामोशी छा गई। उन लोगों ने एक-दूसरे का मुँह देखा और कुछ कहने को हुए पर वंदना का लिहाज करके चुप लगा गए।

वंदना खाना खत्म कर उठ खड़ी हुई, तब तक कमरे में सदमे-नुमा चुप्पी छाई रही।

उस चुप्पी में क्या छुपा था, वह तत्काल अंदाजा नहीं लगा पाई।

*

अगली रात जब खाना खाने गई तो वे सब बगल के ड्रॉइंग रूम में बैठे थे। सामने प्लेटें लगी थीं। वंदना समझ गई कि आज वे सब डाइनिंग रूम की बजाय ड्राइंग रूम में टी.वी. देखते खाना खाएँगे और तवे से उतरती रोटियाँ एक-एक कर उन्हें देने जाने में बंगाली लड़के के पाँव दुख जाएँगे। वह सीधे डाइनिंग हॉल की ओर चल दी, तभी पीछे से किसी ने पुकार कर कहा—'आइए मैडम, बैठिए न! ए बंगाली, मैडम के लिए भी यहीं प्लेट लगा दो। आज आप हमारी तरफ से चिकन खाइए मैडम... हैदराबादी बिरयानी शॉप से लाए हैं। इस शहर का फेमस चिकन शॉप है...'

उसे अपने कानों पर भरोसा नहीं हुआ कि सी.बी.आई. ग्रुप उसे मुफ्त में चिकन खाने का निमंत्रण दे रहा है।

कुछ पल की हिचक के बाद कह दिया—

'नहीं, आप लोग खाइए। आज मेरा मन नहीं है।'

उन सब ने एक-दूसरे का मुँह देखा और चुप लगा गए।

दो-चार दिनों के बाद वह डाइनिंग रूम में फिर उन सब से टकरा गई। कुंडू जी उसे देखते ही बोले—

'आप खा लीजिए पहले। हमलोग तो गपशप करते देर लगाते हैं।'

वंदना मुस्कराती हुई खाने बैठ गई।

अगले हफ्ते वर्मा जी ने प्रस्ताव दिया—

'आप कह रही थीं कि कमरे की कुर्सी टूटी है। हम कह दें गेस्ट हाउस इंचार्ज से बनवाने को? उन्हें पता नहीं है कि आप कौन हैं, जो आपका काम रोक रहे हैं?'

पहले तो वंदना को समझ नहीं आया कि क्या जवाब दे, पर कुछ क्षण चुप रहकर बोली—

'अब रहने दीजिए। मैंने तो बंगले के लिए अप्लाई कर ही दिया है। बंगला मिलते ही गेस्ट हाइस छोड़ दूँगी।'

'पर यह बताइए कि आपने आज तक बताया क्यों नहीं कि आपके रिश्तेदार यहाँ सी.बी.आई. में... ?'

'यह बताना क्यों जरूरी था?' उसने उनकी बात काटते कठोरता से कहा।

'कंपनी वालों को पता होता तो आपको भी सी.बी.आई. वालों की तरह ही ट्रीट करते....पता है आपको कि आपके रिश्तेदार यहाँ किस-किस का किस हद तक बिगाड़ सकते हैं?'

'पर मैं नहीं चाहती सी.बी.आई. का रुतबा। मैं कंपनी की ऑफिसर हूँ और मुझे उसी लिहाज से इज्जत मिलनी चाहिए।'

*

सब बदल गए-से लगते थे—केयरटेकर महोदय और गेस्ट हाउस इंचार्ज को छोड़कर। जाहिर है—वंदना को कोई राहत नहीं थी। टूटी कुर्सी रोज मुँह चिढ़ाती, बिस्तर पर करवटें बदलती तो बिस्तर हिलने लगता। फर्निचर ठीक करने वाले आए और पुलिस, सी.बी.आई. वालों के कमरों के सभी फर्निचर ठीक करके चले गए। यहाँ तक कि कंपनी के दूसरे ऑफिसरों ने भी विनती करके अपने कमरे की चीजें ठीक करा लीं, पर वंदना की सुध किसी ने नहीं ली। टोकने पर गेस्ट हाउस इंचार्ज आए और कमरे से कुर्सी निकलवा ले गए। उसके बाद कुर्सी वापस उसके कमरे में भेजी ही नहीं गई।

'मैं क्या अब अपने लिए दूसरी कुर्सी खुद खरीदूँ?' एक सुबह ऑफिस के लिए निकलते समय गेस्ट हाउस इंचार्ज को सामने पाकर उसने व्यंग्य से कहा। जवाब भी व्यंग्य भरा ही मिला।

'हाँ, खरीद लीजिए या बिना कुर्सी के काम चलाइए।'

वंदना परेशान हो गई इस अपमान से। फिर एक दिन डाइनिंग रूम में उसे अकेली पाकर केयरटेकर महोदय ने प्यार से समझाया—

'देखिए मैडम, इ माफिया का सहर है। जोन का पलड़ा भारी, ओही को माथे बिठाओ। अब जब इ सी.बी.आई. वाला सब को पता चल गया है कि आप दास साहेब का रिस्तेदार हैं तो किसका हिम्मत है आपसे कुछ कहने का... देख रहे हैं न, कोय कुछ नै कहता है! सब आपको दास साहेब जेतना ही मान देने लगा है। आपको जब मन हो तबे खाने आइए... पर इ जो गेस्ट हाउस का इंचार्ज अमित परतपवा है न, एक नंबर का चोर है। गेस्ट हाइस से केतना कमाई किया है, आप नै समझ पाइएगा। और इसका भी एगो केस फँसा है सी.बी.आई. में दास साहेब के हियाँ... तो आप जो इहाँ आ गईं और एको बार दास साहेब से नै कहलवाईं भी.आई.पी. गेस्ट हाउस खातिर, चाहे इहें खास मेहमान बनाके रखने खातिर, तो इ समझ गया है कि जइसन दास साहेब घूस नै खाने वाले, किसी का गलत काम नै करने वाले, ओइसने आप हैं... तो जब इसका कोय काम आपसे बनने नै है तो इसको का मतलब आपका कुर्सी से... आपको नै देगा कुर्सी, का कर लीजिएगा? इसका अफसर से बोलिएगा तो ऊ भी इसी का पच्छ लेगा काहे कि दुन्नों मिल के खाता है, तो दुन्नों फँसा हुआ है केस में! और जो दास साहेब एगो फोन करवा दें अपना नाम लेके तो इ आपका कमरा का सब चीज बदलवा देगा, गद्दा समेत... पर तब, जब आप पैरवी करके इसका केस निकलवा दिजिए... जब एतना बड़ा आदमी का रिस्तेदार होके आप चुप हैं तो इसको का फायदा मिलना है आपसे... रहिए आम अफसर बनके, भुगतिए कंपनी के दुसरा अफसर माफिक... हम आपको कहते हैं कि छोड़िए इ अमित बाबू को, दास साहेब को कहिए कि डायरेक्टर साहेब को कहलवा दें अपना नाम लेके...

खट् से गेस्ट हाउस न बदला जाय तो कहिएगा... और जो आप ही का मन लग गया हो इहाँ तो कोय बात नै है... हमलोग हैं न सेवा का खातिर, अमित परताप भले हमको उकसाएँ कि मैडम को तंग करो, हम उसका बात में थोड़े आएँगे। इ अमितवा भी एगो माफिये है मैडम...'

वंदना सन्न रह गई। यह अपमान बहुत बड़ा था। एक अदना-सा कर्मचारी, अपने अधिकारी के साथ मिलकर उसे इसीलिए तंग कर रहा था कि वह उनके हित नहीं साध रही थी। उससे भी बड़ा खेद यह था कि उच्च अधिकारी को गेस्ट हाउस की स्थिति की सूचना दे चुकी थी पर उन्होंने किसी कार्रवाई की जरूरत नहीं समझी थी।

वंदना ने रात गए तक बहुत सोच-विचार किया। क्या करूँ, क्या न करूँ की दुविधा और अंदर एक-दूसरे को काटती भावनाओं, उगते-मिटते तमाम विचारों की भीड़।

क्या इस कंपनी में ऊपर से नीचे तक सब की आँख एक ही बिंदु पर टिकी थी? सिर्फ और सिर्फ ऊपरी कमाई पर? एक यूनियन विशेष के कर्मचारी तो सुबह ऑफिस आते और बैठते ही चाय मँगाते। चाय की चुस्कियों के साथ गप्पें मारते और ऑफिस के अंदर घूमने निकल जाते। लंच में घर जाते और तीनेक घंटे बाद वापस आकर फिर से चाय पीते। फिर शाम को घर विदा हो जाते। यदि उन्हें किसी काम के लिए कहा जाए तो साफ कहते—

'काम करवाना है तो ओवरटाइम दीजिए। सैलरी घर से आने-जाने के लिए और काम के लिए ओवरटाइम—इस ऑफिस का यही रूल है। रूल नहीं मानने पर आपके विरोध में लाल झंडे लहराने लगेंगे।'

पर यूनियन के ऐसे कर्मचारियों को चुपचाप बर्दाश्त क्यों किया जा रहा था? क्यों बिना काम किए उन्हें सैलरी ही नहीं, हर महीने ओवरटाइम का पेमेंट भी मिल रहा था?

क्या उनके हर गलत बिल में ऑफिसरों को भी कट मिलता था?

इसी तरह कुछ ऑफिसर भी थे जो कोई काम नहीं करते थे। न कोई निर्णय लेते, न किसी महत्वपूर्ण फाइल पर हस्ताक्षर करते। उन्हें लगता था कि काम करते ही उनकी नौकरी पर बन आएगी। जाहिर है—सारे ऐसे नहीं थे। कुछ कर्मचारी और अधिकारी बहुत मेहनती थे। अपने काम के साथ दूसरों के हिस्से का सारा काम भी वे ही निबटाते। हँसकर बात करते और सब की इज्जत करते। क्या ये सारे भी वंदना की तरह ही कंपनी की दूसरी इकाइयों से आए हुए लोग थे?

वह सोचती तो चकित रह जाती—यह अपनी ही कंपनी का ऑफिस है कि किसी दूसरी कंपनी का?

*

जब तक इस गेस्ट हाउस और कंपनी के इस ऑफिस से छुटकारा नहीं मिल जाए—ऐसे ही जीना होगा। वह खुद को समझाने की कोशिश करती। यह आम शहर नहीं है—कहा था न पहले ही सब ने! आपके पास या तो पहुँच-पैरवी हो या दूसरों का अहित कर सकने की ताकत। आप निहत्थे हैं तो यहाँ आपकी कोई कद्र नहीं। ऑफिस और इस शहर का माफिया तंत्र आपको चूस कर फेंक देगा। ऑफिस में उदास-परेशान बैठी यही सब सोच रही थी कि उसे माफिया मैडम से मिलवाने का प्रस्ताव देने वाले यूनियन लीडर आ गए और हँसते हुए बोले—

'मैडम ने भी आपको नमस्ते कहलवाया है। वे बोलीं कि आप उनसे मिलने आएँ या न आएँ, वे हमेशा आपके साथ हैं। जब कभी जरूरत हो, आप उन्हें याद कर सकती हैं। उन्हें इस कंपनी का हाल अच्छी तरह मालूम है। वे आप जैसी साहसी, ईमानदार, दबंग महिला का हमेशा स्वागत करेंगी और खयाल रखेंगी। आप किसी भी काम के लिए उनसे किसी भी तरह की उम्मीद रख सकती हैं।'

कुछ मिनट बात करके यूनियन लीडर जा चुके थे।

वंदना अपनी कुर्सी पर निढाल हो गई। माफिया बनाम माफिया के इस खेल को नए सिरे से समझने का प्रयास करती और आश्वस्ति का अनुभव करती।

(कथादेश : फरवरी 2019)

टाइम पास है यार!!

वह दिन जैसे हर दिन

सुबह के पौने सात बज चुके थे। कुमार अपने घर से बाहर निकल बरामदे पर खड़े हो गए। हमेशा की तरह उनका सिक्योरिटी गार्ड मुकेश अपनी दोनाली लंबी बंदूक कंधे से लटकाए उनकी बगल में मौजूद था। अभी सुबह हुई नहीं थी। जाड़े की कँपकँपाती ठंढ और चहुँ ओर फैली धुन्ध। आज भी धूप निकलने के आसार नजर नहीं आ रहे थे। पूरा बागीचा ओस से गीला था।

कुमार ने घर के बागीचे में जमा ड्राइवरों पर नजर डालते मुकेश से पूछा—

'सब आ गए हैं न!'

'नितिन नहीं पहुँचा है सर!' मुकेश ने कहा।

'आज भी?'

तभी नितिन मुँह पर मफलर लपेटे भागता हुआ आता दिखा।

'क्यों जी, तुमको हर रोज देर कैसे हो जाती है?' कुमार ने पूछा।

'आगे से नहीं होगी सर! बिना कुछ खाए भागता हुआ आया हूँ कि कहीं देर न हो जाए।'

कुमार ने बात नहीं बढ़ाई। सब को कार की चाबियाँ दे दी गईं। दसों ड्राइवर अपनी-अपनी कार कुमार साहब की कार के पीछे कतार बनाकर ले चले और सी.एन.जी. पंप स्टेशन पर गैस भरवाने की लाइन में लग गए। गैस भरवा कर कुमार साहब ने पैसे चुकाए और आठ बजते-बजते सभी ड्राइवरों को ड्यूटी पर भेज दिया। अंशुमान आर.के. पुरम, नई दिल्ली; नितिन—सेक्टर 15, नोएडा; सारंग—वैशाली गाजियाबाद; राकेश—पांडव नगर, दिल्ली; भुवन—लक्ष्मी नगर, दिल्ली... और इसी तरह बाकी सारे ड्राइवर।

कुमार साहब कंपनी अधिकारियों के लिए किराये पर कार सप्लाई करते थे। कंपनियाँ उन्हें मासिक किराया देतीं और वे ड्राइवरों को मासिक तनख्वाह।

उनके घर से निकल कर दो किलोमीटर की दूरी पर पाँचों कारें रुक गईं। यह

रोज का किस्सा था। यहाँ एक चाय की गुमटी थी, जहाँ से चाय पीकर—और यदि घर से बिना कुछ खाए निकले हों, तो कुछ खाकर—वे सब अपनी ड्यूटी पर निकलते थे। अंशुमान रोज पूरी-छोला खाता, तो सारंग बस चाय पीता क्योंकि नाश्ता वह घर पर ही कर चुका होता। नितिन के पास कभी पैसे नहीं होते थे या फिर वह इस बारे में झूठ बोलता था। राकेश शायद ही रुकता। उसकी पत्नी उसे चाय-नाश्ता करवाकर और टिफिन देकर भेजती थी। नितिन के बारे में सब को पता था कि वह जिन सिनहा जी के साथ लगा है, वे लगभग रोज मीटिंग में जाते हैं। नितिन घर से सुबह भूखा ही निकल जाता है, फिर दोपहर को मीटिंग के बाद भरपेट खाना खाता है। मौका मिले तो मीटिंग शुरू होने से पहले की चाय-बिस्किट-केक-वेफर्स-सैंडविच या जो भी उपलब्ध हो—खाकर, मीटिंग खत्म होने का इंतजार करता रहता है। अब जिसे रोज पाँच सितारा होटलों से कंपनी में मँगाया खास खाना मुफ्त में नसीब हो, वह बेकार में गुमटी पर खाने में पैसे क्यों खर्चे! जब बाकी कारें गुमटी पर रुकतीं तो नितिन यह कहता निकल जाता कि उसे जल्दी पहुँचना है या फिर यह कि नाश्ता वह ऑफिस पहुँचकर कर लेगा। इस प्लान से उसे कभी धोखा भी हो जाता। ऑफिस पहुँचने पर पता चलता कि आज तो कोई मीटिंग है ही नहीं। तब वह जेब से खर्च करके दोपहर का खाना खाने को मजबूर हो जाता। उससे पहले वह ऊपर अठारहवें तल्ले पर ऑफिस जाकर चाय-बिस्किट माँग लेता।

*

अंशुमान का मैडम के साथ पहला दिन था। शाम को घर लौटते वक्त जब वे प्रीत विहार होकर गुजर रहे थे, अंशुमान ने बात शुरू की। मैम को अपनी जिंदगी की कहानी सुनाना उसे जरूरी लगा। सर पीछे करके जब उसने पाया कि मैम कोई फाइल नहीं पढ़ रहीं, अपने मोबाइल में उलझी हैं,तो कहा—

'दिल्ली का यह इलाका तो मेरा अपना है मैम! यहीं के सेन्ट्रल स्कूल से पढ़ा हूँ क्लास फोर्थ तक। फिफ्थ में पापा ने देहरादून में बोर्डिंग में डाल दिया।'

'अच्छा तो देहरादून से पढ़े हैं आप? बारहवीं तक?'

'नहीं, दसवीं से पहले ही भाग आया।'

मैम कुछ क्षण चुप रहीं। फिर पूछा—

'क्यों?'

'पापा से झगड़ा हो गया।'

'झगड़ा हो गया? क्या कर बैठे थे स्कूल में?' मैम की उत्सुकता जाग गई।

'मैंने कुछ नहीं किया। जो किया पापा ने किया।'

मैम इंतजार करती रहीं कि वह आगे बोलेगा।

'मैं स्टेट लेवल की बास्केटबॉल टीम में सेलेक्ट हो गया था। हमारी टीम को मैच खेलने मुंबई जाना था। पापा को कंसेंट देने को कहा गया तो वे पहुँच गए स्कूल और लगे मेरे गेम टीचर को खूब भला-बुरा कहने। सवाल करने लगे कि उनकी परमिशन के बगैर मुझे टीम में लिया कैसे गया? परीक्षा छोड़कर मैच खेलने जाने का क्या हश्र होगा, क्या टीचर को पता नहीं है? क्या करियर है इस देश में बास्केटबॉल का? कौन-सी अच्छी नौकरी मिल पाती है बास्केटबॉल के खिलाड़ी को गेम टीचर सर ने पापा को समझाने की बहुत कोशिश की पर पापा कुछ सुनने के मूड में थे ही नहीं। दोनों में खूब कहा-सुनी हुई और अंत में सर ने मुझे टीम से निकाल दिया। पापा संतुष्ट होकर दिल्ली वापस लौट गए। टीम मैच खेलने अगले दिन ही मुंबई रवाना हो गई। मैं रात भर रोता हुआ पापा से बदला लेने के तरीके सोचता रहा।

'मेरा मन पढ़ाई में एकदम नहीं लग रहा था। पूरे स्कूल से पहले चालीस बच्चों को छाँटा गया था, फिर उनमें से टीम बनाई गई थी। मुझे गर्व था कि मैं चुना गया। मैं खेलने जाने को बहुत उत्सुक था। मुझे पापा पर बहुत-बहुत गुस्सा आया। मैं वैसे भी बचपन से ही गुस्सैल हूँ। मुझे तो बस माँ ही सँभाल पाती हैं। जब कुछ नहीं सूझा तो एक शाम मैं हॉस्टल की दीवार फाँद कर बाहर निकला और दिल्ली जाने वाली बस में बिना टिकट सवार हो गया। जब चेकिंग हुई तो मैंने टिकट के बदले अपनी कलाई घड़ी देने की पेशकश की पर कंडक्टर नहीं माना। उसने मुझे बीच रास्ते जंगल के बीच उतार दिया। रात होने को थी। मैं जंगल के रास्तों से परिचित नहीं था। बोर्डिंग में पापा के साथ कार में आता रहा था पर तब मेरा ध्यान रास्ते पहचानने पर नहीं होता था। छुपता-छुपाता कुछ दूर पैदल चला, फिर हिम्मत करके दूसरी बस में सवार हो गया। कंडक्टर को पहले ही बता दिया कि मेरे पास पैसे नहीं हैं। जहाँ तक मुफ्त में ले जा सकता हो, ले चले। इस तरह बसें बदलता और बीच रास्ते उतारा जाता किसी तरह दिल्ली पहुँचा। मुझे घर आया देख सब चौंक गए। जब पता चला कि स्कूल से भाग आया हूँ, तब खूब डाँट पड़ी। पापा ने उसी वक्त कार निकाली और माँ से बोले—'जो खिलाना हो इसे जल्दी से खिला दो। मैं इसी वक्त इसे वापस छोड़ने जा रहा हूँ।'

'स्कूल वापस पहुँचकर मैं और उदास हो गया। प्रिंसिपल सर और वार्डन सर अब मुझ पर खास निगाह रखते थे। जीना दूभर था और पढ़ाई ठप्प। मैंने फिर से भागने की ठानी। अबकी पूरी प्लानिंग के साथ। दोस्तों से उधार लिया और स्टेशन पहुँच कर बाकायदा टिकट खरीदा। ट्रेन पर सवार होकर दिल्ली पहुँच गया। अबकी पापा का मन डाँटने से नहीं भरा। उन्होंने मुझे खूब पीटा। फिर पापा की रोज-रोज की मार से मुझे बचाने के लिए माँ ने मुझे कुछ दिनों के लिए मामा के घर पटना भेज दिया। मामा ने समझाया कि या तो यहीं पटना में स्कूल में नाम लिखवा लो या

दिल्ली वापस जाकर पापा से माफी माँग लो, पर पढ़ाई मत छोड़ो। इस तरह मेरा नाम यहीं सरकारी स्कूल में फिर से लिखवा दिया गया। माँ को लगा कि नजरों के सामने रहूँगा, तो पढ़ाई ठीक से करूँगा। बहुत मुश्किल से स्कूल में ऐडमिशन मिला था, पर मैंने तो ठान लिया था—फेल होकर दिखाऊँगा। माँ के समझाने-मनाने का मुझ पर कोई असर नहीं होता था। मन में तय था कि करना वही है जो पापा नहीं चाहते। दूसरे साल मैं उस स्कूल से निकाल दिया गया। माँ के समझाने पर किसी तरह प्राइवेट कैंडिडेट के रूप में टेंथ पास हुआ, फिर बारहवीं भी कर ली। पापा ने साफ कह दिया—पढ़ाई नहीं कर रहा हूँ तो पापा की संपत्ति पर नजर न रखूँ। उन्होंने रिटायरमेंट के बाद विल करके संपत्ति बाँट दी, जिसमें मेरा नाम कहीं नहीं था। जहाँ हम सब अभी रहते हैं, वह घर उन्होंने माँ के नाम कर किया। बहुत सारी संपत्ति भाइयों-भतीजों में बाँट दी। अब माँ ने मुझसे कह रखा है कि अपने हिस्से में आया घर वे मुझे दे देंगी।'

'आपके पापा क्या करते थे?' विदिशा ने पूछा।

अंशु ने क्षण भर की हिचक के बाद ठसके से कहा—

'जे.पी. सीमेंट में जेनरल मैनेजर थे। माँ पटना से लॉ पढ़ी हुई हैं। यहाँ दिल्ली हाई कोर्ट में कुछ दिन प्रैक्टिस की, फिर छोड़ दिया।'

'माँ को दिक्कत होती होगी घर-गृहस्थी के साथ प्रैक्टिस करने में', विदिशा ने राय दी।

अंशु ने हामी भर दी।

'कितने अफसोस की बात है कि आपने पापा की बात नहीं मानी। एकदम प्रैक्टिकल बात की थी उन्होंने।'

'पर अब वे भी मानते हैं कि हो सकता है कि मुझे स्पोर्ट्स कोटा से दिल्ली यूनिवर्सिटी में ऐडमिशन मिल जाता और बाद में स्पोर्ट्स कोटा से सरकारी नौकरी भी मिल जाती। अब जो ऑनलाइन होटल मैनेजमेंट का कोर्स कर रहा हूँ, उसकी नौबत नहीं आती'

'आप होटल मैनेजमेंट कर रहे हैं?'

'जी, मैम। मेरे पास होटल चलाने का अनुभव है। चंडीगढ़, दिल्ली और गोवा में। मैं होटल मैनेजर के रूप में काम कर चुका हूँ। मैंने छोड़ दिया क्योंकि ओनर पैसे बहुत कम देता था। दिल्ली वाला रेस्तराँ तो बंद ही हो गया। लाइसेंस का चक्कर था। अब पढ़ाई पूरी कर लूँगा तो ढंग की नौकरी करूँगा। तब तक कार चला रहा हूँ। कुछ पैसे मिल जाते हैं। पापा से पैसे नहीं माँगता। एक पैसा नहीं। बात भी नहीं करता। चाहता हूँ कि उनसे सामना हो ही नहीं। देर रात गए घर लौट कर खाना खाकर सीधे अपने कमरे में जाकर सो जाता हूँ। बड़ा घर है—कोठीनुमा। पापा से

देखा-देखी होने की नौबत ही नहीं आती। सुबह उठकर चाय पी, नाश्ता किया और चल दिया काम पर। पापा को चिढ़ है कि जी.एम. का बेटा होकर कार चलाता हूँ।'

'वो तो कोई बात नहीं। कोई काम छोटा नहीं होता। पढ़ाई छोड़िएगा मत। पास में डिग्री होना जरूरी है, तभी मैनेजर की नौकरी मिलेगी। डिग्री के बिना एक्सपीरियंस किसी काम का नहीं।' विदिशा बोली।

'जी, मैम।' अंशु आज्ञाकारी बच्चे की तरह बोला। 'बस एक्जाम के दौरान छुट्टी लिया करूँगा। सैटर्डे या संडे ही ऑनलाइन एक्जाम होता है। उस दिन कहीं जाना हो तो आपको मैनेज करना पड़ेगा। आप हाँ करेंगी तभी कुमार साहब छुट्टी देंगे, वरना उन्हें मेरे एक्जाम से कोई लेना-देना नहीं। वे तो चाहते हैं कि मैं कभी एक्जाम पास ही नहीं होऊँ और सारी जिंदगी उनके यहाँ कम पैसों में खटता रहूँ।'

'अरे ऐसा क्यों चाहेगा कोई! ड्राइवरों की कमी तो है नहीं मार्केट में।'

'पर मेरे जैसे ड्राइवरों की कमी है मैम, जो हिन्दी-अंग्रेजी फर्राटे से बोलता हो, पूरी दिल्ली के रास्ते जानता हो।'

'अच्छा, अच्छा। आप मन लगाकर पढ़ाई करो। आपके एक्जाम वाले दिन मैं मैनेज कर लूँगी।'

'थैंक यू मैम।' अंशु खुशी से बोला।

घर आ गया था। अगले दिन के लिए आवश्यक निर्देश देकर विदिशा मैम उतर गईं।

अंशु सोचने लगा कि मैम पर उसका इम्प्रेशन अच्छा पड़ा या नहीं। छुट्टी मैनेज तो हो जाएगी?

*

नितिन के लिए आज धोखे का दिन था। सिनहा सर सीधे ऑफिस गए और बता दिया कि दिन भर ऑफिस में ही रहना है। अगर वह कार में सो भी जाए तो फोन साइलेंट मोड पर नहीं रखे, फोन उठाए जरूर। नितिन के पेट में चूहे कूद रहे थे। पार्किंग में कार लगाकर वह चाय के जुगाड़ में अठारहवें तल्ले सिनहा सर के ऑफिस पहुँच गया।

'भाई, एक कप चाय पिला दे। साथ में बिस्किट, नमकीन।' उसने कैंटीन में जाकर प्रकाश से कहा।

प्रकाश ने आनाकानी की—जैसे पहले भी करता रहा था क्योंकि नितिन के चाय-बिस्किट वह साहब के खाते मे नहीं दिखा सकता था। नितिन ने उसे एक और बार समझाया—

'अरे, कभी तो उनके चैंबर में गेस्ट आते होंगे। उस दिन मेरी चाय भी

जोड़कर उनके सिगनेचर ले लेना। बिस्किट-नमकीन भी गेस्ट के खाते में एडजस्ट कर लेना। उन्हें पता तक नहीं चलेगा।'

थोड़े विरोध के बाद प्रकाश ने उसे एक पैकेट बिस्किट और नमकीन के छोटे पैक के साथ चाय दे दी। पेट में इंधन डाल चुकने के बाद वह नीचे पार्किंग में जाकर दूसरे ड्राइवरों के साथ ताश खेलने में मशगूल हो गया। बारह बजते-बजते उसे फिर से भूख लग आई। ऑफिस के ठीक बाहर खड़े ठेले वाले से खाना नहीं ले सकता था क्योंकि वह पिछला उधार चुकाए बिना खाना देने को राजी नहीं था। अब बगल की गली में ठेला लगाने वाले राकेस भइया का ही सहारा बचा था जो अभी पिछले उधार के पैसे नहीं माँग रहे थे। जिस दिन माँगने लगेंगे, दो गली छोड़कर कहीं और खाने जाना पड़ेगा।

सिनहा जी अक्सर ऑफिस से देर से निकलते। अपने ऑफिस से निकल कर किसी दूसरे ऑफिस या मंत्रालय या होटल चले जाते—मीटिंग करवाने या अगली मीटिंग की व्यवस्था करने। मीटिंग का समापन हमेशा रात के खाने के साथ होना तय नहीं होता। अगर होता भी तो रात का खाना नितिन को मिल ही जाना तय नहीं होता। सिनहा जी ने उसे समझा दिया था—जब खाना उनकी कंपनी की तरफ से दिया जा रहा होगा, तभी वे उसे खिला पाएँगे। वैसे भी बड़े साहब लोग पसंद नहीं करते कि उनसे नीचे रैंक के ऑफिसर अपनी कार के ड्राइवर को खाने को बुला लें। नितिन को पता नहीं था कि सिनहा सर कितने बड़े या छोटे ऑफिसर हैं या कि उनसे बड़े रैंक के ऑफिसर कौन हैं। उसे मतलब भी नहीं था। वह तो चाहता था कि रोज मीटिंग हो, रोज सिनहा सर की कंपनी ही खाना खिलाने की व्यवस्था करे और इस तरह उसे दिन या रात का खाना मुफ्त में मिलता रहे। बल्कि वह तो चाहता था कि दोपहर और रात दोनों वक्त मीटिंग हो—जैसे हो जाती है कभी-कभी।

नहीं, ऐसा नही था कि कुमार सर उसे महीने के पैसे नहीं देते। देर-सवेर दे ही देते थे महीने के बारह हजार—भले कहते रहें कि वह कार ढंग से नहीं चलाता, गैस ज्यादा फुँकती है, मेंटेनेंस का खर्चा लगातार बढ़ता ही जा रहा है, वह नहीं सुधरा तो वे उसे काम से निकाल देंगे, कंपनी सिर्फ 150 किलोमीटर प्रतिदिन का खर्चा देती है, उतने में उन्हें ज्यादा मुनाफा नहीं हो पाता...वगैरह। नितिन कुछ कह नहीं पाता। यह भी नहीं कि अंशुमान की तरह उसकी कार का जब-तब ऐक्सिडेंट तो नहीं होता, न ही कार रोज 150 किलोमीटर से ज्यादा चलती है। यदि महीने में पाँच-छह दिन चल भी गई ज्यादा तो बाकी दिनों के सत्तर अस्सी किलोमीटर ही चली होने में अजस्ट हो जाती है न! फिर घाटा कैसे होता है? अंशुमान की कार तो लगभग हर हफ्ते ऐक्सीडेंट करके चली जाती है गैराज... ठीक करवाने में खर्चा नहीं होता? नितिन को लगता है कि उसे तो ऐक्सिडेंट नहीं करने का बोनस अलग से मिलना

चाहिए। यहाँ तक कि बारह घंटे से ज्यादा कार चलाने के कारण जो ओवरटाइम कॉस्ट कुमार सर को मिलता है, उसका कुछ हिस्सा भी मिलना चाहिए। पर वे उसे कभी-कभार हजार, पाँच सौ पकड़ा कर छुट्टी कर लेते हैं। मजबूरी है उसकी, इसीलिए नौकरी छोड़ नहीं पाता-स्कूल के बाद पढ़ाई जो नहीं की। पहाड़ से नौकरी की खोज में दिल्ली चला आया था। उसके पापा को लगा, यहाँ कोई न कोई काम मिल जाएगा। मिला भी—कार चलाने का काम। शुरुआत में आठ हजार रुपये प्रतिमाह मिलने लगे, तो वह बहुत खुश हुआ। उसे लगा कि काम कुछ ज्यादा है नहीं। एक घंटा सुबह कार चलाओ, एक घंटा शाम को। दिन-भर आराम करो, ताश खेलो, कार के अंदर या अंडरग्राउंड पार्किंग में सो जाओ... पर अब इतने सालों के बाद बारह हजार बहुत कम लगने लगे हैं। इतने कम पैसों में खोली लेकर रहना, खाना-पीना, शादी करना असंभव है। पर कार नहीं चलाए तो क्या करे! दूसरी कोई नौकरी मिलती नहीं और दिन भर काम करना अब वह चाहता नहीं। कार ए.सी., ऑफिस की अंडरग्राउंड पार्किंग भी ए.सी.। दिल्ली की गर्मी का अहसास ही नहीं होता। अगर कुरियर सर्विस या फूड डिलीवरी सर्विस में जाए, तब भले कमाई कुछ बढ़ जाएगी पर दिन भर गर्मी में बाइक चलाते नानी याद आएगी। बाइक भी खरीदनी पड़ेगी। उसे तो लगता है वह बीमार ही पड़ जाएगा।

वैसे कुमार साहब से रूठकर वह कई बार उनका काम छोड़ कर प्राइवेट कार चलाने लगा। दिक्कत यह है कि प्राइवेट कार के ड्राइवर को तो बारह हजार मिलने भी मुश्किल हैं। मुफ्त का खाना मिलना—वह भी स्टार होटलों या कंपनी का—तो खैर मुश्किल है ही। जब-जब नौकरी छोड़ी, पछताना पड़ा। घर पर देबिता ने लड़ाई की—सो अलग। लड़ती तो ऐसे है, जैसे बीवी हो उसकी।

*

सारंग की कहानी इन दोनों से जुदा है। साइंस लेकर ग्रैजुएशन किया। उसे लगा कि कोई अच्छी नौकरी मिल जाएगी, पर मिली नहीं। अब रेगुलर स्टूडेंट के रूप में बी. फार्मा. कर रहा है। नहीं, रेगुलर स्टूडेंट होते हुए भी रोज क्लास करने नहीं जाता। बस शनिवार-रविवार को कोचिंग क्लास में चला जाता है। सर अटेंडेंस लगाने के पैसे अलग से लेते हैं। शनिवार-रविवार को दिन भर में पूरे हफ्ते की पढ़ाई करवाने के भी लेते हैं। पर इस व्यवस्था से वह कार चलाने की नौकरी करता हुआ पढ़ाई कर पा रहा है। बी.फार्मा. करने के बाद, लोन लेकर अपनी दवा दुकान खोलेगा। अभी तो फीस के पैसे, कोचिंग क्लास के पैसे और अटेंडेंस लगवाने के पैसे... खर्चा बहुत ज्यादा है न! पापा पर कितना बोझ डाले? दिन भर कार में बैठा-बैठा पढ़ता रहता है। अगर दिन में भी कार लेकर कहीं जाने का आदेश हो गया—तब तो खैर जाना ही

पड़ता है। बस, परीक्षा के दौरान छुट्टी करनी पड़ती है। उतने दिन अपने बदले किसी को डेली पेमेंट बेसिस पर भेजता है कार चलाने। इंजीनियरिंग डिप्लोमा भी कर लेने की कोशिश चल रही है, ताकि अपना बिजनस नहीं चले तो वह दुबई चला जाए।

सारंग दूसरे ड्राइवरों से ज्यादा बात नहीं करता। उसे कौन-सा उनकी तरह साल-दर-साल कार ही चलाते रहना है!! डिग्री मिलते ही दुकान खोल लेनी है और इन नितिन, अंशु, इमरान चाचा जैसे सारे ड्राइवरों को अपनी ही दुकान से दवा खरीदवानी है। इमरान चाचा और सारंग ही पूरे ग्रुप में दो मुसलमान ड्राइवर हैं। इमरान चाचा कार अच्छी तरह चलाने के लिए ही नहीं, अपनी व्यवहार कुशलता के लिए भी डिमांड में रहते हैं। ग्रुप में खुसपुस होती रहती है कि कुमार साहब इमरान चाचा को दूसरों से डेढ़-दो गुनी सैलरी देते हैं। अपनी बेटियों को कहीं भेजना हो, उनके ही साथ भेजते हैं—सिक्योरिटी गार्ड मुकेश को साथ किए बिना। अपने घर पर चाय पिलाते हैं और उनसे कभी ऊँची आवाज में बात नहीं करते।

*

कुछ महीनों के बाद ड्राइवरों की ड्यूटी बदल गई। मैम को इतनी तेज कार चलाने वाला अंशु पसंद नहीं था। सिनहा सर ने भी अपने इलाके के कुशल को गाँव से बुलाकर कुमार सर के यहाँ काम पर लगवा दिया और उसे अपने साथ ही रख लिया। तब नितिन विदिशा मैम के साथ कार चलाने लगा।

नितिन ने मैम को बताया—

‘कार चलाना मेरा टाइम पास है। जिंदगी भर कौन 12 हजार में ही खटता रहेगा? आपके साथ तो फिर भी ठीक है। आराम की ड्यूटी है। रात होते-होते घर लौट जाता हूँ, शनिवार-रविवार को भी अक्सर छुट्टी ही रहती है। जब सिनहा सर के साथ था, रात के ग्यारह-बारह बजे से पहले घर लौटना नहीं हो पाता था। काम के घंटे इतने ज्यादा, ड्राइवर के ओवरटाइम के पैसे कुमार की जेब में और मुझे 12 हजार समय पर देने में भी नखरे...

‘कुमार अच्छा आदमी नहीं है—ड्राइवरों के बारे में कुछ नही सोचता। उसे बस अपने मुनाफे की पड़ी रहती है। मैं तो जल्दी ही छोड़ूंगा यह काम। वैसे भी कुमार से नाराज होकर जाने कितनी बार उसका काम छोड़ चुका हूँ, पर बुला लेता है फिर से, तो मैं भी लौट आता हूँ। सोचता हूँ, चलो टेम्पोररी काम है, टाइम पास हो जाता है। फिर तो छोड़ना ही है। जिंदगी भर यही काम करते रहना तो है नहीं।’

‘कितनी बार छोड़ चुके?’

‘दसियों बार।’

‘फिर वापस आ गए?’

'हाँ'

'कितने साल से कार चला रहे हैं कुमार जी के साथ?'

'पता नहीं। याद भी नहीं। बहुत साल हो गए जब पहाड़ से दिल्ली आया, अठारह साल का था, अब तीस पार कर चुका।'

'और अब तक यह काम आपका टाइम पास है?'

'जी, मैम। मुझे मन ही नहीं लगता, न दिल्ली के रास्ते याद होते हैं। मन में तो यही है न कि यह काम टाइम पास है, तो मुझे परवाह भी नहीं है। इतने सालों तक सिनहा सर के साथ रहा। दिल्ली का कोई फाइव स्टार होटल ऐसा नहीं—जहाँ मैं बीसियों बार नहीं गया होऊँगा पर रास्ता पूछिए तो बता नहीं सकता। सिनहा सर मैप लगा देते थे मोबाइल पर और मैं उसी अनुसार चलता रहता था।'

'अच्छा। तो वह काम कौन-सा है, जो टाइम पास नहीं होगा?'

नितिन चुप लगा गया। फिर बोला—

'पता नहीं।'

'आपके मन में अपने काम की इज्जत नहीं है? जिस काम से घर पर चूल्हा जलता है, उस काम को अच्छे से करने की ललक नहीं है? जब मन में कोई योजना ही नहीं कि यह काम छोड़कर करेंगे क्या, तो मन लगाकर काम क्यों नहीं करते! कार इतनी खराब चलाते हैं कि पीछे बैठे मुझे धक्के लगते रहते हैं। जब-तब कार उछल जाती है... जाने कितनी बार मुझे सर और कमर में चोट लग चुकी, पर आपको कोई परवाह नहीं। कहीं भी जाना हो, सीधे कह देते हैं—रास्ता पता नहीं। आप अपने फोन पर गूगल मैप डाउनलोड क्यों नहीं कर लेते? आप तो अहसान करने की तरह कार चलाते हैं'

दरअसल विदिशा मैम गुस्से में थीं। उन्हे ऑफिस के काम से आज तीन जगहों पर कार से डाक भेजनी थी। तीनों ही जगहें नितिन ने नहीं देखी होने का बहाना कर दिया। मैम को ऑफिस का एक स्टाफ साथ करना पड़ा जो मैप देखकर रास्ता बताता सारे काम करवा आया। स्टाफ साथ भेजने से ऑफिस के काम और समय की बर्बादी हुई।

'कुमार पर अहसान करके ही लौटा हूँ। उसके ड्राइवर छुट्टी पर चले जाते हैं या काम छोड़ जाते हैं, तो मुझे कहलवा भेजता है। पिछली बार भी यही हुआ। मैं दस हजार का काम कर रहा था। प्राइवेट कार चलाता था। यहाँ बारह हजार मिलने की बात हुई तो आ गया। छोडूँगा फिर जल्दी ही। बताया था न आपको कि स्कूल की पढ़ाई पूरी नहीं की। पहाड़ से काम की तलाश में दिल्ली चला आया था। पापा यहीं इंडियन एयरलाइन्स में काम करते थे। सोचा मुझे भी वहीं काम मिल जाएगा, पर मिल नहीं पाया। पापा तो अब रिटायर हो चुके, तब भी वहीं काम कर रहे हैं।'

'अच्छा किस पद पर थे?'

'मैनेजर थे।'

'मैनेजर?' विदिशा चौंकी। 'किस डिपार्टमेंट में?'

'वह मुझे नहीं पता। पापा से नहीं पटती। लड़ाइयाँ ही होती रहती हैं।'

'अंशु की भी पापा से लड़ाई होती रहती है, आपकी भी। उनके पापा जेनरल मैनेजर के पद से रिटायर हुए, आपके पापा मैनेजर। उनकी कोठी गाजियाबाद में है—आपकी कहाँ है?'

मैम के स्वर का व्यंग्य नितिन की पकड़ में नहीं आया। बोला—

'गाजियाबाद में ही है मेरा भी घर। दो सौ गज जमीन पर पापा ने दो मंजिला मकान बनवाया है। पर मैं वहाँ नहीं रहता। देबिता के साथ खोली लेकर रहता हूँ। और अंशु तो पापा के घर से थोड़ी ही दूर, एक बेडरूम वाले जनता फ्लैट में पापा-मम्मी-दीदी और परिवार के बाकी लोगों के साथ रहता है। उसके पापा क्या करते थे, मुझे नहीं मालूम।'

'अच्छा, तो आप शादीशुदा हैं।'

'शादी नहीं की। देबिता असम से मेरे एक दोस्त के साथ भाग आई थी। दोस्त ने वादा करके भी उससे शादी नहीं की, थोड़े दिन रखकर उसे घर से निकाल दिया। मुझे दया आ गई। वह क्रिश्चियन है, इसीलिए शादी नहीं हो सकती। ऐसे ही मेरे साथ रहती है। नखरे बहुत दिखाती है मैम।'

'क्रिश्चियन है, इसीलिए हिन्दू से शादी नहीं हो सकती—ऐसा थोड़े है। हो सकती है—इंटर रिलीजन शादी का कानून बन चुका है कब का। मदद चाहिए हो तो बतलाइएगा।'

'मैं शादी करना नहीं चाहता।'

'और वह?'

'मुझे नहीं पता।'

तभी नितिन का फोन बजने लगा। वह फोन उठाकर मीठे स्वर में बोला—

'अरे यार, कार चला रहा हूँ। जल्दी बोलो क्या बात है। तो पका लो न, जो मन करे। आज चिकन पकाना है? अच्छा बाबा, लेता आऊँगा। अब रखो फोन। कहा न—रखो! बकबक किए जा रही हो। ले आऊँगा बस।'

*

वह दिन, उदास दिन

दिन बहुत गर्म हो चुके थे। पारा हर रोज पैंतालीस पार कर रहा था। सुबह के साढ़े सात ही बजे थे तो क्या! लग तो ऐसा रहा था मानो दोपहर होने वाली हो।

कुमार साहब के बागीचे में पसीना बहाते खड़े ड्राइवर इंतजार में थे कि जल्दी से उन्हें कार की चाबी मिल जाए तो कार का ए.सी. चलाकर गर्मी से राहत पाते निकल जाएँ ड्यूटी पर। उन्हें खबर नहीं थी कि कुमार साहब गुस्सा हैं और उनके गुस्से का पारा मौसम के पारे को पार कर गया है। वे रोज की तरह मुकेश के साथ घर के अंदर से निकल कर बरामदे पर खड़े हो गए। पास खड़े भुवन ने सुन लिया कि वे कह रहे हैं कि इस तरह हर ड्राइवर की शिकायत ही आती रही तो चला चुके बिजनस!!

'जिसकी भी शिकायत आएगी वह काम से निकाल दिया जाएगा। कह दो इनसे।'

वे अपने सिक्योरिटी गार्ड मुकेश से जोर से बोले।

अंशु, नितिन, दीपक, सुरेश, सारंग, समीर, राकेश, भुवन, सूरज, डिम्पी, सुरेश—सब चौकन्ने होकर मुकेश को घेर कर खड़े हो गए।

अंशु को निकाला जा रहा था क्योंकि उसकी कार का ऐक्सिडेंट हुआ था फिर से। सिंह सर अंदर बैठे थे कार में। भयानक ऐक्सिडेंट हुआ पर गनीमत है कि सिंह सर और अंशु दोनों बच गए। कार का तो कचूमर निकल गया। उसे बनवाने में जाने कितना खर्चा आएगा।

नितिन ऑफिस में दूसरे ड्राइवरों के साथ दारू पीता पाया गया। उसकी हरकतों का विडियो बनाकर भुवन ने कुमार साहब को भेजा। विदिशा मैडम पहले ही ड्राइवर बदलने को कह चुकी थीं, क्योंकि नितिन की रैश ड्राइविंग से उनकी कमर में तकलीफ हो गई थी।

सुरेश पहले से बताए बिना छुट्टी लेता रहता था। किसी भी सुबह फोन करके कह देता—आज नहीं आ पा रहा। कभी बहन के लिए लड़का देखने जाना होता, कभी पिताजी की तबियत खराब हो जाती, कभी गाँव से बीमार लोग घर आ जाते...

'मुकेश! कह दो इन तीनों से कि कल से काम पर नहीं आएँ। मैं नए ड्राइवर रख लूँगा। वैसे भी सिंह सर के लिए कल से दूसरी कार भेजनी पड़ेगी, तो ड्राइवर भी दूसरा जाएगा।'

मुकेश ने बागीचे में खड़े अंशु, नितिन और सुरेश को पैसे पकड़ाते साहब का फरमान सुना दिया।

तीनों ने मुकेश को घूर कर देखा। सिक्योरिटी एजेंसी के माध्यम से काम पर लगाए गए मुकेश के कंधे से इतनी बड़ी दोनाली बंदूक नहीं झूल रही होती, तो तीनों मिलकर उसकी जो गत बनाते, वह हमेशा याद रखता।

पर मजबूरी थी। मुकेश के पास लाइसेंसी बंदूक ही नहीं गठा हुआ शरीर भी था। वह और इमरान चाचा वैसे भी कुमार साहब के खास लोगों में थे। और खुद

कुमार साहब खास थे अपने शहर से चुन कर आए एम.पी. के—जिनके घर वह कभी भी जा सकते थे। उनके दिल्ली में नहीं होने के दौरान भी। ड्राइवरों के बीच यह बात मुकेश ने फैला रखी थी कि वे एम.पी. साहब के बहुत खास हैं, इसीलिए इतनी बड़ी सरकारी कंपनी ने दस कारें सप्लाई करने का ऑर्डर उन्हें दे रखा है। वरना हो तो यह भी सकता था कि कंपनी के पैनल पर रहते हुए भी उन्हें बस दो-एक कारें ही कंपनी को देने का मौका मिलता। आखिर कंपनी के पैनल के दूसरे कार सप्लायरों की दो-तीन कारें ही चलती हैं न! कुमार साहब की भी बस चार-पाँच कारें ही दूसरी कंपनियों में चल पाती हैं। बात यह है कि एम.पी. महोदय उन मंत्री जी के खास हैं जिनके अंडर यह सरकारी कंपनी है। इतने महीन रिश्तों के उलझाव को समझ पाना हर एक के बस की बात थोड़े है! मुकेश ड्राइवरों को समझाने की कोशिश करता और वे हामी भरते सर हिलाते रहते।

कुमार साहब द्वारा एक साथ तीन ड्राइवरों को निकाले जाना एक अनहोनी घटना थी।

पिछले दस सालों में कभी नहीं हुआ ऐसा—कम से कम अभी काम कर रहे किसी ड्राइवर को ऐसा होने की याद नहीं।

भयानक गर्मी में नौकरी से निकाल दिए जाने के बाद पसीना बहाते वे तीनों इकट्ठे अंशु की मोटरसाइकल पर वहाँ से निकल गए और बहुत देर सड़कों पर बिना मकसद तेज-तेज घूमते रहे। फिर अंशु ने मोटरसाइकिल उस ठेके के पास रोक दी जहाँ वह अक्सर रात को गम गलत करने जाया करता था। उतनी सुबह कोई वहाँ आएगा—ऐसी उम्मीद दुकानदार तक को नहीं थी। दुकानदार की नमस्ते को अनदेखा करते उन्होंने दुकान के बाहर ठेला लगाने वाले से समोसा-चाय ऑर्डर किया और खाते हुए बातें करते रहे। उन्हें पूरी उम्मीद थी कि नया काम जल्दी ही मिल जाएगा पर चिंता यह थी कि कल से ही मिल जाएगा या नहीं। वे तीनों गुस्से में थे। हताश भी थे। हो जाती है कभी-कभी गलती। इतने सालों से कार चला रहे हैं कुमार साहब के यहाँ। उन्हें तो हमें इनाम के पैसे देने चाहिए थे हर साल। 'किसी कंपनी में इतने सालों से काम कर रहे होते तो कंपनी हर साल बोनस देती कि नहीं! काम छोड़ते समय ग्रैचुटी देती कि नहीं!' सुरेश के यह कहने पर बाकी दोनों ने हामी भरी।

वे अक्सर सपने देखते थे कि एक दिन कुमार से भी बड़ा बिजनस चलाएँगे और धनी होकर दिखाएँगे। अंशु और नितिन दोनों को लगता था कि किसी तरह अंशु के पापा से पैसे मिल जाते तो खुद की कार खरीद लेते और ओला या ऊबर चलवाने लगते। फिर मुनाफा होने पर दूसरी, तीसरी...पचीसवीं कार खरीद लेते। कुमार साहब की तरह कंपनियों को कार सप्लाई करते, पर उनसे कम रेट। पर इस तरह एक दिन आता, जब कुमार साहब का बिजनस ठप्प हो जाता और अंशु-नितिन

की साझेदारी वाली कंपनी धुआँधार मुनाफा कमाती... तब कुमार साहब उनसे रश्क करते उन दिनों को याद करके पछताते जब उन्होंने अंशु या नितिन से अच्छा बर्ताव नहीं किया था!!

'पर सोचने की बात ये है कि नितिन तू बिजनस कैसे सँभालेगा, जब एक औरत नहीं सँभलती तुझसे।'

अंशु शैतानी हँसी हँसता हुआ बोला।

'देबिता को काबू में रख पाता, उससे शादी कर पाता तो आज तेरे घर बच्चे खेल रहे होते। तू जिम्मेदार बाप होता तो कमाई बढ़ाने की सोच रहा होता...पर तू? साथ सोता है, तब भी उससे पिटता है। खाना पका कर खिलाती है—इस अहसान में तेरे ऊपर चढ़ी रहती है। तू बेचारा बना सब से झूठ कहता फिरता है कि क्रिश्चियन है, इसीलिए शादी नहीं हो सकती।'

नितिन आग हो गया। सही है—वह अपनी जिंदगी और देबिता दोनों से फ्रस्टेटेड है। न छोड़ पाता है, न शादी करने को उसे राजी कर पाता है। पर अंशु को क्या हक है कि उसके फटे में हाथ डाले?

नितिन दुबला-पतला-सींकिया-सा ठिगना लड़का है और देबिता गठे शरीर की लंबी-तगड़ी औरत। कहती है कि देह बेचने के पेशे में धकेले जाने से नितिन ने बचाया तो साथ रहती रहेगी, पका कर खिलाएगी और साथ सोएगी भी... पर शादी? ना बाबा ना। उनकी जोड़ी शादी के लिए तो एकदम बेमेल है।

नितिन अंशु पर चिल्ला पड़ा—

'साले, देबिता के बारे में एक शब्द बोला तो जुबान खींच लूँगा। हम शादी करें कि ऐसे ही साथ रहें किसी को मतलब! अपने काम से वास्ता रख। तू तो जेनरल मैनेजर का बेटा है न जेनरल मैनेजर, हंह! जेनरल मैनेजर एक कमरे के जनता फ्लैट में ही तो रहते हैं। तूने हाँका और हमने मान लिया। क्यों?'

'तुझे किसने बताया कि... ओह, मैम ने। तू उनसे मेरी बात क्यों करता है? करता है तो बता न, कि मैं अपने मुहल्ले का दादा हूँ। जा बता, जाकर'

'मैं अब मैम के साथ कार नहीं चलाता।' नितिन ने याद दिलाया।

सुरेश ने कहा—

'देख भाई, झगड़ा बंद कर। मैं कहता हूँ बंद कर झगड़ा... किया बंद?'

सुरेश की आवाज ऐसे लड़खड़ा रही थी, मानो चाय की जगह ठर्रा पिया हो। 'पहले सोचो कल से करोगे क्या?'

इस सवाल से तीनों के चेहरे लटक गए।

पापा पैसे दे दें तो कार खरीदकर कल से ही टैक्सी चलाने लग जाऊँ। फिर पढ़ाई खत्म हो जाए तो होटल खोल लूँ, अब मैं किसी और के होटल में काम नहीं

करूँगा। पर पहले होटल मैनेजमेंट कर तो लूँ! साला, सेमेस्टर ही क्लियर नहीं हो रहा, इससे तो नितिन के साथ मिलकर कंपनी में कारें सप्लाई करना शुरू करने का सपना ही सही था। अंशु के दिल में आया।

देबिता अपने गहने बेचने को राजी हो जाए तो मैं भी सोचूँ कार खरीदने की... क्यों न पापा से माँग कर देखूँ? अंशु और मैं साथ मिलकर कुछ कर तो सकते हैं पर यह साला होटल चलाने के सपने में अटका हुआ है। एक्जाम में पास हो नहीं पाता, तब भी लटका है उसी कोर्स में। नितिन सोच रहा था।

*

दिनभर इधर-उधर घूमते रात होने को आई तब अंशु की मोटरसाइकिल पर सवार होकर वे घर की ओर चल दिए। सबसे पहले सुरेश को उसके घर उतारा गया। फिर नितिन को उसके पापा के घर से थोड़ी दूर पहले ही छोड़ दिया गया। नितिन आज देबिता के पास जाना नहीं चाहता था।

नितिन को घर आया देख उसकी माँ खुश हुई। बहन भी ऊपर वाले तल्ले से नीचे उतर आई। पिता के दो मंजिले मकान में रहते आए थे सब। माँ, दो भाई, एक बहन। पिता की पक्की नौकरी पर जिम्मेदारियाँ उन्हें अपने भाइयों के परिवार की भी निभानी पड़ती थी। पहाड़ पर काम मिलना मुश्किल था। खेती भी मामूली ही थी। पिता ने सोचा कि लड़के दिल्ली आ जाएँगे, कार चलाएँगे और साथ में पढ़ाई भी करते रहेंगे। पर जाने कैसे-क्या हुआ कि परिवार बस नहीं पाया। न नितिन ने पढ़ाई की, न उसके छोटे भाई ने। बहन ग्रैजुएट होकर रिसेप्शनिस्ट हो गई है। घर कलह का अड्डा बन चुका है। जब भी वे सब साथ होते हैं—लड़ाइयाँ शुरू हो जाती हैं। माँ का मानना है कि यह पिता की जिम्मेदारी थी कि बेटों को पहले पढ़ाते, फिर काम पर लगाते और बेटी सही उमर में ब्याह देते। छोटी उमर में पहाड़ से दिल्ली लाकर काम पर लगा दिया, तो बेटे पढ़ते कैसे! पापा कहते थे प्राइवेट कैंडिडेट के रूप में परीक्षा देते रहो, पढ़ाई छोड़ो मत, पर किसी बेटे ने कान नहीं दिया। अब माँ बस लड़ती है और बिस्तर पर पड़ी कराहती रहती है गठिया के दर्द से। बहन की शादी नहीं हो पाई इसीलिए घर पर भाई-पिता-माँ सबसे उसका दिल टूट चुका है। पापा रिटायरमेंट के बाद भी इंडियन एयरलाइन्स में कोई काम पकड़े रहना चाहते हैं ताकि कुछ पैसे आते रहें और घर की खिचखिच से मुक्ति मिली रहे। बहन तो भाइयों पर नजर पड़ते ही गालियाँ बकने लगती है। पहले नितिन घर पर रहता था तो सुबह काम पर निकलने से पहले नाश्ता या चाय को कोई उसे पूछता तक नहीं था। अब देबिता भी चूँकि लगभग हर रात नितिन के साथ नशा करती है, सुबह उसके निकलने तक सोई रहती है। उसे परवाह नहीं कि नितिन घर से बिना कुछ खाए निकल जाता है।

खुद नितिन की नींद सुबह बड़ी मुश्किल से टूटती है।

नितिन ने मुँह लटका कर माँ को नौकरी छूट जाने के बारे में बताया। माँ-बहन दोनों की सहानुभूति मिलने से उसे लगा कि आज का दिन बहुत अच्छा है—माँ जरूर उसे कुछ पैसे देगी। देबिता से शादी कर लेने और घर लौट आने को भी कहेगी। पर ऐसा कुछ नहीं हुआ। बहन ने भला-बुरा नहीं कहा और उसे चाय बनाकर पिलाई—बस।

पापा के आते ही वह अपनी खोली के लिए निकल गया।

अंशु के घर खबर पहले ही पहुँच चुकी थी। शायद मुकेश ने पापा को फोन करके बताया होगा। भयानक ऐक्सिडेंट की बात से पापा नाराज थे। घर में दो ही कमरे थे। एक बेडरूम, एक ड्राइंगरूम। छोटी-सी रसोई। पापा से बचकर किस कमरे में घुसता!

'मैं कुमार के साथ काम करना चाहता ही नहीं। आप जबरन भेजते हो मुझे, इसीलिए कार तेज चलाता हूँ। मुझे अपनी कार दिलवा दो, तब देखो। एक ही बेटा हूँ आपका, तब भी रिटायरमेंट के पैसे मेरे लिए खर्च करने को राजी नहीं। आप ऑफिसर नहीं थे तो क्या! पैसे आपके पास अच्छे-खासे हैं—यह मैं भी जानता हूँ। आप हमेशा मुझे डाँटते रहते हैं, इसीलिए आपसे बात नहीं करता।'

पापा ने समझाने की कोशिश की। कुमार ने तो ऐक्सिडेंट हो जाने पर सिर्फ काम से निकाला है, सैलरी भी आधी ही काटी है... अगर अपनी कार होती तो क्या होता! कार ठीक कराने के पैसे कौन भरता? इन्श्योरेंस कंपनी सारे पैसे नहीं देती। अंशु न तो पढ़ाई मन से करता है, न कार ढंग से चलाता है। कभी होटल खोलना है, कभी कार खरीदनी है... जिद करके नई मोटरसाइकिल ले ली। अंशु की माँगें पूरी करते-करते तो यह छोटा-सा घर भी बिक जाएगा! अच्छा-भला लगा हुआ था एक होटल में... कर दिया पैसों का घपला और निकाल दिया गया। गोवा गया, थोड़े समय कार चलाई, फिर टूरिस्ट को लूटा और नौकरी छोड़कर घर वापस लौट आया।

'जिस दिन ये बोर्डिंग स्कूल से भाग आया, मैं समझ गया था—तुम्हारा बेटा नालायक निकलेगा।'

पापा ने माँ से कहा।

सुरेश को उम्मीद थी कि घर पर सब उसके लिए उदास होंगे। आखिर जब भी छुट्टी ली, घर के काम से ही। गाँव से लोग आए या माँ बीमार हुई—डॉक्टर से दिखाना, तीमारदारी करना, सारी जिम्मेदारियाँ निभाईं। छुट्टी कभी मौज-मस्ती के लिए तो नहीं ली न!

उसने पापा को स्थिति बताई और कहा—

'आप मुझे कार दिला दो या फिर लोन लेने दो। अपनी कार चलाऊँगा, अपना

मालिक खुद बनूँगा।'

'क्या कहा? बहन की शादी के लिए जमा किए पैसे तुझे दे दूँ? दिमाग खराब हो गया है? लोन लेगा? कोलैटरल क्या दिखाएगा? लोन चुकाता-चुकाता बूढ़ा हो जाएगा। जाकर कुमार से माफी माँग ले और काम पर लग जा। अभी कुछ नहीं बिगड़ा। तू कार अच्छी चलाता है—बस, छुट्टी लेने का मामला है न! मत लेना आगे से। मैं देख लूँगा कि घर पर कैसे क्या किया जा सकता है।'

सुरेश को इतना गुस्सा आया कि मन हुआ घर छोड़ दे। साथ रखेंगे, घर की सारी जिम्मेदारियाँ मुझ पर ही डालेंगे, छुट्टी लेने को मजबूर करेंगे और चाहेंगे कि नौकरी बनाए रखने को माफी माँगता रहूँ। लानत है इन पर!!

नितिन अपनी खोली पर लौट गया। देबिता ने खाना पका कर रखा था। अंदर घुसते ही चिकन की सुगंध ने दिल खुश कर दिया। खाना खाकर बिस्तर पर लेटकर वह खुद को टटोलता रहा। दरअसल कार खरीदना वह चाहता नहीं था। माँ-बहन को ऐसे ही टटोल रहा था कि पैसे देंगी या नहीं। उसे तो दिन भर कार चलाने की सोच कर ही चक्कर आते हैं। थोड़ा कम कमाओ पर चैन से रहो। जब मन हो, नशा करके पड़े रहो। कुमार के यहाँ नौकरी इसीलिए तो पकड़े हुए था।

*

ऐसे ही खाली-खाली दिन गुजर रहे थे कि एक दिन सारंग ने एक भेद की बात बताई—

'देखो भाई, तुम लोगों के पास कड़की मिटाने का एक रास्ता है। तुम लोगों को पता ही होगा कि दीपक कार सिर्फ इस कारण चलाता है कि ऑफिसरों के घर के अंदर उनका टिफिन या सामान लाने-रखने के बहाने अंदर घुसने का मौका पाता रहे और उनकी हैसियत पता कर ले। उनकी बातों और रहन-सहन से अंदाजा लगा ले कि किसकी औकात कितनी है! जब पक्के तौर पर पता चल जाए तो वह अपने गैंग को बता दे और सूचना देने के पैसे ऐंठ ले। बस छुट्टी। उसके बाद जानें वे सब! वह किसी लूटपाट या क्राइम में साथ नहीं देता—इन्फॉर्मर है बस। बता भर देता है कि किससे घर कितना माल मिल सकता है, परिवार के लोग कब-कहाँ आते-जाते हैं और घर में कितने समय कोई भी नहीं होता।'

'हैं?' अंशु और नितिन का मुँह खुला रह गया। 'वह किसी गैंग का आदमी है? क्या हम भी कर सकते हैं यह काम? पहले क्यों नहीं बताया? क्या तुम भी'

सारंग गुस्से से बोला—

'मैं? अबे, मैं नहीं करता यह सब! सोच भी नहीं सकता। अपना तो सीधा रास्ता है। परीक्षा में पास होते ही दवा की दुकान खोलूँगा। कुछ पैसे पापा देंगे, कुछ

मैं अपनी सेविंग्स से लगाऊँगा, बाकी लोन लूँगा। बी.फार्मा. कम्प्लीट होते ही दूसरे की कार चलाना छोड़ दूँगा।'

अंशु हताशा से बोला—

'मैं खुद को दादा समझता था। मैम से परीक्षा की कह कर शनिवार की छुट्टी लेकर बॉर्डर पर 'माल' पहुँचा आता था, इतने में ही खुद को स्मार्ट समझता था। पुलिस के कारण ये एक्स्ट्रा इनकम का जरिया भी हाल में बंद करना पड़ा। कितने दिन चलेगा ऐसे सूखे-सूखे! कोई तो जुगाड़ निकालना ही पड़ेगा पर भोला-भाला दीपक! उसके बारे में तो कभी सोचा ही नहीं कि... साला, असली दादा तो वो निकला।'

*

आपस में मशविरा करने के बाद अगले हफ्ते अंशु और नितिन जा पहुँचे दीपक के पास। उनकी बात सुनकर वह कुछ क्षण उन दोनों को चुपचाप देखता रहा। फिर बड़ी शांति से पूछा—

'पहले बता, किसने बताया तुम दोनों को? तुम दोनों ने मान कैसे लिया कि यह सच है? कुमार को पता चलते ही मैं मुफ्त में नौकरी से निकाल दिया जाऊँगा। जिसने तुम दोनों को बताया, कुमार को भी बता सकता है। उसका नाम जानना मेरे लिए बहुत जरूरी है। उस साले को ऐसा वहम हुआ कैसे?'

वे दोनों सारंग का नाम बताना टालते रहे। नाम बताना खतरे से खाली नहीं था। बहुत देर टालमटोल करने के बाद बोले—

'हम मुसीबत में तुम्हारे पास आए, पर तुम दोस्ती निभाने के बदले हमसे पूछताछ में लग गए। मदद नहीं करनी है, तो न सही। हम चलते हैं।'

दीपक ठठाकर हँसा—

'तुम दोनों अकल से पैदल हो। पहली बात यह कि यह सरासर झूठ है कि मैं ऐसे किसी गैंग से जुड़ा हूँ। दूसरी बात यह कि जब तुम दोनों कार चला ही नहीं रहे, तो इंफॉर्मेशन कैसे और किसकी दोगे? ऐसे ही घुस जाओगे किसी के भी घर? ओला, ऊबर चलाने लगोगे, तब भी क्या! ओला या ऊबर ड्राइवर किसी को घर के अंदर तक छोड़ने जाते हैं?'

अंशु और नितिन उसके घर से निकल गए। उन्हें पक्के तौर पर लग रहा था कि सारंग की सूचना सही है। उन दोनों को अफसोस था कि इतने सालों से उन्हें खबर तक नहीं हुई और दीपक चुपचाप अतिरिक्त कमाई करता रहा। उनका चेहरा उतरा हुआ और दिल उदास था। साफ बात थी—दीपक उन्हें कमाई करने देना नहीं चाहता था। दीपक—जो रोज साथ उठता-बैठता-ताश खेलता-चाय पीता था।

वहाँ से निकल कर वे दोनों बहुत देर सड़क पर खड़े सिगरेट पीते रहे। आसपास बहुत सारे लोग आ-जा रहे थे। उन्हें लग रहा था कि सिगरेट खरीदने आने वाले हर एक की जेब पैसों से भरी हुई थी, उन सब के पास नौकरी थी, सब जल्दी से सिगरेट खरीद कर कहीं निकल जाने की हड़बड़ी में थे। बस वे दोनों ही खाली जेब, बेरोजगार, उधार की सिगरेट पीते, कुछ सोच नहीं पाने की मजबूरी में, समय काटने को वहीं के वहीं खड़े थे।

'चलो, इमरान चाचा के पास चलें।' नितिन ने अंशु से कहा।

बिना कुछ बोले अंशु अपनी मोटरसाइकिल की ओर बढ़ गया। नितिन पीछे जा बैठा। रविवार का दिन था, फिर भी इमरान चाचा घर पर मिल ही जाएँगे, यह तय थोड़े था! मिल सकते थे क्योंकि अमूमन वे रविवार को ड्यूटी पर नहीं जाते। उनके साहब बहुत अच्छे हैं। रविवार को अपनी कार से बच्चों को घुमाने ले जाते हैं। हाँ, ऑफिस की कोई मीटिंग हो, तब अलग बात है।

इमरान चाचा घर पर मिल गए और इन दोनों को अपने घर आया देख खुश हुए। उन्हें खबर थी कि इन दोनों को काम से निकाला जा चुका है।

'खाली बैठे हैं, कोई ढंग का काम नहीं मिल रहा। चचा, कहीं गुंजाइश है क्या? आपको पता था कि हम निकाले जा चुके हैं, तब भी आपने कुमार सर से कुछ कहा क्यों नहीं?' अंशु बोला। चाचा चुप रहे।

फिर नितिन ने कहा—

'चचा, एक तो कार चलाने के इस काम में मन नहीं लगता—टाइम पास की तरह करता हूँ यह काम। कोई अपना बिजनस शुरू करने की सोचता हूँ तो कोई साथ नहीं देता। सालों-साल से ड्राइवरी कर रहा हूँ, पर पहुँचा कहाँ? ये भी कोई नौकरी है चचा। पर करें तो करें क्या?'

'कहाँ पहुँचना था तुम्हें?' इमरान चाचा मुस्करा कर बोले। 'परेशान मत हो। मेरे अब्बा, कुमार साहब के अब्बा के ड्राइवर थे और अब मैं कुमार साहब की कार चलाता हूँ। ये नहीं कहता कि इन लोगों ने हमारा खयाल नहीं रखा पर तरक्की हम भी कितनी कर पाए? अब्बा को बच्चों के शादी-ब्याह में कुमार साहब से मदद मिली, हारी-बीमारी में भी। इज्जत से बात करते हैं, साथ बिठा कर चाय पिलाते हैं कभी मुसलमानों को गाली नहीं देते, हमारे धर्म को बुरा नहीं समझते... बस इतने पर ही हम मर-मिटे और साथ निभाते चले गए। तरक्की की तो कभी सोच ही नहीं पाए। जानते हैं इनकी ख्वाहिश कि मेरे बेटे को अपने बेटे की कार चलाते देखना चाहते हैं, पर यह मैं होने नहीं दूँगा। दोनों बेटों को पढ़ा रहा हूँ। छोटा बेटा राँची में इंजिनियरिंग कर रहा है, बड़ा यहीं बी.ए. के आखिरी साल में है। छोटा नौकरी में आ जाएगा तब अपने बड़े भाई को टैक्सी का कारोबार शुरू करवा देगा। कुछ पैसे अपनी बचत से मैं

भी लगाऊँगा। बाकी उन दोनों की किस्मत अल्लाह के हाथ!

'यह भी सोचता हूँ कि जितनी तेजी से दिल्ली-एन.सी.आर. में मेट्रो का काम हो रहा है, लोग टैक्सी लेना कहीं बंद ही न कर दें। टैक्सियाँ चलनी कम तो हो ही जाएँगी। वह दिन आए, उसके पहले ही कोई दूसरा हुनर सीख लेना जरूरी है। यही बात अपने बेटों से कहता हूँ, यही तुम दोनों से भी कह रहा हूँ। समझे? तब तक सचमुच टाइम पास की तरह ही ड्राइवरी करो...और फिर टाइम पास करने में शर्म क्यों होनी चाहिए मियाँ! क्या ये पूरी जिंदगी ही टाइम पास नहीं है? सोचो...सोच कर देखो!!' वे हँसकर बोले।

उनकी बातों से अंशु और नितिन का सर भन्ना गया।

*

महीना गुजरने को था। इस बीच सुरेश किसी दूसरे कार सप्लायर के यहाँ हर दिन चार सौ के हिसाब से चार-पाँच दिन ड्यूटी कर आया क्योंकि उनका एक ड्राइवर छुट्टी पर था।

घोर गर्मी में कूलर चलाकर नितिन घर पर ही पड़ा रहता। इस छोटे कमरे में दोपहर को कितनी गर्मी लगती है—यह अहसास रोज उसे ए.सी. अंडरग्राउंड पार्किंग की याद दिला कर उदास कर देता। सब झेलेगा पर डेली वेजेज वाली नौकरी नहीं करेगा—जब करेगा, रेगुलर काम करेगा। देबिता को उसने नौकरी चली जाने की बात नहीं बताई, तब भी वह समझ गई। अब रोज बहस करती, रोज समझाती है कि वह इस तरह घर पर पड़ा नहीं रहे। उसे समझ नहीं आ रहा है कि अब खर्चा चलाने का क्या जुगाड़ होगा। नितिन उसे कभी-कभार ही अलग से पैसे देता था, जिसमें से बहुत थोड़े वह बचा पाई थी। उसे पता नहीं था कि नितिन के एक पुराने दोस्त ने—जो बिचौलिए का काम करता था—उसके लिए नौकरी का जुगाड़ कर दिया है। पास की सोसाइटी में किसी को अगले महीने से ड्राइवर चाहिए। तनख्वाह महीने के नौ हजार। इतने पैसे उनके लिए बहुत कम हैं। तीन हजार खोली के, चार हजार का राशन बाकी बचे पैसों से देबिता को मॉल घुमाएगा कि नशा करेगा? 'पुड़िया' के बिना तबियत ठीक नहीं लगती। बेचैनी-सी बनी रहती है। पर नहीं, नशा करना अब एकदम छोड़ देना पड़ेगा। नशा मुक्ति केन्द्र जाना पड़े या कहीं और। नशा वह भले इतना नहीं करता कि कार चला ही नहीं सके, पर देह छलनी होती जा रही है! अगर तनख्वाह के अलावा भी कुछ पैसे मिलते रहे—त्यौहार या इनाम के—जैसे मैम दिया करती थीं, तो कुछ पैसे बचाना शुरू कर देगा। मैम से तो उसने हजार रुपये उधार भी ले रखे थे। न उसने कभी लौटाए, न मैम ने माँगे। अंशु ने बताया कि उसने तो ढाई हजार उधार लिए थे—उसने भी नहीं लौटाए।

अंशु एक ऊबर ड्राइवर से बात कर आया था। तय हुआ कि वह चलाने के लिए रात को टैक्सी अंशु को दे दिया करेगा। पकड़े जाने का खतरा तो था, पर इतना खतरा उठाने को वह तैयार था। हर सवारी अपने मोबाइल में आए फोटो से ड्राइवर का चेहरा मिलाकर ही टैक्सी में नहीं बैठती! अगर पूछताछ हुई तो निबट लेगा। अंशु घर पर कम ही रहता। घर घुसते ही पूछताछ जो शुरू कर दी जाती!

*

वह दिन खास दिन

गर्मी कम होने का नाम नहीं ले रही थी। दिन में घर पर रह नहीं सकते और बाहर की गर्मी सह नहीं सकते। बेरोजगारी कितनी बुरी लगती है। निठल्ले रहना बेहद खलता है! अब तो काम छूटे महीना बीत चुका। यहाँ तक कि उससे अगला महीना शुरू होने वाला था।

एक ही मुहल्ले में रहने वाले अंशु, नितिन और सुरेश शाम को सड़क पर पसीना पोछते खड़े बतिया रहे थे, तभी कुमार साहब का सिक्योरिटी गार्ड मुकेश सामने से टहलता हुआ आता दिखा।

'तुम लोगों का हालचाल पूछने चला आया।' मुकेश ने पास रुक कर बात शुरू की।

'भले ही हम टाइम काटने के लिए कार चला रहे थे, तुम चाहते तो हमारी नौकरी बचा सकते थे' सुरेश ने नाराजगी से कहा। 'आखिर तुम कुमार साहब के इतने क्लोज हो...'

मुकेश गंभीर हो गया।

'तुम लोगों ने सोच लिया कि मैंने कोशिश नहीं की होगी? तुम लोगों को पता नहीं है कि कुमार साहब को गुस्सा जल्दी आ जाता है पर दिल के बुरे भी नहीं। वहीं के वहीं माफी माँग लेते, तब देखते।'

'बुरे नहीं होते तो इस तरह हमें निकालते?' नितिन फट पड़ा—'अंशु की कार तो ऐक्सिडेंट क्लेम और इंश्योरेंस के पैसों से बन जाएगी—कौन-सा उन्हें अपनी जेब से देना है! मुझे वे मैम की कार से हटाकर किसी और के साथ लगा सकते थे। अंशु ने गलती की, उसे डाँट-डपट देते। सुरेश को ज्यादा छुट्टियाँ लेने के लिए वार्निंग दे देते पहले ही, तो वह भी समझ जाता कि...'

मुकेश ध्यान से सुनता रहा। फिर पूछा—

'अब तुम लोग क्या करोगे?'

उन्होंने अपने प्लान बता दिए।

'यह तो बहुत घाटे का सौदा है।' वह सोचता-सा बोला—'इससे तो तुम

लोग कुमार साहब के यहाँ ही ठीक थे। हर महीने बारह हजार मिलने तो तय थे। अब नितिन नौ हजार कमाएगा, अंशु जिसकी कार उधार पर चलाएगा—उसे कमीशन देने के बाद जाने कितना बचा पाए और सुरेश तो कैजुअल ड्राइवर हो गया काम मिले, न मिले...'

फिर कुछ क्षण रुक कर मुकेश ने बताया—

'अब कुमार साहब की पंद्रह की जगह अठारह कारें कंपनियों में चलेंगी। दो नई कारें किसी बड़े अधिकारी को अलग से भी देनी हैं। वे किसी एजेंसी से अनजान ड्राइवर लेना नहीं चाहते। मुझे नए ड्राइवर ढूँढ कर लाने को कहा है। नए ड्राइवरों को तो दस हजार से ज्यादा वे देंगे नहीं... पर तुम लोगों की बात अलग है। मुझे लग रहा है कि अच्छा यही होगा कि तुम तीनों उनसे माफी माँग लो और लौट आओ काम पर वापस। जब तक मन का काम नहीं मिलता, वहीं बने रहो'

असमंजस में पड़े तीनों एक-दूसरे को देखने लगे। बात क्या इतनी आसान थी कि माफी माँगी और नौकरी पर बहाल?

अंशु ने सर हिलाकर जता दिया कि वह नहीं जाने वाला। माफी माँगने का तो सवाल ही पैदा नहीं होता—उसके मन में चल रहा था। सुरेश को लगा कि अब तो घर वाले उसे छुट्टी लेने को कहेंगे नहीं, तो शायद ठीक ही चलेगा कुमार साहब के यहाँ। नितिन को लग रहा था कि वह तो इन दोनों के चक्कर में निकाला गया है शायद। ऑफिस की अंडरग्राउंड पार्किंग में सभी ड्राइवर दारू पीते हैं कभी न कभी। उस दिन भुवन को बता किसने दिया कि उसने विडियो बना लिया?

मुकेश ने उनकी दुविधा भाँप ली और कहा—

'चलो, माफी नहीं माँगना चाहते तो भी ठीक। मैं सँभाल लूँगा। कल सुबह तुम तीनों समय पर हाजिर हो जाओ। सर कुछ भी कहें, कोई जवाब मत देना। कार की चाबियाँ लेकर जिसको जहाँ भेजा जाए, चला जाए। ड्यूटी पसंद नहीं आए तो बदलने की बाद में देख लेंगे।'

क्या सचमुच आ जाएँ कल? आश्चर्य में डूबे वे तीनों एक-दूसरे को देख रहे थे।

'तो पक्का रहा। कल सुबह समय पर पहुँच जाना है।' मुकेश ने गंभीरता से कहा।

मुकेश के जाने के बाद उनमें विचार-विमर्श हुआ। फिर लगा कि नौकरी छोड़ना तो अपने हाथ में होता है। कोई बात हुई तो अगले दिन से ही निकल लेंगे।

*

मुकेश मुस्कुराता हुआ वापस कुमार साहब के पास लौट गया।

थोड़ी देर बाद वह कुमार साहब से कह रहा था—

'लौट आएँगे तीनों कल से। उनके पैसे बढ़ाने की भी जरूरत नहीं। आपने पंद्रह हजार तक की तनख्वाह में नए ड्राइवर खोज लाने को मुझे कहा था—मैं बारह हजार में पुरानों को ही लौटा लाया—दस साल से ज्यादा एक्सपीरियंस वाले ड्राइवरों को। अब ठीक से काम करेंगे सर, आप परेशान न हों। आपसे उस दिन ही तीनों माफी माँग लेते, तो आप निकालते थोड़े न! और अंशु को तो वैसे भी माफी माँगना बनता था। कार का कचूमर कर दिया था साले ने। क्या उन्हें नहीं पता कि आपका दिल कितना बड़ा है! वैसे सर, मैंने आपके नौ हजार रुपये महीने बचा दिए, उसमें कुछ तो मेरा हिस्सा...'

'मुकेश, तुम बहुत मुँहफट होते जा रहे हो।' कुमार हँस कर बोले—'चलो, बढ़ा लेना अपनी तनख्वाह में अगले महीने से हजार रुपये महीने!!'

(नया ज्ञानोदय कहानी विशेषांक : अगस्त 2019)

शास्त्री भवन से वापसी

उसने बॉस से आधे दिन की छुट्टी माँगी। साथ में मुझे ले जाने की इजाजत भी।

जिद करके ले गई थी, फिर भी बहुत देर से शास्त्री भवन को सड़क पार से तिरछे निहारती खड़ी थी। हो सकता है लगभग चार दशकों तक वहाँ काम करने की पुरानी यादों ने उसे इस कदर भावुक कर दिया हो कि कुछ देर खुद को बटोरने की कोशिश में खड़ी हो गई हो। शास्त्री भवन में थी तो सत्ता का हिस्सा नहीं होते हुए भी सत्ता के करीब थी। इस नाते ताकतवर थी, या कि खुद को ऐसा महसूसती थी। शायद अब किसी ताकतविहीन की तरह अंदर घुसने को मन को राजी कर रही होगी। सोच रही होगी कि इतने महीनों बाद जाकर किससे पहले मिले, किससे बाद में... कहीं मुझे साथ लाकर पछता तो नहीं रही कि मेरे साथ होते लोगों से खुलकर मिल नहीं पाएगी? क्या सत्ता के इन गलियारों में उमा का कोई राज छुपा है जिसे वह मुझपर उजागर होने देना नहीं चाहती? लगातार कयास लगाते मैं अब ऊबने लगी थी। सड़क के बीचों-बीच लगे ऊँचे-ऊँचे पेड़ों के परे दीखती शास्त्री भवन की वह दूधिया सफेद बिल्डिंग मुझे बुला और डरा दोनों रही थी। उसके अंदर ताकतवर लोग बैठते थे, जिन पर देश की तमाम जिम्मेदारियाँ थीं। अंदर के ताकतवर लोगों की दुनिया के बरक्स उसे बाहर से निहार रही मैं—ताकतविहीन, अदना-सी कर्मचारी थी जिसे अंदर की दुनिया से एक और बार साक्षात्कार की ख्वाहिश थी।

खड़े-खड़े मेरे पाँव दुखने लगे थे। सेन्ट्रल सेक्रेटेरिएट पर मेट्रो से उतरे तो उमा ने फटाफट ऑटो ले लिया मानो तुरंत पहुँचने की हड़बड़ी हो। पर शास्त्री भवन से कुछ मीटर पहले ही सड़क की दूसरी ओर ऑटो से उतरकर ऐसे खड़ी हो गई, जैसे अंदर जाने को नहीं, बाहर से शास्त्री भवन के दर्शन करने आई थी, जिसके पाँव अब वहीं सड़क के अंदर रोप दिए गए थे। मैं तो मेट्रो स्टेशन से पैदल आने को तैयार थी—वैसे ही जैसे ऑफिस से निकलकर मेट्रो पकड़ने जाने को। अब उमा को ताकती खड़ी खुद को बेवकूफ-सी महसूसती मैं समझ नहीं पा रही थी कि क्या करूँ! उमा अब भी अपने मोबाइल में कुछ खँगाल रही थी।

'नहीं जाना अंदर? वापस चलें?' मैंने ऊबकर पूछना चाहा पर उमा के चेहरे पर नजर पड़ते ही पूछती-पूछती रह गई। उमा वहाँ नहीं थी। वह कहीं और गुम थी। कहाँ?

*

कुछ साल पहले जब हम ऑफिस की सहेलियाँ किसी से मिलने के बहाने पहली बार शास्त्री भवन घूमने गईं, तब 'सत्ता के गलियारों में भ्रमण' (हमने उस विजिट को यही नाम दिया था) के दौरान हमारी भेंट उमा से हुई थी। वह किसी बड़े अधिकारी के कमरे से मोटी-सी फाइल और डिक्टेशन वाली कॉपी में पेंसिल फँसाए हड़बड़ी में निकल रही थी। हम चारों को देखकर वह मुस्कराई और उसने रीमा से मेरे बारे में दरियाफ्त की। मैं सीनियर क्लर्क हूँ, सुनकर वह खुश हुई और मुझसे बोली—'मैं अभी तो बहुत व्यस्त हूँ, डिक्टेशन तुरंत टाइप करके दे आना है पर तुम बाद में कभी आना जरूर। मंत्री जी से मिलने की इच्छा हो तो बताना।' सुनकर मैं बहुत प्रभावित हुई। कहाँ तो शास्त्री भवन में घुसने के नाम से ही इस कदर थ्रिल्ड थी और इस विजिट को अपना सौभाग्य समझ रही थी; कहाँ मंत्री जी से आसानी से मुलाकात करवा सकने वाली से इत्तेफाकन मुलाकात!! पर बाद में हम गए नहीं। क्या बात करते मंत्री जी से मिलकर! वह तो रीमा पहले शास्त्री भवन में काम कर चुकी थी, इसीलिए रिसेप्शनिस्ट उसे पहचानते थे। उस दिन गए तो रिसेप्शनिस्ट ने रीमा से 'किससे मिलना है'—पूछकर कोई फॉर्म भरने को दिया, इंटरकॉम से पूछकर पता किया कि जिनका नाम लिया गया, वे आए हैं और रीमा से मिलने को हाँ कर रहे हैं; तब एंट्री पास बना दिए। चिकनी गैलरियों में इधर से उधर जाते मेरे पाँव दो-एक बार फिसले और मैं गिरती-गिरती बची तो जोर से बोल पड़ी—'सत्ता के गलियारों में बड़ी फिसलन है।' टीना ने मुझे तुरंत आँखें दिखाकर बरजा तब जाकर समझ आया कि मैं अति उत्साह में अनर्गल बोले जा रही थी। टीना वहाँ कुछ अधिकारियों को पहचानती थी और नहीं चाहती थी कि इस से उस कमरे में जाने के दौरान गैलरी से गुजरते किसी के कानों में मेरा कहा पड़ जाए! उस दिन शास्त्री भवन से ऑफिस वापस लौट आने पर शास्त्री भवन के साथ उमा की भी खूब सारी कहानियाँ सुनने को मिलीं। शास्त्री भवन में काम करने के दौरान घटी मजेदार घटनाएँ, सत्ता की उठापटक के किस्से और फिर उनसे अलग उमा की साज-सज्जा, उसकी अजीबोगरीब आदतों की कहानियाँ! पर सभी मानते थे कि वह दिल से अच्छी और काम में चुस्त है। तभी तो कंपनी की कर्मचारी होते हुए भी मंत्री जी के ए.पी.एस. उसे काम के लिए अपने साथ रखे हुए हैं—मंत्रालय के इतने सारे कर्मचारियों में से किसी को भी रख सकने की सुविधा के बावजूद। इतना सारा

कॉन्फिडेंशल काम वह करती है, रात को देर तक रुक जाती है और परवाह नहीं करती कि देर तक रुकने के कारण उसके बारे में कहानियाँ फैलती रहती हैं। मुझे लगा कि बॉस की नजरों में महत्वपूर्ण होना उसे खुद की नजरों में भी महत्वपूर्ण बनाता होगा और इतना पर्याप्त होगा दुनिया जहान के बोलने को इग्नोर करते जीने के लिए! उमा जब तक मंत्रालय में थी, उससे बस एक ही मुलाकात हुई थी और रोज-रोज का कोई लेना-देना नहीं था, इसीलिए वह रोजमर्रा की ऑफिस की जिंदगी में हमारी बातों का हिस्सा नहीं थी। शास्त्री भवन के 'सत्ता के गलियारों में भ्रमण' के बाद उमा मेरे जेहन से गायब ही हो जाती अगर जब-तब उसकी चर्चा ऑफिस में किसी न किसी महिला या पुरुष के मुँह से सुनती न रहती।

...और फिर एक दिन यह खबर ऑफिस में फैल गई कि मंत्रालय में लगभग चार दशकों की नौकरी के बाद उमा, नौकरी के आखिरी कुछ महीने बिताने अब हमारे ऑफिस आ रही है।

वह ज्वायन करने आती, उसके पहले ही उसके बारे में कहानियाँ फिर से फैलने लग गईं। लोग मुस्कराकर एक-दूसरे को बताते—'उमा मैडम अब यहाँ आ रही हैं।' सुनने वाला मुस्कराता जरूर।

फिर एक सुबह वह सचमुच आ गई। भारी-भरकम दक्षिण भारतीय चमकदार साड़ी और बहुत सारे गहनों से लदी।

'वही हमेशा वाली सज-धज'— सुनीता ने उसे देखते ही मुस्करा कर मुझसे कहा।

नहीं, मामला यह नहीं था कि वह गहरे रंग की थी, उम्रदार हो चुकी थी या कि बहुत मोटी थी—उम्रदार, मोटी या बहुत मोटी महिलाएँ तो हमारे ऑफिस में पहले से थीं—पर उमा अपने पहनावे में जँचती नहीं थी। भारी साड़ी और बहुत सारे गहने लादे, हार-चूड़ियाँ झुलाती तेजी से चलती और लगातार बोलती वह मुझे भी बहुत हास्यास्पद लगती। हो यह भी सकता है कि बाकी महिलाओं के परिष्कृत पहनावे और सुसंस्कृत व्यवहार की तुलना में उसका दिल खोलकर जोर से हँसते हुए लोगों से जबरन बातें करना, अपनी और अपने परिवार की हर वक्त प्रशंसा करते रहना उसे हँसी का पात्र बनाता हो! पर उसकी इसी आदत के कारण मेरी जानकारी उसके बारे में लगातार बढ़ती जा रही थी। यह भी लगता कि जो वह अपनी प्रशंसा में कहती, हमेशा गलत ही नहीं होता। सही था कि उसने लगभग चार दशकों तक मंत्रालय में काम किया और रात को देर-देर तक रुक कर गोपनीय काम निबटाए। इतनी बार सत्ता और कामकाज के तरीकों में फेरबदल की साक्षी रही।

कई लोग पहले भी बता चुके थे कि ऐसे माहौल में जब दूसरे पी.ए. या सेक्रिटेरीयल स्टाफ बहाने से देर तक रुकते ताकि ओवरटाइम—कन्वेयन्स क्लेम कर

सकें, उमा देर तक रुकने पर भी कभी ओवरटाइम नहीं माँगती। दूसरे कर्मचारियों को तो ओवरटाइम वगैरह से ही हर महीने तीस-चालीस हजार की अतिरिक्त आय हो जाती, जिससे दिल्ली जैसे शहर में बहुत फर्क पड़ जाता। उनके घर की साज-सज्जा से लेकर पहनावे और बच्चों के स्कूल के चुनाव तक में। ओवरटाइम के पैसों से वे सजे-धजे घर में रहते, ब्रांडेड कपड़े पहनते और बच्चे उन्हीं स्कूलों में पढ़ाते, जिनमें ऑफिसरों के बच्चे पढ़ रहे होते। पर उमा यह सब नहीं करती। पति दूसरे मंत्रालय में ऑफिसर ग्रेड के सेक्रिटेरीयल स्टाफ थे फिर भी उसका इकलौता बेटा उसके घर के पास वाले औसत किस्म के स्कूल से पढ़कर निकला। उमा रात के दस बजे तक रुकती, फिर पब्लिक कन्वेयेन्स से घर जाती। काम मंत्रालय में, सैलरी कंपनी से; क्योंकि वह कंपनी की स्टाफ थी, मंत्रालय की नहीं। ओवरटाइम नहीं लेती और इसका ऐलान हर एक के सामने करती।

टुकड़ों-टुकड़ों में सहकर्मियों से सुनती मैं उमा की पूरी कहानी से वाकिफ हो चुकी थी...यहाँ तक कि जितनी कहानियाँ मुझे रीमा, स्वाति, अनुभा वगैरह ने सुनाईं, उससे ज्यादा अमित, श्रीकांत, कुट्टन ने। पुरुष सहकर्मी उमा की कहानियाँ मुझे कुछ सँभल कर सुनाते क्योंकि मैं उसके रंग-रूप पर टिप्पणी बर्दाश्त नहीं करती। सबों से लगातार सुनते उमा की कहानी अब मेरे मन में पूरी तरह बुन चुकी थी और मैं शास्त्री भवन के गलियारों में घूमती उमा की कहानी ऐसे सुना सकती थी मानो सब कुछ मेरे सामने घटा हो। पता था मुझे कि उमा ने जब अठारह साल चार महीने की उम्र में मिनिस्ट्री में काम करना शुरू किया, वह एकदम दुबली, स्कर्ट पहनने वाली लड़की थी। शुरू से ही काम में तेज-तर्रार और खुले दिल-दिमाग वाली नया कुछ भी सीखने को तत्पर लड़की कही जाती थी। फिर उसने अंतरजातीय विवाह किया, एक बेटे की माँ बनी। वह दूसरों से ज्यादा, और ज्यादा काम करती गई, और दूसरे—ज्यादा, और ज्यादा लाभ लेते, कमाई बढ़ाते, उससे पहले प्रमोट होते, उसका ज्यादा-से-ज्यादा मजाक बनाते जीते गए।

मिनिस्ट्री में आयोजित हर प्रतियोगिता में वह भाग लेती और पुरस्कार पाती—प्रतियोगिता चाहे कविता लिखने की हो कि लेख...भाषण देने की हो कि आशुलिपि, टंकण की।

प्रतियोगिता खत्म हो जाने के बहुत दिनों बाद तक वह लोगों को बताती फिरती कि उसे कितने पुरस्कार मिले, सबको याद दिलाती कि वह कविताएँ लिखती है। साहित्यकार है।

पोंगल हो कि संक्रांति... नया साल हो या दीवाली... उमा पूरे डिपार्टमेंट को मिठाइयाँ खिलाती।

'यह सिर्फ मैं ही कर सकती हूँ। है किसी और का कलेजा?' वह कहती।

लोग चाव से खाते और हामी भर देते कि इतना खर्चा सिर्फ वही कर सकती है। फिर पीठ पीछे उस पर हँसते। मौका मिलता तो वह जॉइंट सेक्रेटरी, डायरेक्टर को अपने हाथों मिठाई के पैकेट और नमकीन देने उनके कमरे में घुस जाती।

चाहती कि देर तक वहाँ रुके। फिर बाहर आकर कहती कि उन्होंने जोर देकर रोक लिया वरना मैं तो बस पैकेट रखकर बाहर आ जाना चाहती थी। दूसरे मंत्रालय से ट्रांसफर होकर आए कुछ बड़े अधिकारी अपनी अति व्यस्तता में भी उसके पति का लिहाज करके उसकी बातें कुछ मिनट सहते रहते—उसके पति ने साथ काम जो किया होता! पर जब उमा इतराती हुई उनके कमरे से बाहर जा चुकी होती तो अपने पी.ए. को सख्त हिदायत देते कि अगली बार उमा उनके कमरे में घुसना चाहे तो उसे बाहर ही रोक दिया जाए। पी.ए. वादा करता पर सालों-साल से मंत्रालय में काम करते उमा को पता होता कि कब किसके कमरे में कैसे घुस जाना है। जब पूरे स्टाफ को वह अपने हाथों मिठाई खिलाती थी, तो साहबों को कैसे न खिलाती! सच यह था कि उसकी इन आततायी आदतों से इतर उसके काम को, एक्युरसी और गोपनीयता बनाए रखने की आदत को बड़े अधिकारी सराहते भी थे। कई बार उसे बुलावा आता था कि वह उनके साथ काम करे। कई ऐसी फाइलों पर डिक्टेशन वही ले, जो अति गोपनीय हों। बाद में पता चलता कि इस फाइल की सारी डिक्टेशन उमा ने ली तो लोग उसे ईर्ष्या भरी निगाहों से देखते। यही नहीं, वह हमारी कंपनी की स्टाफ थी, फिर भी उसकी प्रतिबद्धता सौ प्रतिशत मंत्रालय के साथ थी। वहाँ मीटिंग होने को होती तो हमारी कंपनी को खाने के पैकेट अरेंज करने होते। ए.पी.एस. ने कंपनी से दस पैकेट मँगवाने ने आदेश दिए होते, तो नीचे के स्टाफ उमा से कहते कि हमें भी जोड़कर पंद्रह लिख दो। फिर सेक्शन ऑफिसर नाराज होते हुए कहते कि हमारे स्टाफ को क्यों छोड़ रही हो उमा? मीटिंग के अरेंजमेंट में हमारा रोल नहीं? करेस्पॉन्डेन्स से लेकर फाइलें तैयार करने तक का सारा काम हमने किया और हमें ही लंच में शामिल न किया जाए? उमा नोटशीट पर पैकेटों की संख्या बढ़ाती जाती। पूरा सेक्शन लंच के पैकेट का मजा लेता उसे धन्यवाद देता तो उमा को महसूस होता कि वह बहुत महत्वपूर्ण और ताकतवर है—आखिर सबों को भोज उसके कारण ही तो नसीब हुआ!!

कभी सेक्शन का पिअन रामलाल कहता कि बच्चों का होमवर्क करवाना है, कंपनी से एक रीम कागज मँगा दो न प्लीज... और वह पिघल जाती। कंपनी से मीटिंगों के लिए स्टेशनरी आती तो एक रीम कागज रामलाल को मिल जाता। अब उस कागज का बच्चों का होमवर्क हो या कि वह फोटोकॉपी करने वाली दुकान पर बाजार से कम दामों पर बेच दिया जाए...

काम और उसके इतर इस तरह के कारणों से ही उमा को लगता था कि वह

मंत्रालय के लिए बहुत महत्वपूर्ण है। कंपनी की होने के नाते एक रिसोर्स की तरह इस्तेमाल की जाती है और यह उसका सौभाग्य है। मंत्रालय उसे हमेशा साथ रखेगा और वह वहीं से रिटायर होगी।

'देख, मैंने जो भी किया, बड़े साहबों के लिए किया—खुद कोई लाभ नहीं उठाया कभी। है कि नहीं?'

ऑफिस में आने के कुछ दिनों बाद उसने मुझसे कहा तो मैंने हामी भर दी। सच है—उसने खुद न कोई कमाई की, न कोई अन्य लाभ उठाया।

इस तरह मंत्रालय में लगभग चालीस साल गुजार कर और कंपनी के रोल पर रहते, अपने कैडर में पाँच प्रमोशन पाकर नॉन इक्जेक्यूटिव कैडर में सबसे ऊँचे पद पर पहुँच, उमा हमारे ऑफिस वापस आ गई। लाई नहीं गई, भेज दी गई। भेजी गई क्योंकि अब उसे टाइप करने में समस्या आ रही थी और कम्प्यूटर पर काम बहुत कष्टदायी हो चुका था। इतने सालों से लगातार सुबह से देर रात काम में पिले रहते उसका बी.पी. और शुगर लेवल चिंताजनक स्तर तक बढ़ गया था। एक आँख में ग्लूकोमा हो गया था और दूसरी आँख भी बर्बादी के कगार पर थी। उसकी आँखों से लगातार पानी बहता रहता था। उसके रिटायरमेंट में अब कुछ महीने ही रह गए थे और नई सरकार आ जाने के बाद मंत्रालय में महीने में तीन दिन ही कुछ मिनट देर से आने की सहूलियत थी। उसके बाद तो चंद मिनटों की देरी छुट्टी कटने का कारण बन जाती थी। इसी कारण उसकी सारी छुट्टियाँ समाप्त हो चुकी थीं। हर महीने कई दिनों की सैलरी कट जाती। वह चाहती थी कि उसके खराब स्वास्थ्य और लगभग चालीस साल की सेवाओं के मद्देनजर उसे कुछ देर से आने की छूट मिले और छुट्टियाँ न काटी जाएँ, पर उपस्थिति अब कम्प्यूटराइज्ड थी और ऐसा संभव नहीं रह गया था। वह कंपनी की कर्मचारी थी और प्रशासन में नए आए अफसरों को उसकी कोई परवाह नहीं थी। माहौल ऐसा था कि किसी को जायज कारण से भी किसी जूनियर के साथ सहानुभूति दिखाने की सहूलियत नहीं रह गई थी। स्वास्थ्य के कारणों से सही—डिक्टेशन लेकर तुरंत टाइप करके प्रस्तुत कर देने में असमर्थ उमा अब किसी बड़े अधिकारी को नहीं चाहिए थी—उनको भी नहीं जिनसे लंबे दौर तक उसके अच्छे रिश्ते रहे और जो बीच के सालों में किसी दूसरी मिनिस्ट्री में पोस्ट होकर वापस इसी मिनिस्ट्री में लौट आए थे। जिनके बच्चे को उमा के बेटे ने लंदन में अपनी कंपनी में लगवा दिया था—उन्होंने भी मजबूरी जताते उसे साथ रखने में असमर्थता जता दी। अब सब को काम में बहुत फास्ट, बिहेवियर में श्रूड और स्मार्ट युवा चाहिए थे। तब उमा के पास कोई रास्ता नहीं बचा। उसे घर लौटना पड़ा—यानी कि हमारे ऑफिस, जहाँ की वह मूल कर्मचारी थी। पहले भी एक बार ऐडमिनिस्ट्रेटिव ग्राउंड पर उसे हमारे ऑफिस में पोस्ट किया गया था पर तब उसका मन नहीं लगा

और रिक्वेस्ट करते ही वह मंत्रालय में वापस बुला ली गई।

पर अब तो वापसी की इच्छा जताने का कोई मतलब ही नहीं था। शास्त्री भवन उसे रिटायरमेंट तक रखने को कतई तैयार नहीं था। उमा ने मंत्रालय छोड़ने से पहले सबों को—हाँ, हर एक स्टाफ और ऑफिसर को—पार्टिंग गिफ्ट दिया। उसे यह खयाल आया तक नहीं कि चालीस सालों तक मंत्रालय की सेवा करने के बदले पार्टिंग गिफ्ट उसे देना नहीं, दिया जाना बनता था। वैसे गिफ्ट देने में मुश्किलें तमाम आईं क्योंकि शास्त्री भवन में अब सी.सी.टी.वी. कैमरे लग चुके थे और नई सरकार के नियमों के तहत गिफ्ट का आदान-प्रदान दोनों वर्जित थे। कुछ अधिकारियों के यहाँ वह फाइल रखने वाले सबसे बड़े लिफाफे में रख कर गिफ्ट देने गई। शुक्र है कि सी.सी.टी.वी. में वॉइस रिकॉर्ड नहीं होता, इसीलिए रिकॉर्डिंग से यह पता नहीं चलना था कि उसने लिफाफा देते क्या बात की।

सबों ने उसे हँसकर विदा किया और कइयों ने—जिनमें सेक्शन ऑफिसर और डेपुटी सेक्रेटरी तक थे—कहा कि वे उससे मिलने उसके ऑफिस आएँगे। शायद यह कर्टसी में कहा होगा या उससे जल्दी से पीछा छुड़ाने की गरज से। पर उनके कह भर देने से हमारे ऑफिस आते ही उमा को जल्दी मच गई कि उसके लिए ऐसी खास सीट का इंतजाम किया जाए, जहाँ विजिटर्स चेयर हों ताकि वह मंत्रालय से मिलने आए लोगों को बिठा सके। उसने कैटेगरी-वन स्टाफ से लेकर जेनरल मैनेजर तक को बताया मंत्रालय से स्टाफ और अधिकारी उससे मिलने आएँगे, इसीलिए उसे प्रॉपर सीट चाहिए होगी। पर हमारे ऑफिस के डेकोरम के अनुसार यह संभव नहीं था। विजिटर्स चेयर सिर्फ अधिकारियों के चैम्बर में दी जाती थी। उमा को निराश होना पड़ा। उसे कह दिया गया कि वह अपने विजिटर रिसेप्शन एरिया के सोफे पर बिठाकर वहीं उनसे बात कर ले। वैसे मंत्रालय से न तो किसी को आना था, न कोई आया—डाक लेकर आने वाले पिअन को छोड़कर। उमा ने उसे खास हिदायत दी कि वह किसी को बताए नहीं कि वह दूसरे स्टाफ की तरह क्यूबिकल में बिठाई गई है, ऑफिसरों की तरह चैंबर में नहीं। पर उसकी हिदायत को नजरअंदाज करता वह पिअन ऑफिस छोड़ने से पहले ही कई सीटों के पास रुककर मुस्कराता हुआ धीमे स्वर में बता गया कि उमा ने उससे क्या कहा।

उमा बहुत बेचैन थी। इस ऑफिस में कोई उसे भाव ही नहीं दे रहा था। लगभग चालीस सालों तक मंत्रालय में काम करने के उसके अनुभवों से किसी को कोई मतलब नहीं था, जबकि वह अपने अनुभव हर एक के साथ बाँटना चाहती थी। अपने लेखिका होने को रेखांकित करना और पति-बेटे की कामयाबी की जानकारी देना चाहती थी। मौका मिलते ही वह किसी न किसी ऑफिसर के चैंबर में घुस जाती और देर तक रुकी रहना चाहती। उठ जाने का इशारा नजरअंदाज करती

लगातार बोलती जाती। उसे समझ नहीं आता या फिर वह न समझने का दिखावा करती। कुछ ऑफिसर उसके बारे में पहले से जानते थे, कुछ ने अब जाना और सब उससे बचने के रास्ते खोजने लगे। हाल ऐसा हो चुका था कि कई अधिकारी उसे अपने चैंबर की ओर आते देखते तो उठकर कहीं चले जाते। मंत्रालय रहते उसने खुद को कभी हमारे ऑफिस की नहीं समझा—खुद को मंत्रालय वाली समझती, उसी हैसियत और अधिकार भाव से हमसे व्यवहार करती। मंत्रालय के अधिकारियों और कर्मचारियों के हित में उसने कंपनी का आर्थिक नुकसान भी किया। पर उमा को शायद इन बातों का अहसास नहीं था। वह चाहती थी कि यहाँ होते भी उसे उतना ही महत्व दिया जाए, जितना मंत्रालय में रहते दिया जाता था। तब कई बार उसने बड़े अधिकारियों को फाइल की नोटिंग और मूवमेंट के बारे में बताया था। कइयों की बड़े अधिकारियों से मुलाकात करवाई थी और फाइल क्लियरेंस की जानकारी दी थी।

वह जबरन ऑफिसरों के चैम्बर में घुस जाती और वही-वही बातें फिर से बतलाती रहती, जो पहले कई बात बता चुकी थी। अधिकारी ऊबते हुए उससे कहते कि अब वह अपनी सीट पर लौट जाए, पर वह उनकी बातों पर कान ही नहीं देती। दो-एक ने तो अपने पिअन से उसे कड़े शब्दों में हिदायत दिलवाई कि वह उनके कमरे में नहीं आए, वे व्यस्त हैं। एक पिअन जो मंत्रालय में उसके साथ था और डॉक्युमेंट लीक मामले में पुलिस की हिरासत से मुश्किल से छूटने पर उमा की चिरौरियाँ करता फिरता था कि वह बड़े साहब से पैरवी करके उसका नाम इस मामले से निकलवा दे, उसे डाँटता पाया गया। उमा ने तब भी बुरा नहीं माना और अगले दिन उन अधिकारी को अपने हाथों नए साल की डायरी और संक्रांति की मूँगफली-चने देकर ही मानी। मूँगफली और चने के पैकेट तो खैर उसने पूरे ऑफिस को दिए। यहाँ तक कि पैकेट कम पड़ जाने पर कई अस्थायी कर्मचारियों और पिअन को सौ-सौ रुपये ही दे डाले। एक स्टाफ ने यह कहकर कि उसका मन नहीं भरा, उससे सौ रुपये अतिरिक्त ले लिए। इस तरह उसके कुछ दिन हमारे ऑफिस में कट चुके थे, जब यह घटना घटी।

मैं किसी फाइल में उलझी थी कि उमा मेरे सामने आकर बैठ गई और धार-धार रोने लगी। उसे प्रशासन के सीनियर अधिकारी ने कंपनी से संबंधित न्यूज अखबारों से ट्रैक करके उनकी कटिंग ले आने को कहा था पर वह सुबह से दस-बारह अखबार देख नहीं पाई थी। उसे समझ नहीं आ रहा था कि यह काम उसे कैसे करना है।

उसे यह भी मालूम नहीं था कि अखबार में कोई बिजनस सेक्शन होता है और यह पेज देख भर लेने से वह कंपनी की खबरें पता कर ले सकती है। शाम तक

यह छोटा-सा काम नहीं निबटा पाने के कारण उसे डाँट पड़ गई थी और वह मेरे सामने बैठी अपना दुखड़ा सुनाती रोती जा रही थी। उसका कहना था कि पिछले चालीस सालों से उसे कभी समय ही नहीं मिला कि वह अखबार पढ़े—तो उसे कैसे पता होगा कि किसी अखबार में कितने सेक्शन होते हैं!... और अखबार पढ़ने की उसे जरूरत ही क्या थी? वह मंत्रालय में काम करती थी, इस कारण कंपनी और देश की सारी जानने लायक खबरें तो उसे वैसे ही मालूम हो जाती थीं ...और जो मालूम नहीं हो पाती थीं—जाहिर है—मालूम रखने की कोई जरूरत ही नहीं थी। अखबारों में अलग-अलग सेक्शन होते हैं—यह पता होना क्यों जरूरी है किसी को? उसने रोना जारी रखते मुझसे कहा—

'चालीस सालों तक सुबह उठते ही मैं ऑफिस जाने की तैयारी में लग जाती रही। जब तक बेटा छोटा था उसे स्कूल भी तो भेजना होता था! फिर खाना पकाना-क्योंकि पति को मेड के हाथ का बना खाना पसंद नहीं... उसके बाद फटाफट अपना और पति का टिफिन पैक करके खुद ढंग से तैयार होकर ऑफिस के लिए निकलना क्योंकि देशभर से लोग मंत्रालय में आते रहते हैं। नेता, मंत्री, दूसरे मंत्रालयों के छोटे-बड़े अधिकारी, कंपनियों से सी.एम.डी.। तो बता कि सुबह अखबार पढ़ती कि गृहस्थी के काम निबटाकर खुद ढंग से तैयार होती! लगभग दौड़ती हुई ऑफिस पहुँचती तो जाते ही डिक्टेशन-टाइपिंग का दौर शुरू हो जाता, जो देर रात तक जारी रहता। रात को फिर से दौड़ते हुए ऑफिस से निकल कर बस या ऑटो पकड़ो-हाल के सालों में भले मेट्रो आ गया—और घर पहुँचते ही रात का खाना पकाने में जुत जाओ। खिलाओ-खाओ और थक कर चूर सो जाओ। अब अखबार कब पढ़ती—बता?'

मुझे उससे सहानुभूति होने लगी। उसने एक कठिन जिंदगी जी थी।शायद यही कारण था कि वह कभी देख ही नहीं पाती होगी कि उसके चेहरे पर पाउडर जगह-जगह चिपका पड़ा है और लिपस्टिक होठों की सीमा पार कर गई है। पर वह अपनी बातों में मुझे देर तक उलझाए रखे, रोती रहे और मेरा समय बर्बाद करके मुझे भी काम पूरा करके नहीं देने पर सर से डाँट पड़वा दे, उसके पहले ही मैंने उसकी मदद करते हुए कुछ ही मिनटों में कंपनी की खबरें उसे दिखा दीं और रामजोत से कटिंग निकलवाकर वह सर को दे आई।

इस तरह उसका रोना बंद हुआ और वह आँखें पोछती बोली—

'इस ऑफिस में बस तुम ही मेरी अपनी हो, और कोई नहीं।'

इसी तरह छिटपुट काम करते उसके दिन गुजरते रहे। फिर सितंबर माह में हिंदी दिवस आ गया और प्रतियोगिताएँ शुरू हो गईं। भाषण प्रतियोगिता में विषय उसके मन का निकला और मंत्रालय में रहते उसने स्वच्छता अभियान पर कंपनियों

को भेजने को मिले डिक्टेशन से मिली जानकारियों से पूरा लाभ उठाते सरकारी नीतियाँ बखान डालीं और बाकी के अपने अनुभव भी सुनाए। उसे पुरस्कार के लिए चुन लिया गया—पर द्वितीय। प्रथम पुरस्कार जिसे मिला, उसने चिट का उपयोग किया था और निर्णायकों में बैठे एक अधिकारी की विशेष कृपा पात्र थी। उमा ने इस बात का प्रचार पूरे ऑफिस में किया। पर खैर, पुरस्कार तो उसे मिला न! निर्णायकों में ईमानदार ऑफिसर बैठे होते तो प्रथम पुरस्कार उसे ही मिलता—ऐसा उसे पूरा भरोसा था।

पर प्रश्नावली प्रतियोगिता में वह फँस गई। भले वह कविता के नाम पर तुकबंदी कर लेती थी, खुद को साहित्यकार कहती नहीं थकती थी, उसे पता तक नहीं था कि हिन्दी साहित्य में निराला, जयशंकर, महादेवी के बाद भी कवि हुए हैं। उसने मान लिया कि उसे दूसरों को पढ़ने का मौका कभी मिला नहीं। वही काम, काम, काम... घर भी, बाहर भी। पर वह चाहती थी कि यह भेद दूसरों पर न खुले।

'तू मुझे इन दिनों लिखने वालों के दस नाम बता दे। मैं इस ऑफिस में कह दूँगी कि मैंने उन्हें पढ़ रखा है। अब साहित्यकार तो मैं हूँ ही न! कोई झूठ थोड़े कह रही हूँ! मैं कभी भी, किसी को भी तुरंत कविता रच कर सुना सकती हूँ। पिछले चालीस सालों से लिख रही हूँ। कभी समय नहीं मिला कि अपना लिखा इकट्ठा करके किसी प्रकाशक को दूँ, वरना कब की फेमस हो जाती। वैसे भी मैं दिल्ली यूनिवर्सिटी की टॉपर हूँ और लगातार मंत्रालय में पुरस्कृत होती रही हूँ। मुझे तो कोई भी प्रकाशक छाप देगा। है कि नहीं?'

'नहीं' मैंने बेशर्मी से कह दिया। 'तुम्हारी लिखी तुकबंदियाँ अब प्रचलन में नहीं।'

'तुम्हें कैसे मालूम? क्या तुम भी लिखती हो? ऑफिस में नोटशीट लिखती-लिखती कविता भी लिखने लग गई?'

'मैं लिखती नहीं, बस पढ़ती हूँ।' मैंने हँसते हुए स्वीकार लिया। यह भी कि वह तो खाँटी साहित्यकार है और इसीलिए मुझसे हर दृष्टि से श्रेष्ठ है। वह संतुष्ट होकर चली गई।

इसी तरह की बातों, नोकझोंक और बतकही के साथ कुछ महीने और गुजर गए। वह मंत्रालय के किस्सों के साथ, अपनी साहित्यिक उपलब्धियाँ भी मुझे सुनाती रहती। फरमाइश करते ही तुरंत कोई कविता रच कर सुना देती और मैं प्रभावित हो जाती। मैं तो डायरी में लिखी अपनी कविताओं का संकलन छपवाऊँगी। तब इस ऑफिस में जो मेरी प्रतिभा से अनजान हैं, वे भी मेरा लोहा मान जाएँगे। वह कहती तो मैं सर हिला देती। सोचती कि अभी तो साहित्य के बाजार में हर तरह की कविताएँ भरी पड़ी हैं तो उमा की देशभक्ति, ईश्वरभक्ति और मानवता के उपदेशों

से भरी कविताएँ भी खप ही जाएँगी। राजभाषा विभाग के बड़े अधिकारी या कोई मंत्री उसकी किताब का विमोचन कर देंगे और क्या पता वह कोई पुरस्कार भी पा ले। पर फिर भी उसके अंदर का डर जाता नहीं था कि रिटायरमेंट के बाद उसे दिन काटने मुश्किल होंगे। चालीस सालों तक रोज सुबह से शाम तक काम में पिली रही। पूरे देश में दिल्ली के अलावा दो ही शहर देखे—मायके का लुधियाना और ससुराल का मदुरई। न कभी छुट्टी मिली, न लेने की सोची। कभी जरूरत पड़ी मायके-ससुराल जाने की तो जाकर जल्दी से जल्दी लौट आई। अब तो घूमने जाने के नाम से डर लगता है। उमर जो हो गई। बेटा बुलाता रह गया—कभी नहीं गई यू.के.। हर बार कह दिया—इतनी लंबी यात्रा कैसे करूँगी? किताब? कोई किताब मैं अब थोड़े पढ़ पाऊँगी, आदत छूट चुकी है पढ़ने की। मैगजीन? क्या पता कौन-सी, कैसी निकलती है! कौन माथा फोड़े! आँखों का हाल वैसे ही इतना बुरा है कि आधे घंटे लगातार पढ़ नहीं सकती। सुबह से शाम तक लगातार डिक्टेशन लेकर टाइप करते रहना कोई आसान है? लिखना चलता रहेगा पर तू कह रही है कि अब लोग वैसी कविता नही लिखते, जैसी मैं लिखा करती हूँ तो मेरा तो दिल ही टूट गया। मॉर्निंग वॉक? चलो, करके देखूँगी। क्या पता बी.पी. कम हो जाए। पौधे लगाने की तो जगह घर पर है नहीं, दो बेडरूम, एक बालकनी वह भी सामानों से भरी हुई। बच्चों को पढ़ाऊँ मुफ्त में? हो पाएगा मुझसे?

*

और आज सुबह-सुबह उमा मेरी सीट के सामने आकर खड़ी हो गई। उसकी धज पहले के मुकाबले एकदम बदली हुई थी। उसने हाल के दिनों में अपना पहनावा बदल लिया था और ऑफिस की दूसरी महिलाओं की तरह ही सादे और सुरुचिपूर्ण कपड़े पहनने लगी थी। मेरा अक्सर यह मानने को दिल करता था कि यह मेरी ही सलाह का असर है पर जानती थी कि यह पक्के तौर पर कहना मुश्किल है कि एकमात्र कारण मैं ही हूँ। निर्णय लेने और उसे कार्यान्वित करने में जाने कितने कारक काम करते हैं। पर इतना तो तय था कि भारी गहने और गहरा मेकअप त्याग देने के बाद वह अच्छी लगने लगी थी। मुझे ही नहीं, दूसरों को भी। उसकी चाल में हड़बड़ी कम हुई थी और बातचीत के दौरान आवाज थोड़ी धीमी।

अनजाने ही उसके दिल में खुद को लेकर कोई फाँस अटकने लगी थी जैसे। हो यह भी सकता है कि उसे पता तक नहीं चला हो कि पिछले कुछ महीनों में वह लगातार बदलती चली गई है।

आज भी वह फीके कपड़ों में अच्छी लग रही थी पर साफ तौर पर परेशान दिख रही थी।

'अब तो रिटायर हो रही हूँ। क्यों न आज शास्त्री भवन जाकर सब से मिल आऊँ!' उसने आँसू भरी आँखों से कहा। 'इतने साल साथ-साथ गुजारे हैं। वे सब जिन्होंने हमेशा काम से जी चुराया, आज सलामत आँखों के साथ सेक्शन में सीनियरमोस्ट हैं, दूसरों पर हुक्म चलाते आराम से नौकरी कर रहे हैं। एक मैं थी जिसने काम किया, आँखें बर्बाद कीं और शास्त्री भवन से निकाल दी गई। चल, उन सब के मन में मेरे लिए इमोशन हो कि नहीं, मैं तो हर एक की चिंता करती रही हूँ। तू चलेगी मेरे साथ?'

मैं हिचक गई। बॉस से छुट्टी मिलने का मसला था।

'वह तू मुझपर छोड़ दे।' उमा बोली।

...और इस तरह लंच के ठीक बाद हम दोनों निकल लिए मेट्रो से। तय यह था कि शास्त्री भवन में सब से मिलकर उधर से ही घर चले जाएँगे। मैं खुश थी कि आज घर जल्दी पहुँच कर बच्चों को चौंका दूँगी। उनके लिए शास्त्री भवन के दूसरे तल्ले वाली कैंटीन से कुछ खरीद लूँगी—यह भी सोचा था।

पर उमा तो चुपचाप खड़ी थी। शास्त्री भवन घुसती, तभी मेल-मुलाकात का दौर शुरू हो पाता और जल्दी घर वापसी के कार्यक्रम को अंजाम देना संभव होता।

कहीं उमा की तबियत खराब तो नहीं हो गई? सुबह उसने बताया था कि उसे रात को नींद नहीं आई थी। कल शाम साढ़े छह बजे ही घर पहुँच गई। हाथ-मुँह धोकर चाय पी और रात का खाना पका लिया, फिर भी सोने से पहले काफी समय बचा था। अचानक उसे कोई खालीपन लीलने लगा और वह बेचैन हो गई। फिर मूड बदलने को उसने अतीत के अच्छे दिन याद करने शुरू किए, तो उसका मन होने लगा कि लोगों के साथ बैठे, अतीत की बातें करे और गुड फीलिंग के साथ रिटायर हो। अब हमारे ऑफिस में भले किसी से घनिष्टता नहीं थी, एक मुझे छोड़कर पर शास्त्री भवन में तो इतने सालों तक काम किया तो पहचान के बहुतेरे लोग हैं न! कुछ दूसरे डिपार्टमेंट चले गए, कुछ दूसरी मिनिस्ट्री...पर मिला सब से जा सकता है —ऐसा उसका मानना था। वह सब के लिए महत्वपूर्ण रही थी और सब की जिंदगी में उसने कुछ न कुछ अच्छा जरूर किया था। लगभग सभी को पार्टिंग गिफ्ट दिए थे और सब उसे याद करते होंगे—बल्कि मिस भी करते होंगे—उसे तय-सा लगता था। अब कौन उन्हें रोज-रोज खिलाता-पिलाता या कंपनी से खिलवाता-पिलवाता होगा? है कि नहीं? उसने जब पूछा तो मैं कुछ बोल नहीं पाई। सत्ता के गलियारों में उमा जैसा कोई कब तक याद रखा जाएगा—मैं तय नहीं कर पा रही थी। क्या यही सच था कि वह मोहरा भर थी—बाजी कोई और खेलता था? उमा नहीं तो कोई और सही! शास्त्री भवन में लिए जाने वाले निर्णयों से देश चलता था। इस कारण शास्त्री भवन मेरे मन में रहस्यपूर्ण, महत्वपूर्ण और आतंक पैदा करने वाली जगहों में

था। शास्त्री भवन कोई इंडिया गेट नहीं था जहाँ कोई भी, कभी भी जा सकता है। इतने महत्वपूर्ण और इंटेलिजेंट ऑफिसरों के साथ उमा काम कर चुकी थी, उनकी करीबी रही थी और आज उनसे मिलने मुझे भी साथ ले जा रही थी—इस बात से मेरा खुश होना लाजिमी था।

*

इंतजार से ऊबकर मैंने उसका हाथ पकड़ लिया और खींचकर सड़क पार कराने की कोशिश करने लगी। पर वह टस से मस नहीं हुई।

बोली—'कहीं बैठकर चाय पिएँ?'

मैं चकित हुई। फिर पूछ ही लिया—'अंदर नहीं जाना क्या? वहीं कैंटीन में बैठकर पी लेंगे चाय।'

'कैसे जाऊँ? किसी ने मिलने को हाँ ही नहीं की... और रिसेप्शन वाला बंदा भी हाल में बदल गया है। यह मुझे पहचानता होता तो किसी बहाने अंदर जाने देता।' उसने आँखों में आँसू भरे कहा।

मेरा मुँह आश्चर्य से खुला रह गया। किसी ने मिलने को हाँ नहीं की... सचमुच?

'हाँ, अब किसी के पास मुझसे मिलने के लिए पाँच मिनट तक नहीं हैं। सारे के सारे बहुत व्यस्त हैं। सेक्रेटरी, डेपुटी सेक्रेटरी ही नहीं, सेक्शन ऑफिसर, असिस्टेंट तक... यह है मेरी चालीस सालों की कमाई...'

'पर तुमने सुबह उन्हें बताया तो होगा कि आ रही हो, तभी न बॉस से छुट्टी माँगी...?'

'बताया था। पूछा था दो-तीन लोगों से कि आ जाऊँ? ऑफिस से निकली तब तक जवाब नहीं आया था किसी का। मेट्रो से उतरी तब मेसेज देखा कि वे नहीं मिल सकते। बहुत व्यस्त हैं। पाँच-छह लोगों से मिलना था पर किसी एक ने भी हाँ नहीं की है अभी तक। अब किससे मिलने का कहकर अंदर जाऊँ, जाऊँ ही क्यों?'

'हो सकता है आज कोई जरूरी मीटिंग हो'—मैंने कहा।

'तब भी दो मिनट तो बात कर ही सकते थे। या यही कह देते कि आज नहीं कल आऊँ... मिलने को हाँ तो करते। मुझे लगता है कि अब वे मुझसे मिलना ही नहीं चाहते।'

मैं उसे खींचती हुई वहाँ से ले चली। हम जाकर बिकानो चाट में बैठ गए। कॉफी ऑर्डर की। साथ में दो तरह की चाट।

उमा खाना नहीं चाहती थी। पर मैं नहीं चाहती थी कि वह रोती चली जाए। रोना बंद करने के बाद वह धाराप्रवाह बोलने लगी—

'मैंने शास्त्री भवन को जिंदगी दे दी... क्या शास्त्री भवन मेरे बीते साल लौटा सकेगा कभी! काश कि बेटे को हमेशा ट्यूटर के भरोसे छोड़कर खुद रात-रात तक काम में पिली न रही होती। काश कि कभी-कभार कविता लिख लेने में ही खुश रहने की बजाय साहित्य की दुनिया से नाता बनाए रखा होता। किताबें-पत्रिकाएँ तो पढ़ती होती! पता है तुझे! एक बार बेटे ने जल्दी घर बुलाया था कि मैं उसके होमवर्क में मदद करूँ पर मैं रात दस से पहले नहीं पहुँच पाई। तब उसने गुस्से से मुझसे कहा था कि जब आप समय नहीं दे सकती थीं तो मुझे पैदा करने की जरूरत ही क्या थी?

'सोचो कि तब मेरे दिल पर क्या गुजरी थी!! कैसी जिंदगी गुजारी बेटे ने अकेले स्कूल से आना, खाना खुद गरम करके खाना और होमवर्क करने बैठ जाना। शाम को खेलने निकल जाना, फिर घर वापस आकर माँ के घर लौटकर आने के इंतजार में लगभग रोज ही सो जाना और रविवार को छुट्टी वाले दिन माँ को बहुत-बहुत काम होने के कारण माँ का बातचीत तक के लिए भी उपलब्ध नहीं हो पाना। ऐसे ही बड़ा हो गया वह! पता ही नहीं चला कि कब बड़ा हो गया!! नहीं, ऐसा नहीं है कि माँ-बेटे में प्यार नहीं। वह माँ-पिता का खयाल रखने वाला सेंसिटिव और तेज दिमाग बच्चा है। स्कूल के शुरुआती सालों में हम उसे समय नहीं दे पाए तो उसने बहुत अच्छा नहीं किया पर बाद में अपनी मेहनत से काफी कुछ कर दिखाया उसने। बहुत ही अच्छी नौकरी में है। मंत्रालय में कई लोगों के बच्चों को लंदन में एडजस्ट करवाया। अब तो शादी हो गई और पूरी तरह सेटल्ड है। आधे साल लंदन, आधे साल न्यूयॉर्क रहता है। इतना पैसा, इतनी अच्छी पोस्ट... कोई कमी नहीं। माँ-पापा को बुलाता रहता है। चाहता है कि हम साथ ही रहें। लंदन, चाहे न्यू यॉर्क। पर नहीं, मैं कभी गई नहीं। जाने के नाम पर दिल में कोई फाँस अटकती है...लगता है जैसे मैंने उसके लिए माँ का फर्ज निभाया ही नहीं, तो अब माँ वाले मजे क्यों लूँ!! क्या मैंने उसे कभी समय दिया, जो अब चाहूँ कि वह साथ रखे, समय दे, देखभाल करे!... और देखो कि जिन्हें सेवा दी मंत्रालय में, जिनके लिए जिंदगी ही दे दी एक तरह से—वे अब मुझसे मिलने के नाम तक से कतराते हैं। जिनके बच्चे को मेरे बच्चे ने नौकरी में रखवाया—वे भी मुझसे कटने की कोशिश में हैं!!' वह उसाँसें भरती बोली—'न कभी ओवरटाइम लिया, न एक्स्ट्रा कनवेयेंस क्लेम किया... बस मरती-खपती रही काम में... और यह सब करके कहाँ पहुँची? बेटे के स्कूल में पेरेन्ट टीचर मीटिंग तक अटेंड नहीं कर पाती थी। बेटे का बचपन न उसने एन्जॉय किया, न मैंने! मैं उसकी जिंदगी में प्रेजेन्ट थी ही नहीं न! तब सोचती थी कि मैं तो मंत्रालय में काम करती हूँ—मुझे पता होता है सबकुछ—सारी पॉलिटिकल खबरें, उनकी आपसी खींचतान...मंत्रियों के फेरबदल

की अंदर की कहानी से लेकर... नए रूल्स, ऐक्ट के प्रपोज्ड अमेंडमेंट्स... क्या नहीं!! और इसी कारण मैं खुद को इम्पॉर्टेंट और लकी मानती रही।'

'तो अब लिखना-पढ़ना करना न', मैंने कहा। 'बेटे के बच्चे को समय देना।'

'अब तो आँखें बर्बाद हो चुकीं। अब क्या कर पाऊँगी? और मेरा बेटा बच्चे पैदा करने की सोचेगा, मुझे तो इसमें ही संदेह है।' उसकी आँखें फिर से नम हो गईं।

मैं चुप लगा गई। कुछ क्षणों की चुप्पी के बाद वह बोली—

'तब तो कभी सोच ही नहीं पाई न कि इस तरह जीती मैं जिंदगी सँवार नहीं, गँवा रही हूँ। क्या दिया मंत्री और सेक्रेटरी और बड़े ऑफिसर्स के साथ ने? कुछ तो नहीं! मुझे तो पता तक नहीं चला कि दुनिया कहाँ से कहाँ चली गई मेरे सुबह से शाम डिक्टेशन लेते, टाइप कर-करके तुरंत दे आते, घर-ऑफिस की दौड़ लगाते, शास्त्री भवन के बाहर की दुनिया एकदम भुलाकर जीते। अब सोच रही हूँ कि क्या मैं दूसरी तरह नहीं जी सकती थी?'

तभी सामने से कुछ लड़कियाँ कैफे में घुसती दिखीं। 'रुचिरा, अंतरा, सरोज हैं—उमा ने फुसफुसाते-से कहा। 'इनकी तो आदत है मौका मिलते ही जब-तब ऑफिस से भाग लेने की! सवा पाँच बजे वापस सीट पर लौट जाएँगी और समय से बायोमेट्रिक अटेंडेंस बना देंगी। पता नहीं कैसे मैनेज कर लेती हैं!'

मैं क्या कहती!

अचानक उमा उठी और कैफे से निकलने की जल्दी मचाने लगी।

यंत्रवत उठकर मैं बिल पे करती तब तक वह कैफे से निकल चुकी थी।

कैफे से निकलते ही वह तेज कदमों से मेट्रो स्टेशन की ओर भागने लगी।

शास्त्री भवन आने को वह खास तैयार होकर आई थी। बहुत अच्छी लग रही थी। पर उसका भागते हुए मेट्रो स्टेशन की ओर बढ़ना मुझे खल रहा था। मैं इतना तेज चलना नहीं चाहती थी। आज कही उसकी बातों ने मेरे दिल को छू लिया था और मैं आराम से टहलती हुई अपने बारे में तय करना चाहती थी कि क्या मैं भी करिअर के अंत में यही सोचूँगी कि जिंदगी किसी और तरह जी सकती थी?

'मैं उन तीनों से मिलना नहीं चाहती, मैं शास्त्री भवन के किसी से मिलना नहीं चाहती।'

वह तेज-तेज भागती पीछे मुड़कर मुझसे बोली। उसकी आँखें अब भी गीली थीं।

उसके कदमों की गति से तालमेल बिठाना बहुत मुश्किल लग रहा था।

पर मुझे लगा कि उससे कदम मिलाते चलने की जरूरत ही क्या थी!!

(अकार : 47, अगस्त 2017)

हत्यारा वह अकेला नहीं था

वह एक सीली हुई अँधेरी सुबह थी। बादल पिछले कई दिन और रात बरस चुके थे, पर दिल उनका अब भी भरा नहीं था। पूरे आसमान पर आज भी उनका ही कब्जा था। पसरे पड़े थे सारी रोशनी छेक कर किसी जिद्दी बच्चे की तरह। टुपकी प्रोजेक्ट की छोटी-सी कॉलोनी में—जिसे महानगर के मापदंडों से कॉलोनी कतई नहीं कहा जा सकता, दो कमरों के छोटे-से क्वार्टर में रह रही अनुभा के घर का हरे रंग का दो पल्लों वाला लकड़ी का दरवाजा सुबह साढ़े छह बजे के आसपास किसी ने खड़काया। इतनी सुबह दूधवाले को छोड़कर और कोई नहीं आता, इसीलिए खिड़की से आसमान और सामने फैले बियाबान को हरियाली देते पेड़ों को निहारती खड़ी अनुभा के मन में दरवाजा खोलते कोई दुविधा नहीं हुई। उसने इस ओर ध्यान ही नहीं दिया कि दूधवाला तो साँकल बजाता है जबकि अभी कुंडी खड़काई गई है। वह नाइट ड्रेस के गाउन में बिना दुपट्टा ओढ़े दूध की डेगची उठाकर दरवाजा खोलने लपक ली। पर बाहर नजर पड़ते ही वह चौंक गई। सामने दूधवाले चाचा नहीं, महतो चाचा खड़े थे। उनका चेहरा उतरा हुआ था। अनुभा ने डेगची को पीछे पीठ की ओर कर लिया।

'खबर सुन चुकी हो?' उन्होंने पूछा।

'नहीं तो!' अनुभा ने अचकचाहट के साथ जवाब दिया।

'अरे, तुमरी दोस्त नहीं रही और तुमको खबर तक नहीं।' कहकर चाचा ठिठक गए। अनुभा कुछ समझ नहीं पाई कि कौन दोस्त? किसके बारे में कह रहे हैं चाचा! वह उन्हें अपेक्षा से देखती चुपचाप खड़ी रही। खुद को सँभाल कर चाचा कुछ क्षण चुप रहकर बोले—

'रानी का मर्डर हो गया कल रात। अभी भोरे-भोर हमको पता चला।'

'का कह रहे हैं चचा इ कइसे हुआ? कौन किया है इ मर्डर?' अनुभा हड़बड़ाहट में जोर से बोली और डेगची उसके हाथ से गिर गई।

' अरे ऊ सब एतना आसानी से कइसे पता चलेगा रे! हमरे तो बगले में रहती

थी। रोज भोरे-भोर अपना क्वार्टर का पिछला बगीचा में टहलने निकलती थी। तब तुमरी चाची से बोलती-चालती थी। कभी-कभार तो चाय भी पी लेती थी हमरे साथ। तो आज जब ऊ निकली नहीं घर से तो तुमरी चाची को सक हुआ कि कहीं बीमार तो नै हो गई? ऊ बोली कि ए जी देख के आइए न कि रानी को का हुआ? हम बोले भी कि एक दिन देर तक नै सो सकती है बेचारी? पर तेरी चाची पीछे पड़ गई कि देख के आइए न... कइसा तो जी घबरा रहा है राते से। पास में रहते बेटी जइसा मानने लगी थी तेरी चाची रानी को...'

अनुभा चुप खड़ी रही कि चाचा आँसू पोछ के आगे बताएँगे। कंधे पर लटके गमछे से आँसू पोछते महतो चचा भरे गले से बोले—

'फिर जब गए तो देखते का हैं कि उसका तो घर का बाहरी दरवाजा बाहर से कुंडी लगा के बंद किया हुआ है। हम आवाज दिए, फिर सोचे कि जाने कौन दरवाजा बाहर से बंद करके गया। कोई चोर-उचक्का तो नहीं! फिर लगा कि कहीं तबियत खराब हो तो कोई दवाई-उवाई लाने गया होगा... और अंदर जाने कैसे लेटी-बैठी हो रानी, तो हमरा घुसना भी ठीक नहीं! तो घर लौटके तुमरी चाची को साथ लेके दुबारा गए। कुंडी उतार के अंदर घुसते ही तुमरी चाची चिल्लाने, दहाड़ मार के रोने लगी—अरे, इ मर तो नहीं गई? खूने खून फैला है। कोई डाक्टर बुलाओ रे जल्दी... कोन सर फोड़ा है रे इसका भगवान!! तब हम पीछे से गए। फिर अगल-बगल से सब को बुलाए। डाक्टर बाबू भी आए दौड़ के पर उसका हालत देखके पुलिस को खबर किए पहले। डाक्टर साहेब तो देखते ही बोल दिए कि जिन्दा नै है। मर चुकी। उहाँ खड़े थे हम सब लोग, फिर सोचे कि तुमरी तो पक्की सहेली थी तो का मालूम तुमको खबर है कि नै। कुछ पता है तुमको कि कौन कर सकता है ई काम? किसी के बारे में कुछ बोली थी कभी तुमसे?'

अनुभा ना में सर हिलाकर सुन्न-सी खड़ी रही।

'देखने जाओगी?' महतो चचा ने पूछा।

अनुभा को समझ नहीं आया कि उसका लगातार डूबता जाता पर तेजी से धड़कता दिल क्या चाहता है! सर के अंदर यह हो क्या रहा है?

'वैसे पुलिस तुमरा भी बयान लेगी जरूर। सबकोई बोल रहा है कि तुम दोनों पक्की गोठिया (सहेली) थी। तुमको जरूर अंदाजा होगा कि कौन हो सकता है इ सब के पीछे।'

'हाँ, इ बात तो सही है चाचा। हम दोनों पक्की गोठिया हैं, माने कि थीं। हम तो एके साथ रहने को भी सोच रही थी पर बाद में ऊ तैयार नै हुई। हर बार बस एही बोले कि तुमको का मालूम कि मेरा जिंदगी में का हो रहा है! हम तो एतना बार छेड़े कि जब इ जगह अकेले रहती हो तो दिल का सब बात बताना चाहिए सखी-सहेली

लोग को' अनुभा रोती हुई बोली।

'तुम चलो जरूर एक बार। अभी पुलिस आने को होगी'

अनुभा तुरंत समझ गई। खुद को सँभालकर महतो चचा से पूछा—

'चाची अब कहाँ हैं चचा?'

'रानी का घर के सामने थर-थर काँपती खड़ी है। न दुबारा अंदर जाने का हिम्मत है, न उहाँ से हटने का।'

'चचा, एक मिनट रुकिए। हम आते हैं।' बोलकर अनुभा तीर की तरह घर के अंदर घुसी। सामने अलगनी पर कल ऑफिस में पहनी सलवार-कमीज लटकी पड़ी थी, उसे ही खींचकर पहना और घर के दरवाजे की कुंडी बाहर से बंद करके चल दी महतो चचा के साथ। घबराहट में याद ही नहीं आया कि ताला कल ऑफिस से लौटकर कहाँ रखा था। तेज-तेज चलती वह रानी के घर के सामने जाकर ठिठक गई। वहाँ बहुत भीड़ लगी थी। पुलिस आ चुकी थी।

अनुभा ने झाँककर अंदर देखने की कोशिश की। नहीं देख पाई। फिर उचककर देखा तो पता चला कि रानी अंदर के कमरे में बिस्तर पर रात के कपड़ों में पड़ी थी। उसने भी अनुभा की तरह ही सूती गाउन पहना था। अनुभा भीड़ को चीरती किसी तरह घर के अंदर घुस पाई— वह भी बाहरी कमरे तक। उसी कमरे के ठीक बाद रानी का बेडरूम था। कमरे में एक छोटी लाइट जल रही थी, पर तब भी बहुत अँधेरा-सा था। बाहर का मौसम तो अँधेरा था ही। आसमान में काले बादल अब भी भरे पड़े थे। कुछ कदम आगे जाने पर अनु को रानी दिख गई। उसका सर बिस्तर पर एक ओर लुढ़का पड़ा था और बिस्तर पर खून ही खून दिख रहा था। पुलिस फोटो खींचती पूरे घर में घूम रही थी। तभी पुलिस विभाग के कुछ और लोग भी आ गए। वे बाहर खड़े लोगों से पूछताछ करने और उनके कहे को नोट करने लगे।

अनुभा का दिमाग काम नहीं कर रहा था। उसे नहीं याद कि उससे क्या पूछा गया और क्या जवाब उसने दिया।

उसका सर चकरा रहा था। कुछ मिनट बाद वह अपने घर जाकर बिस्तर पर पड़ रही। उसका दिल अब भी जोरों से धड़क रहा था और आँसू लगातार बह रहे थे। कुछ मिनट बाद बगल से सिंह चाची आईं और कहने लगीं—

'अनुभा, सँभालो खुद को। पुलिस को सोच-समझकर जवाब दिया है न!'

अनुभा का दिमाग अब भी सुन्न था। वह चाची के पूछे का जवाब नहीं दे पाई। कुछ पल बाद सिंह चाची ने पूछा—

'तुमको रानी की माँ, उसकी बड़ी बहन या उसके जीजाजी का मोबाइल नंबर पता है?'

'हाँ, चाची उसकी माँ का नंबर पता है।' कहती वह आँसू पोछती बिस्तर से उठ खड़ी हुई। 'जब कभी रानी का फोन नहीं मिलता था, उसकी माँ मुझे ही फोन लगाकर उसका हालचाल पूछती थी। तब मैं रानी से उनकी बात करवा देती थी। उनको फोन नहीं गया अभी तक?'

ना में सर हिलाकर सिंह चाची अनु से फोन नंबर लेकर बिना और कुछ बताए चली गई।

पानी बरसने लगा था फिर से। झमाझम। कल की तरह। अनुभा को लगा कि ऐसे में तो लाश जल्दी ही सड़ने लगेगी। यहाँ तो बर्फ की सिल्ली का इंतजाम तक मुश्किल है। रानी की माँ और दीदी-जीजाजी जल्दी से पहुँच जाएँ तो कफन-दफन हो जाए। कुछ देर बाद उसने रानी की माँ को फोन लगाया। फोन किसी और ने उठाया और कहा कि हाँ, उनको खबर मिल चुकी। खबर सुनकर तबियत बहुत ज्यादा बिगड़ गई। वे बेहोश हो गईं और तुरंत डॉक्टर बुलाना पड़ा। दिदिया—जीजाजी अपने चचेरे भाई को साथ लेकर निकल चुके हैं। माँ को फिलहाल उनकी भतीजी देख रही है। छोटा भाई भी माँ के साथ है। डॉक्टर ने कहा कि जबर्दस्त शॉक लगा है। होश में आते ही नींद की दवा देकर सुला दिया।

अनुभा बेचैनी से घर के अंदर टहलने लगी।

ऑफिस में साथ काम करने वाले लोगों के फोन आने लगे। राव जी, कुमार जी, अभय, सरस, शोभा, रनिता, सुषमा—सबों ने फोन किया। सब चकित थे कि यह क्या हो गया! किसी को अंदाजा नहीं था कि कौन यह काम कर सकता है।

ऑफिस जाने में देर हो रही थी। सुबह की चाय तक नहीं पी थी, न ही कुछ पका पाई। ऑफिस जाने का मन नहीं हो रहा था पर घर में अकेले रहने का मन तो एकदम नहीं था। आज घर पर रहना संभव ही नहीं था। तीव्र उत्सुकता थी कि पता चले कि रानी की हत्या आखिर किसने की। ऑफिस में लोगों से बात होगी तो कुछ तो पता चलेगा कि पुलिस को किस पर शक है। क्या पता सुषमा, रनिता या अमित प्रधान को अब तक कुछ मालूम हो गया हो? लोग तो कहते थे न कि अमित प्रधान से उसका अफेयर पर रानी ने कभी नहीं माना कि ऐसा कुछ है। पूछने पर हर बार यही कहती कि सब किशोर सर की मसखरी है कि फैलाते रहते हैं झूठी बातें। जानते हैं कि मजबूर लड़की है, अकेली रहती है, जवाब नहीं दे पाती उनके मुँह पर—तो फायदा उठाते हैं उसकी स्थिति का और किसी के भी साथ उसका नाम जोड़ देते हैं। अनुभा ने अमित से उसके अफेयर की खबर किसी और के मुँह से सुन रखी थी, पर यह बात उसने रानी को बताई नहीं, न ही उसकी बात का विरोध किया।

वैसे रानी का यह कहना तो सही था कि उसके बॉस किशोर सर मसखरे टाइप के हैं। जब-तब लोगों से कहते रहते कि इस लड़की यानी रानी को किसी से प्यार

है। खोई रहती है उसी की याद में और डिक्टेशन लेकर टाइप करने में गलतियाँ कर जाती है। प्यार यह करे, भुगतें हम! पान मुँह में दबाए वे हँसते हुए कहते। साफ तौर पर रानी किशोर सर की ऐसी बातों से असहज हो जाती थी। कभी चिढ़ भी जाती थी। वह किशोर सर से डरती थी, पर उनका आदर भी बहुत करती थी और उनसे कभी बहस नहीं करती थी। कम से कम अनु के सामने तो एकदम नहीं!

अनु सोचती कि समस्या तो सचमुच यह बहुत बड़ी है कि जब साथ काम करना हो तो कब तक कोई बॉस से बातें करने, उनके सामने पड़ने से बच सकता है? कब तक कोई बातूनी, मसखरे बॉस से नाराज रह सकता है? वे अपनी बातों से नाराज हो चुकी रानी को किसी तरह इनकार ही लेते और स्थिति सामान्य हो जाती। रानी की तनी हुई भौंहें ढीली हो जातीं, वह मुस्करा पड़ती। किशोर सर पान चबाते, लाल होठों और शरारती आँखों के साथ वहाँ से झीनी मुस्कान परोसते हट जाते।

उसे रानी के लिए फिर से रोना आने लगा। पिता की जगह नौकरी पर लगी थी। बारहवीं में पढ़ती थी कि पिता की ऐक्सिडेंट में मौत हो गई। शिफ्ट सुपरवाइजर थे उसके पिता। रानी को कंपैशनेट ग्राउंड पर कैटेगरी-वन की जॉब मिल गई। नौकरी ज्वायन करने से पहले वह बारहवीं का फॉर्म भर चुकी थी। इसीलिए शुरुआती दिनों में बहुत बेचैन रहा करती थी कि किसी तरह बारहवीं की परीक्षा दे दे। तब किशोर सर ने उसकी बहुत मदद की। वही गए जेनरल मैनेजर सर से बात करने कि रानी को परीक्षा देने जाने को छुट्टी दे दी जाए। विदाउट पे सही। छुट्टी ग्रांट हो जाने की खबर से रानी बहुत खुश हुई। उसने किशोर सर का आभार सबों के सामने माना। परीक्षा खत्म होते ही वह काम पर लौट आई। वह खुश थी कि परीक्षा अच्छी हुई। अब रिजल्ट कैसा आएगा, इस बात की बेचैनी थी उसे! आखिरकार रिजल्ट भी आ गया। उसे 75 पतिशत अंक मिले थे। पास होने की खुशी में उसने डिपार्टमेंट में सबों को मिठाई खिलाई। तब किशोर सर डब्बे से एक मिठाई उठाकर पान चबाते-हँसते, छेड़छाड़ करते-से बोले—

'रानी, सिर्फ मिठाई से काम नहीं चलेगा। मेरी अलग से खातिरदारी करनी पड़ेगी। तुम्हें एक्जाम देने जाने को छुट्टी दिलाने में मुझे बहुत परेशानी हुई। क्या नहीं सुनना पड़ा जी.एम. साहब से! नौकरी ज्वायन किए महीना नहीं हुआ था, कोई छुट्टी नहीं थी तुम्हारे पास पर तुमने दूसरे शहर जाकर एक्जाम दे दिया—कितनों को मिल पाता है ऐसा मौका? अब शॉर्टहैंड सीख लो। फिर डिपार्टमेंटल एक्जाम दे देना। पास हो गई तो प्रमोट होकर स्टेनो हो जाओगी।'

तब सबों ने कहा कि हाँ, किशोर सर बहुत अच्छे हैं। कह-सुनकर लीव सैंक्शन करवा दिया। रानी पहले गुमला में पढ़ती थी। वहीं के उर्सुलाइन कॉन्वेन्ट से एक्जाम देने को रजिस्टर्ड थी। प्री सैंक्शंड विदाउट पे लीव पर जाकर एक्जाम दे

आई तो पढ़ाई बर्बाद नहीं हुई और नौकरी भी बच गई।

किशोर सर के कहने से ही रानी ने यहाँ के इंस्टीट्यूट में इवनिंग कोर्स में नाम लिखवाकर शॉर्टहैंड सीखा। उसका कोर्स पूरा हुआ ही था कि ऑफिस में स्टेनो के पद के लिए वेकेंसी अनाउन्स हो गई। वह एक्जाम में पहली बार में ही पास हो गई। सब कहने लगे कि वह जल्दी ही अगला एक्जाम पास करके पी.ए. हो जाएगी। पढ़ने में तेज तो वह थी ही। उसके पिता जीवित रहते तो वह मेडिसिन पढ़ती, डॉक्टर बनती। उसके मन में तय था। एक दिन उसने हँसते हुए अनुभा को बताया था कि वह चाहती थी कि किसी न किसी तरह नौकरी के लिए अनफिट करार दे दी जाए ताकि उसे यह नौकरी नहीं करनी पड़े। उसी स्थिति में घर पर सब उसे मेडिकल कॉलेज का ऐडमिशन टेस्ट देने देते। पर किस्मत उसके साथ नहीं थी। मेडिकल टेस्ट में वह नौकरी के लिए पूरी तरह फिट पाई गई। अनुभा को भी लगता था कि रानी मेडिकल एन्ट्रेंस टेस्ट में जरूर सफल हो जाती। ट्राइबल होने की वजह से रिजर्वेशन का फायदा मिलता, बाकी उसके इन्टेलिजेंस या मेहनत में कोई कमी तो थी नहीं। घर पर बड़ी बहन की शादी हो चुकी थी और छोटा भाई नौकरी करने के लिए अंडरएज था। तब माँ ने कहा कि पिता की जगह मिलने वाली नौकरी रानी ले ले तो घर चलता रह सकता है। जो थोड़ी-बहुत खेती है, गुमला में रहती वे देखेंगी और छोटा भाई पास के स्कूल में पढ़ता रहेगा। इस तरह अठारह साल की कच्ची उम्र से रानी नौकरी करने और इस टुपकी प्रोजेक्ट में अकेली रहने लगी।

वैसे खुद अनुभा की कहानी भी बहुत अलग नहीं थी। पिता इसी प्रोजेक्ट के ऐडमिनिस्ट्रेटिव ऑफिस में सीनियर क्लर्क थे। अनुभा बी.ए. कर रही थी कि पिता हार्ट अटैक से चल बसे। बड़ा भाई इंजीनियरिंग की पढ़ाई कर रहा था। दूसरे साल की पढ़ाई खत्म होने को थी। वह पिता की जगह नौकरी लेकर मजदूर कैटेगरी-वन ग्रेड में आने को तैयार नहीं हुआ। माँ भी नहीं चाहती थीं कि भाई इंजीनियर के बदले मजदूर या क्लर्क बने, इसीलिए बी.ए. का एक्जाम दे चुकी अनुभा पिता की जगह नौकरी में आ गई। घर चलाने के लिए उसकी सैलरी और भाई की फीस देने के लिए पिता के पी.एफ. के पैसे काम आने लगे।

अपने-अपने परिवार से अलग और अकेली रहने वाली अनुभा कुमारी सिंह और रानी अन्ना एक्का स्वाभाविक रूप से सहेलियाँ बन गईं। हाल-हाल तक एक ही विभाग में काम करती थीं और लंच अब भी साथ ही करती थीं। अनुभा तो यह चाहती थी कि वे शाम भी साथ ही गुजारें और एक ही क्वार्टर में रहें। पर यह संभव नहीं हो पाया था। एक तो रानी का काम शाम पाँच के बाद भी चलता रहता, दूसरे साथ रहने के लिए रानी कभी हामी नहीं भरती। हो सकता है वह ज्यादा प्रिवेसी चाहती हो। हो यह भी सकता था कि अमित से उसके अफेयर की उड़ती खबर सही

हो और अनुभा किसी और के सामने उसे चिट्ठी या मेल लिखना या उससे मोबाइल पर बातें करना नहीं चाहती हो। इसी सोच के चलते अनु चुप लगा जाया करती। वैसे भी उसे लगता था कि रानी उससे ज्यादा इंटेलिजेंट है तो सही निर्णय ही लेगी। डिपार्टमेंटल एक्जाम देकर कैटेगरी-वन से क्लर्क तो अनुभा भी बन चुकी थी। अब अन्नामलाई युनिवर्सिटी से एम.बी.ए. करके डिपार्टमेंटल कैंडिडेट के रूप में एक्जाम पास करके ऑफिसर बन जाने के सपने देखा करती थी। पर रानी अभी ग्रैजुएट नहीं हो पाई थी तो पोस्ट ग्रैजुएशन का सपना कैसे देखती! स्टेनोग्राफर बनने के बाद पी.ए., सीनियर पी.ए. फिर पी.एस. यानी कि ऑफिसर बनने की उसकी राह लंबी थी। उसके लिए ग्रैजुएशन भी जरूरी था वरना प्रमोशन रुका रह सकता था। ट्राइबल थी, इसीलिए बहुत तेजी से करियर की सीढ़ियाँ चढ़ सकने की उम्मीद थी। उसने करेस्पॉन्डेंस से बी.ए. करना शुरू कर दिया था। पर स्टेनो के पद पर होने के कारण उसे अक्सर घर लौटने में देर हो जाती। जी.एम. (जेनरल मैनेजर) सर और किशोर सर दोनों उसे ही डिक्टेशन देते। ऑफिस का समय समाप्त हो जाने के बाद भी वह रुकने से इनकार नहीं कर पाती।

*

अनुभा ऑफिस पहुँची तो विभाग का हर कर्मचारी गमगीन और चिंतित नजर आया। किसी को समझ नहीं आ रहा था कि कल शाम तक उनके साथ काम कर रही लड़की के साथ रात को यह हादसा हो कैसे गया! सब पता लगाने की कोशिश में थे कि क्या कोई है जो उसकी हत्या का सुराग दे सकता है! सब को लग रहा था कि अनुभा को जरूर कुछ मालूम होगा। सुबह फोन पर पूछा और अब भी सब उससे ही जानना चाह रहे थे, पर अनुभा कुछ बताने की स्थिति में नहीं थी।

पता चला कि अभी थोड़ी देर में ही कन्डोलेंस मीटिंग होगी।

किशोर सर लीगल डिपार्टमेंट में काम कर चुके थे, इसीलिए लोग उन्हें घेर कर उनसे पुलिस द्वारा की जाने वाली कानूनी कार्रवाई के बारे में जानकारी ले रहे थे। अमित अपनी डेस्क पर कहीं खोया हुआ बैठा था। उसका चेहरा देखकर अनुभा को लगा कि वह मन ही मन जरूर रानी को प्यार करता रहा था—भले रानी मानती नहीं थी। अमित की अन्ना अब चली गई थी उससे बहुत दूर, तो स्वाभाविक रूप से वह दुखी था। साथ ही गुस्से में। उसका दुख ज्यादा था कि गुस्सा? वह इतने गुस्से में क्यों था—अनुभा को समझ नहीं आ रहा था।

'अमित, कुछ पता चला कि कौन हो सकता है इस मर्डर के पीछे?' अनुभा ने पास जाकर पूछा।

'मुझे पहले से पता था कि ऐसा ही कुछ होगा।' वह मेज पर मुक्का मार कर

दाँत पीसता बोला।

'पर अनु देखना कि सच सामने आएगा और बहुत जल्दी।'

'तुम्हें पता था कि कोई रानी को?'

'हाँ, हाँ, हाँ मुझे पता था कि कुछ अघटनीय होगा। पर हत्या? यह तो नहीं सोचा। भरोसा नहीं हो रहा है अब भी... मैं इतनी बार समझाता था उसको कि अपना भला-बुरा समझो। डरो मत। पर वह सुनती नहीं थी। जब से उसे लगने लगा कि मैं उसे लेकर गंभीर हूँ, उसके साथ रिश्ता बनाना और निभाना चाहता हूँ, वह मुझसे ही कतराने लगी। परिणाम क्या हुआ, खुद देख लो।'

अनुभा को समझ नहीं आया कि अमित का इशारा क्या है। वह चुप लगा गई।

शोभा और सुषमा खबर लाईं कि पुलिस पोस्टमार्टम करेगी। हो सकता है ऑटोप्सी भी। पर किशोर सर चाहते हैं कि अब रानी की बॉडी की कोई फजीहत न की जाए। बॉडी सीधे उसके घर वालों को सौंप दी जाए, ताकि जल्दी से जल्दी दफनाने का काम संपन्न हो। उसकी माँ की हालत वैसे ही गंभीर है और इस मामले को ज्यादा लटकाने से अब कोई हासिल तो है नहीं! क्या रानी लौट आएगी?

ऑफिस में कोई काम नहीं हुआ। जी.एम. सर कन्डोलेंस मीटिंग के तुरंत बाद हेडक्वार्टर रवाना हो गए। किशोर सर भी उनके साथ गए। वहाँ से आते ही यह मामला सुलझाएँगे—ऐसा लोग कह रहे थे। रानी को वे बहुत मानते थे। हमेशा मदद करते और उसकी हर समस्या अपनी ही मानते थे। वे गाड़ी में बैठकर निकल रहे थे, ठीक तभी रानी की बड़ी बहन पहुँच गई। किशोर सर ने गीली आँखों के साथ जाकर दीदी के कंधे पर हाथ रखा। वे भी बहुत रोए रानी की मौत पर। स्वाभाविक है, सदमा उनको भी लगा होगा। दीदी के साथ आए उनके पति और चचेरे भाई को सबों ने घेर लिया। रानी के घर के बाहर पुलिस का पहरा था। पूछताछ के बाद उन तीनों को कुछ मिनटों के लिए घर के अंदर जाने दिया गया।

अनुभा का मन हुआ कि वह भी हिम्मत करके एक और बार अंदर चली जाए पर हिम्मत जवाब दे गई। वह खुद पर शर्मिंदा थी कि लोगों की इस अपेक्षा पर खरा नहीं उतर पाई कि रानी की पक्की दोस्त होने के नाते वह हत्यारे का कोई सुराग दे पाएगी।

दीदी जल्दी ही रोती हुई बाहर निकल आईं और भीड़ के साथ खड़ी हो गईं। तभी सिंह चाची वहाँ आईं और अनुभा को एक किनारे बुलाकर कहा कि दीदी को इस भीड़ में देर तक खड़ी छोड़ना सही नहीं, उन्हें अनु अपने घर ले जाए। किसी गेस्ट को घर ले जाने की बात उठते ही अनुभा को याद आ गया कि उसके घर तो चाय पिलाने को दूध तक नहीं है।

'मेरे घर है न दूध'—चाची डपटकर बोलीं। 'अभी उसकी बहन को भूख-प्यास का भान तो होगा नहीं, पर हमारा फर्ज है कि उनको बिठाएँ, कुछ खिला-पिला दें।' चाची के यह कहने पर अनुभा ने दीदी के पास जाकर अपना परिचय दिया और दीदी का हाथ पकड़कर अपने घर की ओर ले चली। दीदी अनुभा को नाम से जरूर जानती रही होंगी, तभी वे उसके साथ चल दीं। अनु अपने क्वार्टर की ओर जा रही थी पर सिंह चाची का इशारा पाकर वह उन तीनों को लेकर चाची के घर ही घुस गई। अनुभा को चाची के इस इशारे से राहत मिली। उसे भान था कि उसका खुद का कमरा तो वैसे भी इतना बेतरतीब पड़ा है कि किसी बाहरी आदमी को पहली बार न ले जाना ही ठीक। दीदी के साथ-साथ भीड़ का जत्था चला आया था पर लोग चाची के घर के अंदर घुसे नहीं। सही है—सिंह चाचा इतने बड़े पद पर हैं। ऐसे कैसे लोग उनके घर के अंदर घुसे चले आएँगे!

'अमित कौन है? कहाँ है?' कुर्सी पर बैठकर दीदी ने अचानक पूछा। चाची अनुभा की ओर देखतीं, उसके पहले ही वह बोल पड़ी—'मिलना है आपको अमित से? लेकर आऊँ?' और तीर की तरह चाची के घर से निकल गई। कॉलोनी से ऑफिस की दूरी पाँच मिनट की ही तो थी! अमित को जैसे ही पता चला कि दीदी सिंह चाची के घर बैठी हैं, वह लपका चला आया स्कूटर से। आते ही बोला—

'दीदी से अकेले में बात करूँगा।'

चाची चाय बनवा चुकी थीं। एक कप चाय अमित के सामने भी रखवाती बोलीं—

'अंदर के कमरे में जाकर बात करो। यह कमरा सड़क पर आते-जाते सब को बाहर से दिखता है। इस कमरे की बातचीत भी बाहर सुनाई पड़ सकती है।'

अनुभा उनके साथ अंदर के कमरे में जाने लगी तो सिंह चाची ने टोक दिया—

'अनु, तुम यहीं रहो। उनको अपनी बात अकेले में करने दो।'

अनुभा को बुरा लगा। आखिर वह रानी की इतनी करीबी थी। दीदी को चाहिए था कि खुद अनुभा को बात करने को अंदर बुला लें!

सिंह चाची से कुछ कहना तो वैसे भी बेकार था। वे सजातीय होने के नाते स्वाभाविक तौर पर खुद को अनुभा कुमारी सिंह की गार्जियन मानती थीं और उसे अपनी निगरानी में रखती थीं। यहाँ तक कि कभी-कभी अनुभा को लगने लगता कि इतनी बंदिशें तो खुद उसकी माँ भी नहीं लगाती।

'यह छोटा-सा प्रोजेक्ट है इंटीरियर में। यहाँ का कुछ भी तुम्हें नहीं मालूम।' सिंह चाची कठोरता से जब-तब कहतीं तो अनु को चुप लगा जाना पड़ता। वह चाची के साथ बाहर वाले कमरे में चुपचाप बैठी जाने क्या सोचती रही। चाची ने

उसे आदेश दिया—

'चाय पी लो, बिस्कुट भी खा लो। सुबह से कुछ खाया नहीं, तुम्हारी तबियत खराब हो जाएगी।'

अनु बेमन से एक बिस्किट उठा कर कुतरने लगी।

अंदर धीमे स्वर में बातें हो रही थीं इसीलिए ज्यादा कुछ सुनाई नहीं पड़ रहा था पर इतना तो पता चल ही रहा था कि अमित बहुत तैश में है। बीच-बीच में तीखे और ऊँचे स्वर में उसका कहा कुछ बाहर के कमरे तक पहुँच जाता। दीदी अफसोस कर रही थीं बार-बार—

'पहले से बता देती रानी तो... शायद बताना चाहिए था उसको... कम से कम घर वालों को तो बता देती। हम सब मिलकर समझाते उनको... ट्रांसफर करवा देते उसका इस प्रोजेक्ट से। कोशिश तो कर ही सकते थे न! तुम ही फोन करके बता देते... नंबर नहीं देती थी माने? नंबर था तो अनुभा के पास! उसी से पूछ लेते।'

न दीदी ने चाय पी, न जीजाजी, अमित या भइया ने। सिंह चाची ने भी दुबारा अनुरोध नहीं किया। वे अनु के साथ बैठी चाय की चुस्कियाँ लेती जाने क्या सोचती रहीं।

कुछ देर बाद अनुभा को बाहर के कमरे में अकेली छोड़ चाची भी अंदर के कमरे में चली गईं तब अनुभा को लगा कि कोई रहस्य की बात है जरूर— जो सिंह चाची और अमित जानते हैं, अब दीदी भी जान गई हैं पर रोज-रोज साथ रहती अनुभा नहीं जान पाई। उसे बहुत बुरा लगने लगा खुद के लिए। शायद उसकी ही गलती है कि वह कुछ देख-समझ नहीं पाई। रानी के दिल में इतनी जगह नहीं बना पाई कि वह उसपर भरोसा करके उससे अपने दिल की बातें साझा करे, अपनी समस्याएँ बताए। वह याद करने लगी शुरुआत से सबकुछ!!

वह पहली बार रानी अन्ना एक्का से मुलाकात... साथ ही टिफिन करने का अनुभा का निमंत्रण और रानी का हिचक के साथ निमंत्रण का स्वीकार। इस छोटे-से प्रोजेक्ट के दोतल्ला ऑफिस में एक ही कमरे में बैठना और फाइल से सर उठा खिड़की से धूल भरे आसमान को जब-तब ताकते, फाइलों और कम्प्यूटर पर उलझे रहना। फिर लंच टाइम में गेस्ट हाउस के डाइनिंग रूम के एक कोने में बैठ कर खुद पका कर लाया खाना एक-दूसरे के साथ बाँट कर खाना, टहलना थोड़ी देर बगीचे में और वापस ऑफिस लौट जाना। गेस्ट हाउस में टोप्पो सर और सिन्हा सर थे। गेस्ट हाउस इन्चार्ज सिन्हा सर और असिस्टेंट इंचार्ज टोप्पो सर। दोनों अनुभा और रानी के पिताओं को जानते थे। इस नाते अनुभा और रानी दोनों को बेटी मानते थे। कभी-कभार सामने बिठाकर हाल-चाल पूछते चाय भी पिला देते थे। वे चाहतीं तो गेस्ट हाउस का कोई कमरा थोड़ी देर के लिए खोल देते। दोनों सखियाँ अंदर कुछ मिनट

बिस्तर पर लेटकर आराम करतीं, गपियातीं, फिर बाहर निकल आतीं। पर इधर कुछ महीनों से रानी गेस्ट हाउस जाने से कतराने लगी थी। सिन्हा सर या टोप्पो सर के सामने पड़ने से भी बचना चाहती थी। पिछले कुछ महीनों से वह बार-बार बीमार पड़ रही थी। रानी जब भी बीमार पड़ती, अनुभा परेशान हो जाती। चाहती कि वह साथ ले जाकर रानी को डॉक्टर से दिखा दे पर रानी सख्ती से इनकार कर देती। तब टोप्पो सर की पत्नी उसका साथ निभातीं। उसे डॉक्टर के यहाँ वही ले जातीं। दवाएँ खरीदवातीं और अपने घर से खाना पकाकर दे जातीं। एक बार तो रानी दो-तीन दिनों तक टोप्पो चाची के यहाँ रह भी गई थी। बाकी किसी परेशानी में पड़ोस के महतो चाचा साथ देते पर बीमार पड़ते ही वह टोप्पो चाची को ही याद करती। महतो चाची भी टोप्पो चाची की तरह ही भली और मदद करने को उत्सुक महिला थीं। रानी का हमेशा टोप्पो चाची के साथ ही डॉक्टर के पास जाना सिर्फ अनुभा नहीं, महतो चाची को भी खलता। पर रानी की जिद के आगे दोनों असहाय थीं। रानी बीमार पड़ते ही अनुभा को दूध में पड़ी मक्खी की तरह अलग कर देती। यह तक बताने में कतराती कि उसे डॉक्टर ने क्या कहा। कभी बाद में साथ टिफिन करते समय अनु शिकायत करती तो वह गंभीर स्वर में कहती—'तुम नहीं समझ पाओगी न! मैं तुम्हें परेशान करना नहीं चाहती।'

अनुभा का मन हुआ कि वह टोप्पो सर के घर चली जाए और चाची से बातें करे। क्या चाची को अंदाजा होगा कि यह किसकी करतूत हो सकती है?

शाम होने तक कुछ नहीं हुआ। दीदी से इजाजत लिए बिना कुछ नहीं हो सकता—अमित कह रहा था। वह जोर दे रहा था कि ऑटोप्सी के बिना रानी को दफनाया नहीं जाए। पोस्टमार्टम तो खैर होगा ही।

आखिरकार दीदी रिक्वेस्ट लिखकर पुलिस को देने जाने को राजी हो गईं। अमित उनके साथ छाया की तरह लगा था। चाची ने भी कहा कि रानी की लाश को अस्पताल ले जाया जाए, तब तक वे सब साथ ही रहें। पोस्टमार्टम तो आज हो ही जाएगा। रिपोर्ट पता चल जाएगी। फिर हो सके तो रात को चाची के घर वापस आकर सब यहीं सो रहें।

लाश अस्पताल ले जाने के बाद पुलिस ने रानी का क्वार्टर सील कर दिया था। दो-चार दिनों की बात है—ऐसा लोग कह रहे थे। कहीं सबूत उठाना रह न जाए—यह तो देखना पड़ेगा न! चादर, दीवार पर के निशान, तकिया, घर के अंदर पाँवों के निशान... जाने क्या-क्या सब तो ले चुके, पूरे घर की तलाशी भी हो चुकी। अब क्या रह गया है वे ही जानें!!

'अरे, कुछ नहीं होता अगर यूनियन वाले नेताजी बीच में न पड़े होते।'

—महतो चाचा ने कहा। बात सच थी।

वर्कर्स यूनियन के सेक्रेटरी डुंगडुंग चाचा ने ही पुलिस को बुलाने में अहम भूमिका निभाई थी। एफ.आई.आर. भी उन्होंने ही लिखवाई।

'पर किशोर सर कहाँ हैं? रात हो गई, हेडक्वार्टर से लौटे क्यों नहीं? बस दो घंटे का तो रास्ता है! वे होते यहाँ तो...' अनुभा ने सिंह चाची से पूछा।

' आकर क्या कर लेंगे अब?' सिंह चाची गुस्से से बोलीं तो अनुभा सिहर गई। इतना गुस्सा क्यों? फिर अचानक जैसे उन्हें अपनी गलती का भान हुआ और वे अपना स्वर नर्म करती बोलीं—

'अनुभा तुम आज रात यहीं सो जाओ रानी की दीदी के साथ। उसके भाई और जीजा के साथ अमित सो जाएगा। उनको एकदम अकेले छोड़ना ठीक नहीं। चलो, थोड़ी मदद कर दो तो खाना जल्दी से पक जाए। उन दोनों ने सुबह से कुछ खाया नहीं है। अब अस्पताल से लौटेंगे तो किसी तरह खिलाना पड़ेगा।'

अनु खुद भी यही चाहती थी कि चाची आज रात उसे अपने घर ही रख लें। उसे अपने क्वार्टर में अकेले रहने का खयाल डरा रहा था।

*

'यहाँ के लोकल अस्पताल नहीं, सीधे हेडक्वार्टर के बड़े अस्पताल ले गए। यहाँ के अस्पताल में ऑटोप्सी नहीं की जाती। कह रहे थे कि रिपोर्ट आने में कई हफ्ते लग जाते हैं। पर जितनी जाँच यहाँ हुई उससे यह पता चला कि रानी को प्रेग्नेंसी थी। सर पर किसी भारी चीज से वार करके मारा गया। सर का अगला हिस्सा लगभग पूरी तरह कुचल गया। मारने वाले के हाथ के निशान ड्राइंग रूम और बेडरूम दोनों जगह की दीवारों पर मिले। लगता है वह बिस्तर की बगल से हड़बड़ी में निकला तो हाथ दीवार पर घिसट गया। वैसे कोई उस तरह की भारी चीज घर में मिली नहीं, न ही कोई और हथियार। हत्यारे ने हड़बड़ी में अपनी हथेली और पाँव के निशान मिटाए नहीं। वह घर के मेन गेट से घुसा और वहीं से निकला। पुलिस के लिए इतना काफी है। पुलिस यहाँ के कई लड़कों से पूछताछ कर भी चुकी पर सुराग कोई अब तक मिला नहीं है।' अमित ऐसे बता रहा था मानो किसी बेगाने के बारे में बता रहा हो, पर उसकी आँखों में आग थी।

अनुभा सन्न रह गई। कुँवारी रानी को प्रेग्नेंसी थी?

'इतना पता लगना काफी है। बाकी तो हमको अंदाजा है ही। अब पकड़वाओ उनको।' दीदी बोलीं।

'भाग गए कहीं। किसी को पता नहीं कि कहाँ हैं।' अमित ने कहा।

'पुलिस चाहे तो खोज निकालेगी।' रानी के भइया अनुपम बोले।

'पुलिस क्यों खोजेगी? पहले प्रूफ लाओ कि वे ही दोषी हैं, उन्होंने ही मारा

या मरवाया है। कोर्ट में जाओ तुरंत कि उन्हें भागने न दिया जाए।' सिंह चाची बोलीं, तो सब चुप लगा गए।

अनुभा हतप्रभ सुनती और अंदाजा लगाती रही कि बात किसके बारे में हो रही है।

'प्रूफ मैं लाऊँगा। कहीं न कहीं से। एक बार रानी के घर पर लगा पुलिस का ताला खुल जाए' अमित बेचैनी से बोला।

'क्या हो सकता है वहाँ?' दीदी ने पूछा।

'बताऊँगा आपको। हम उसका कफन-दफन कर दें पहले।' घर के अंदर चहलकदमी करते अमित की बेचैनी जरा भी कम नहीं हुई थी।

घर के बाहर कार रुकने की आवाज आई। सिंह चाचा ऑफिस से घर लौट आए थे। बरसात अब तक रुकी नहीं थी। चाची छाता लेकर दौड़ीं। सही है—बगीचा ही इतना बड़ा है कि कोई उसे पार करके घर के अंदर आ सकने तक पूरी तरह भीग ही जाएगा—अनु ने सोचा। साथ ही यह भी लगा कि चाची कितना खयाल-मान रखती हैं चाचा का।

चाचा-चाची एक ही छाते में बरसात से बचते किसी तरह घर के अंदर तक पहुँचे। दोनों थोड़ा-थोड़ा भींगे हुए थे। चाचा कपड़े बदलने सीधे अपने कमरे में चले गए, जबकि चाची आँचल से हाथ मुँह पोछकर सभी लोगों के साथ ड्रॉइंग रूम में ही बैठी रहीं।

चाचा के कपड़े बदलने तक में चाय तैयार हो चुकी थी। चाय के साथ उन्हें सुबह से अब तक की सारी खबरें दी गईं। रानी की प्रेग्नेंसी की खबर से वे भी चौंके। विचार-विमर्श होने लगा कि अब आगे कैसे-क्या किया जाए। अनुभा को वहीं बैठे रहने की इच्छा थी ताकि यह उत्सुकता शांत हो कि दीदी और अमित का शक किस पर है पर रसोई में खड़ी सिंह चाची इशारे से उसे अपने पास बुला रही थीं। रसोइया तो है ही, फिर मेरी क्या जरूरत! अनु को खीझ हुई। समझ गई कि चाची नहीं चाहतीं कि अनु ड्राइंग रूम में हो रहे विचार-विमर्श का हिस्सा बने।

*

अगली सुबह बरसात थम गई थी। सिंह चाचा को भी हेड ऑफिस जाना था। वे सुबह उठते ही चाय-नाश्ता करके तैयार हो गए। ड्राइवर मुँह अँधेरे ही कार लेकर आ चुका था। घर इतना बड़ा था कि चाचा तैयार होकर निकल चुके रहते तब भी दूसरे हिस्से में सोए बाकी लोगों को पता नहीं चलता, पर अमित घर के सामने कार रुकते ही उठ गया। शायद वह रात-भर जागा हुआ था।

'सर, दीदी को भी हेडक्वार्टर जाना है। शाम तक रानी की बॉडी लेकर वापस

आ जाएँगी।' वह हिम्मत करके चाचा से बोला। सिंह चाचा जेनरल मैनेजर थे—वह भी प्रोडक्शन डिपार्टमेंट के। अमित ही नहीं, सब उनसे डरते थे।

सिंह चाचा कुछ क्षण सोचकर बोले। 'अभी मैं निकल रहा हूँ। सुबह नौ बजे मीटिंग में पहुँचना है। तुम लोगों के लिए बड़ी जीप भिजवाने को कह देता हूँ। तब तक तुम लोग यहीं नहाकर नाश्ता वगैरह कर लो। यहाँ कंफर्टेबल नहीं लगे तो तुम लोग गेस्ट हाउस का इस्तेमाल भी कर सकते हो। मैं जीप वहीं भेज दूँगा। जीप शाम तक तुम लोगों के साथ ही रहेगी। सारी व्यवस्था के लिए टोप्पो को कहा गया है। ऐडमिन वाले साथ रहेंगे। परसोनेल वाले भी। वेलफेयर ऑफिसर पैसे लेकर आ जाएँगे और क्रियाकर्म की सारी व्यवस्था करवाएँगे—जी.एम. परसोनेल ने मुझे अभी फोन पर बताया। दीदी से कह दो कि पैसों के बारे में चिंता नहीं करें। ऑफिस की ओर से सब हो जाएगा। चर्च के फादर को कह दिया गया है, बाकी का सारा इंतजाम भी हो जाएगा। हो सकता है मैं भी शाम से पहले ही वापस लौट आऊँ।'

चाचा के चले जाने के बाद सब डाइनिंग रूम में इकट्ठा हो गए। चाची ने चाय बनवा दी थी। नाश्ता भी लगभग तैयार था।

गेस्ट हाउस से फोन आते ही कि जीप आ चुकी है, दीदी-भइया और जीजाजी, अमित को साथ लेकर निकल गए। ऑफिस से भी दो लोग साथ हो लिए। अनुभा चाची के घर की खिड़की से सबों को जीप में बैठते और धूल उड़ाती जीप को पतली गलियों से हेडक्वार्टर की ओर रवाना होते देखती रही, फिर भारी मन से सोफे पर ढल गई। उसका मन खिन्न था—खासकर इसीलिए कि चाची उसे अपने घर रोक तो रही थीं पर बता कुछ नहीं रही थीं। वह तय नहीं कर पाई कि चाची से कुछ पूछे या नहीं। चाची के मूड का कुछ पता तो होता नहीं कि कब नाराज हो जाएँ!! चाची के दोनों बच्चे दिल्ली में पढ़ते थे। हो सकता है यहाँ अकेली रहती होने की वजह से वे चिड़चिड़ी और अनप्रिडिक्टेबल होती जा रही थीं।

आज बहुत दिनों के बाद धूप निकली थी।

उदासी की सीलन को धूप नहीं सुखा सकती—अनुभा के दिल में आया। पर खिड़की से सोफे पर आती रोशनी की पीली किरणें उसे अच्छी लग रही थीं।

उसने सामने चुप बैठी चाची से संकोच से पूछा—

'चाची, मैं घर जाऊँ? कल से सब बिखरा पड़ा है।'

चाची ने हाँ में सर हिला दिया।

अनु का मन हुआ कि पूछे—चाची, आप रानी की प्रेग्नेंसी की खबर से चौंकी क्यों नहीं? क्या आपको पता था पहले से? फिर सिंह चाचा क्यों चौंके?

पर पूछने की हिम्मत नहीं कर पाई।

घर जाने के दो मिनट के रास्ते में अचानक सरस मिल गया। वह अनु को ही

ढूँढ रहा था। टोप्पो चाची उसे तुरंत बुला रही थीं। वह टोप्पो चाचा के घर की ओर मुड़ गई।

*

शाम होते-होते रानी के घर के सामने फिर से भारी भीड़ जमा हो चुकी थी। पुलिस ने वारदात के चिह्न इकट्ठा करने के बाद घर का ताला खोल दिया। पर कोई घर के अंदर घुसने की हिम्मत जुटा नहीं पा रहा था। जब जीप हेडक्वार्टर से रानी की बॉडी साथ लिए आई तो दीदी झटके से जीप से उतरकर अंदर घुस गईं। अमित ने पास आकर अनुभा से कहा कि वह भी अंदर चली चले। अनुभा को अंदर जाने का खयाल अजीब-सा लगा पर दीदी की मदद जरूरी थी। अंदर घुसकर भी वह कुछ क्षण चुपचाप खड़ी रही। इस घर में वह कई बार आ चुकी थी। सन्नाटा ही रहता था यहाँ। खुद उसके घर की तरह नहीं कि गाना बज रहा हो लगभग हमेशा! पर आज का सन्नाटा दूसरी तरह का था। सीलन वाली बदबू के साथ कोई और अप्रिय गंध भी फैली थी घर में। अनु को यह समझते कुछ क्षण लग गए कि यह खून की बदबू थी जो रानी के बेडरूम से आ रही थी। बेडरूम का हाल तो वाकई बुरा था। पुलिस ने चीजें बिखरा दी थीं और दीवार के छोटे-छोटे हिस्से तोड़ या खुरचकर अपने साथ ले गए थे। पर रानी के बिस्तर की बगल की दीवार पर खून के कुछ निशान अब भी दिख रहे थे। फर्श जूतों के जाने कितने निशानों से पटा पड़ा था। बक्सा खुला हुआ था और आलमारी भी। रानी का पर्स भी खोला गया था। सब रानी की दीदी के सामने हुआ था, इसीलिए उन्हें कोई आश्चर्य नहीं हुआ घर की हालत पर!

अनुभा ने सफाई करने के लिए साबुन, झाड़ू और पोछा निकाल कर दीदी को दे दिया। वह इस घर में आती-जाती रही थी, रसोई में रानी के साथ खाना पका चुकी थी। रानी भी कई बार खुशामद करने के बाद दो-एक बार अनुभा के घर गई थी। साथ ही पकाया-खाया था। पिछले कुछ महीनों से रानी अपने आप में कुछ ज्यादा ही सिमटती जा रही थी। वैसे अनुभा से बहुत खुली तो वह कभी नहीं थी। न घर की बातें खुलकर बताती, न ट्रांसफर होकर दूसरे विभाग चली जाने के बाद वहाँ की बातें।

अब कई और लोग भी अंदर आ गए थे, जिनमें महतो चाची तथा कुछ और महिलाएँ थीं। टोप्पो चाची कहाँ हैं?—अनु के दिल में आया। सफाई करने में सब हाथ बटा रहे थे। झाड़ू लगाना, कुएँ से पानी लाना, फर्श धोकर सुखाना। अमित उस छोटे से क्वार्टर में कुछ खोजने में जुटा रहा। कभी बेडरूम तो कभी बाहर के कमरे में दिख जाता। यहाँ तक कि वह रसोई में भी कई बार घुसा। उसने रानी के बक्से कई-

कई बार टटोल लिए। बेडरूम की आलमारी खोली, बंद की, फिर खोली। दीदी लगातार रो रही थीं, अनुभा भी। पर अमित का हाल देखकर दीदी को खुद को सँभालना पड़ा। अमित के पास जाकर उन्होंने भीड़ की ओर इशारा करते कुछ कहा, तो अमित सर झुकाए एक कुर्सी पर चुपचाप बैठ गया।

सफाई हो चुकी थी, रानी की बॉडी भी अंदर ले आकर सजा दी गई थी।

फादर पास्कल ने व्यवस्था के निर्देश पहले से दे रखे थे। ऑफिस से कुमार सर आए थे। साथ में जूलियन सर जो वेलफेयर ऑफिसर थे। सेफ्टी विभाग के जेनरल मैनेजर एक्का सर भी आए थे। सभी की आँखें नम थीं। दीदी और अनुभा की तरह ही दूसरे कई लोग भी अपना रोना रोक नहीं पा रहे थे।

फादर ने कहा कि मेमोरियल मास यहीं के चर्च में होगा। होली क्रॉस और पवित्र पानी (होली वाटर) फादर पास्कल और फादर रोड्रिग्ज लेकर आए थे। सिंह चाची जाने कितनी चाचियों को साथ लेकर आ गईं। जितने कैथोलिक थे—सब आगे और बाकी लोग पीछे खड़े हुए। रस्में संपन्न करके ताबूत को बंद कर दिया गया। अनुभा ने सब देखा पर शायद कुछ भी देख नहीं पाई। उसका मन जाने कहाँ भटक रहा था।

वह भीड़ में पीछे खड़ी थी और क्या सोच रही थी, खुद भी समझ नहीं पा रही थी।

ताबूत चर्च की ओर रवाना होने लगा तब वह जैसे नींद से जागी। सबसे आगे क्रॉस के साथ फादर, मोमबत्तियाँ लिए लोग उनके पीछे और ताबूत के पीछे बाकी सब चल रहे थे। अनु जानबूझकर अमित के साथ लग गई। वह बार-बार उसे बताना चाह रही थी कि टोप्पो चाची ने उसे क्यों बुलाया था, पर वह इतना उदास, गुस्साया और बेचैन था कि अनु उससे कुछ कह नहीं पाई।

चर्च में एक अँधेरे कोने में अनुज सर झुकाए अकेला पहले से मौजूद था। अनुभा को याद आया कि किशोर सर चाहते थे कि अनुज रानी से शादी कर ले। हो सकता है ऐसा वे इसीलिए चाहते हों कि दूसरा कोई एलिजिबल ट्राइबल उनकी निगाह में नहीं हो, जिसे वे रानी के लिए उपयुक्त समझें। अनुज को भी पिता की जगह नौकरी मिलने की संभावना थी। किशोर सर ने खुद ही फाइल तैयार की थी पर उसमें शायद कुछ पेच था। शादी के प्रस्ताव से रानी बहुत नाराज हुई थी।

ऑफिस में सब कहते थे कि अमित रानी पर मरता है पर खुद रानी के दिल में क्या था, कभी पता नहीं चल पाया। वह न तो अमित को हाँ करती थी, न साफ तौर पर ना।

'किशोर सर कहाँ हैं?' उसने बगल में खड़ी सुषमा करमाली से पूछा।

'होंगे यहीं कहीं भीड़ में।' उसने जवाब दिया। अनुभा ने कई बार सर घुमा-

घुमाकर चारों ओर देखा, पर किशोर सर कहीं नजर नहीं आए। उसका मन हुआ अमित से इस बारे में पूछे, पर पूछा नहीं। चाची तो कल उनका नाम सुनते ही नाराज हो गई थीं।

अनु ने खुद को चर्च की प्रार्थनाओं, अतीत की यादों और दिल में लबालब भरे दुख में पूरी तरह डुबो दिया।

जाने कितना वक्त लगा इस सब में, जिसके बाद दूसरी दुनिया में खोई अनुभा को वर्तमान में वापस लौटना पड़ा! वह चर्च में बैठी नि:शब्द रो रही थी। आज के सारे विधान खत्म हो चुके थे। रानी को बगल के कब्रिस्तान में दफनाया जा चुका था। फ्यूनरल मास की प्रार्थना के बाद लोग भारी मन से घर लौट रहे थे। चर्च में जलाई गई ढेर सारी मोमबत्तियाँ गलकर खत्म होने के कगार पर थीं। मोमबत्तियों की काँपती रोशनी से परे दिल के अंदर थरथराता अँधेरा लगातार गहरा रहा था।

अब चलो यहाँ से-सारे रिचुअल खत्म हुए। अनुभा ने खुद को समझाया।

वह भारी कदमों से निकली, तब तक चर्च लगभग खाली हो चुका था। पाँव बहुत तकलीफ से आगे बढ़ रहे थे। फिर भी लगा कि थोड़ी शांति मिली जरूर है फादर के सरमन और प्रार्थनाओं से। आज बहुत सारे लोगों ने भावनाएँ व्यक्त की थीं। टोप्पो चाचा, सिंह चाची, अनुज, अनुभा, अमित भइया, जीजाजी और दीदी ने। फादर पास्कल ने साम पढ़े। अनुज लगातार रो रहा था। क्या सचमुच वह रानी से शादी को लेकर सीरियस था? वह खुद को सँभाल क्यों नहीं पा रहा था आखिर?... और अमित तो हद तक उदास था ही!!

'अंत में सच ही जीतेगा।' दीदी और अमित ने रानी की कब्र पर यही लिखवाने का फैसला किया।

सब अपने-अपने घर लौट रहे थे। पर अमित ने रानी के सूने घर में दीदी, भइया और जीजाजी के साथ रात बिताने का फैसला किया। हो सकता है, वह घर की तलाशी एक और बार लेना चाहता हो।

अकेली और सबसे पीछे चल रही अनुभा ने कदम तेज बढ़ाए और जाकर भीड़ में मिल गई। सिंह चाची भी बहुत उदास दिख रही थीं। अनु को लगा कि इन्हें याद दिला देना चाहिए।

'चाची, अमित रानी के घर जा रहा है। तो इन सबके खाने के लिए'

चाची उसके कंधे पर हाथ रखती कोमल स्वर में बोलीं—

'अनु, तुम निश्चिंत रहो। मैं सारी व्यवस्था करवा दूँगी। तुम घर जाकर आराम करो। अपना खयाल रखो। दिल को भरोसा दिलाने की कोशिश करो कि रानी के साथ न्याय होगा। हत्यारा पकड़ा जाएगा।'

*

सुस्त कदमों से अपने क्वार्टर लौटकर अनु ने घर की कुंडी बहुत धीरे से खोली मानो अंदर कोई सोया है जो जाग जाएगा। क्या उसके जेहन में रानी उसके घर के अंदर सोई थी? फिर वह लाश किसकी थी जिसके कफन-दफन के लिए चर्च गई? अनु को अपने ही घर घुसते डर क्यों लग रहा था? उसे भूत के अस्तित्व पर भरोसा नहीं था, फिर क्यों था अपने अंदर इतना डर?

वह हिम्मत करके अंदर घुस गई। दरवाजा अच्छी तरह बंद किया—साँकल लगाई, कुंडी लगाकर उस पर अंदर से ताला भी जड़ दिया। पूरे घर में अन्यमनस्क घूमी एक बार। सब कुछ जस का तस था। रानी घर में कहीं नहीं थी।

वह हिन्दुओं के रिवाज के अनुसार नहाने चली गई। लाश छूकर आई थी न! बचपन से माँ का कहा और घर में देखा उसके अंदर अब भी जिंदा था।

सुबह टोप्पो चाची ने एक चीज दी थी अनु को।

'तुम जिसको ठीक समझो, दे देना या फिर सहेली की याद के रूप में खुदे रख लेना। हम नै रख सकते हैं इसको। काहे नहीं रख सकते, इ बात अभी बता भी नै सकते हैं। बाद में तो तुम कारन समझिए जाओगी। पर अभी तुम तुरंते निकल जाओ मेरा घर से...काहे कि हम नै चाहते हैं कि कोय तुमको देखे मेरा घर घुसते। हम तुमसे बाद में बात करेंगे और बहुत कुछ बताएँगे—मौका मिलने दो। अपना ध्यान रखना अनुभा। तुम भी अकेले रहती हो।'

चाची ने हड़बड़ी में अनु को घर से एक तरह से धक्का देकर निकाल दिया था। पर उस धक्के में कोई अपमानित करने का भाव नहीं था—हड़बड़ाहट, घबराहट की परतों में लिपटा खालिस स्नेह था चाची का।

अनु ने उनके घर से निकल कर बगल की गली पकड़ी और अपने घर के पिछवाड़े निकल गई। चाची के दिए डब्बे को एक नजर घुमा-फिराकर देखा।

एक पतला-सा रेक्टैंगुलर डब्बा था। नक्काशीदार। नंबर लॉक किया हुआ। इतना ही बड़ा कि हाथ में किसी डायरी की तरह लेकर घूमा जा सके।

अपनी सोच, अपने सपनों, अपनी जिंदगी के बारे में रानी बहुत कम लोगों को बताती थी। पता नहीं टोप्पो चाची को क्या-कितना बताया था। बताया था भी या नहीं। क्या चाची को पता था कि डब्बे के अंदर क्या है?

जाने क्या था अंदर कि रानी नंबर लॉक करके रखती थी!

अनु ने तभी तय कर लिया था कि इस डब्बे को आराम से रात को खोलेगी। यानी कि कोशिश करेगी खोलने की। नंबर लॉक ने मामला उलझा जो दिया था!

नहीं खोल पाई तो क्या करेगी—यह तय नहीं था उसके मन में। शायद अमित की मदद लेगी या लॉक तुड़वाने की सोचेगी पर अभी इसे दीदी को नहीं देगी, न ही इस बारे में बताएगी। क्या पता वे इसे ले ही लें। वैसे तो रानी की हर चीज पर उनका

स्वाभाविक हक बनता है, पर टोप्पो चाची ने इसे अनुभा को दिया है तो पहला हक उसका ही है। पता लग जाए कि क्या है इसके अंदर, उसके बाद तय करेगी कि खुद रखना है या किसी को दे देना है। गहने हुए तो दीदी को, प्रेम पत्र हुए तो जिसे संबोधित है उसे और अगर इसके अलावा कुछ हुआ तो? अच्छा हुआ न कि उत्सुकता दबा ली। अमित को तुरंत बताया नहीं वरना वह तो पलक झपकते ले उड़ा होता। क्या पता, बताता भी नहीं कि अंदर क्या निकला।

यह सुबह की सोच थी। अब तो इस घुप्प अँधेरी रात में अपने अकेले घर में उस डब्बे को छूते रोना आ रहा था। उस पर उसकी प्रिय सहेली रानी का स्पर्श था। यह क्या हो गया अचानक इस कॉलोनी में? शांत-सी जगह में बना है यह प्रोजेक्ट। सीधे-सादे लोग रहते हैं। हाँ, कुछ लोकल गुंडे और बदमाश तो हर कॉलोनी में होते ही हैं।

भूख नहीं है। नहाने के बाद खाना पकाने के नाम पर प्याज-साग उबालकर सूप बना लिया। फ्रिज में ब्रेड पड़ी है। इस जगह ताजा ब्रेड मिल जाना एक घटना से कम नहीं। ब्रेड पर लगाने को मक्खन भी है।

दो स्लाइस ब्रेड खा लेने का मन बनाया। जब खाने बैठी तब लगा कि भूख नहीं होने की बात झूठी थी। वह दुखी तो है पर बहुत भूखी भी है।

सुबह से बस पानी पी रही थी। नाश्ते के नाम पर बिस्किट के साथ चाय। सिंह चाची को पता चल जाता तो जबरन कुछ खिला देतीं। फिर से अपने ही घर रह जाने को कहने लगतीं पर आज वह उनके घर कतई नहीं रहती।

डब्बे ने उत्सुकता जगा दी है। कोई रहस्य है जैसे उस डब्बे के अंदर।

सुबह उसने अपने घर फोन करके सारी खबर दी, तो भाई और माँ दोनों ने कहा कि तत्काल छुट्टी लेकर कुछ दिनों के लिए घर आ जाओ। मन बहल जाएगा।

रात का खाना खाकर उसने लाइट बंद नहीं की। बिस्तर पर बैठकर नक्काशीदार डब्बे और चार डिजिट के नंबर लॉक को निहारती देर तक बैठी रही। फिर जीरो, जीरो, जीरो, वन से शुरू करके लॉक खोलने की कोशिश में लग गई।

घंटा हो गया, लॉक नहीं खुला तो सर दुखने लगा। वह बत्ती बुझाकर सोने की कोशिश करने का मन बना रही थी कि अचानक दिमाग की बत्ती जली। अगर वह अमित से मन ही मन प्यार करती थी तो नंबर हो सकता है—जीरो सेवन, जीरो नाइन। अमित का जन्मदिन। या फिर जीरो नाइन जीरो फोर। उसका अपना जन्मदिन। या फिर जीरो सेवन जीरो फोर। दोनों के जन्मदिन बारी-बारी। या फिर जीरो नाइन, जीरो फोर। दोनों के जन्म माह बारी-बारी। या फिर और इसी तरह के कई कॉम्बिनेशन उसके दिमाग में घूमने लगे।

उसका अंदाजा एकदम सही नहीं निकला। गलत भी नहीं निकला। ताला खुला सेवन नाइन नाइन फोर से। यानी कि पासवर्ड था अमित और रानी के जन्मदिन

की तिथि और माह का कॉम्बिनेशन। वह अमित से प्यार करती थी—तय हो गया।

लगभग दो घंटे बीत चुके थे कोशिश करते। लॉक खुलते ही उसे सर में हल्कापन महसूस होने लगा—कोई बोझ उतर गया हो जैसे। फिर अहसास हुआ कि यह शुद्ध संयोग था कि लॉक इस कॉम्बिनेशन से खुल गया। कोई सीक्रेट नंबर भी हो सकता था—जैसे रानी-अमित की पहली मुलाकात का दिन, कोई ऐसा नंबर जो लकी हो रानी के लिए या फिर चलो, इतना तो तय हो गया कि रानी अमित से प्यार करती थी। कोई गहरी उदासी उसे फिर से छाने लगी। प्यार करती थी पर उसे इग्नोर भी करती थी—क्यों? खुलकर स्वीकारा क्यों नहीं कभी? कोई गुनाह था किसी गैर-आदिवासी से प्यार? अमित से हाल के दिनों में दूरी क्यों बरतने लगी थी? क्या उसे गर्भ अमित से ही था? वे दोनों शादी करते तो यहाँ कोई पहली ट्राइबल-नॉन ट्राइबल शादी तो होती नहीं। फिर संकोच क्यों था रानी को? नहीं, गर्भ अमित से नहीं था, वह तो अमित को इग्नोर करने लगी थी—खुद अमित ने कहा। गर्भ अमित से होता तो वह उस टोन में नहीं बताता यह बात। चाची के घर, उसे अंदाजा जरूर है कि किसकी करतूत है यह!! चाची को भी है अंदाजा। नहीं है तो बस मुझे!!

लॉक खुल जाने की राहत उस पर फिर से हावी होने लगी। राहत को गहराई से महसूसती अनुभा डब्बे को गोद में लिए बैठी उड़ती रही अपने अंदर—जहाँ दुख, खुशी, उत्सुकता अपने चरम पर पहुँच रही थी। शायद उस चरम को महससूने की खातिर ही उसने डब्बे को तुरंत खोला नहीं। अगले कुछ पल पतली लकड़ी की परत पर उकेरी नक्काशी पर हाथ फिराती उसके कटावों को हाथ से महसूसती रही। रंग-बिरंगी कटावदार डिजाइन में डब्बे पर बने घने जंगल में एक गोर नाच रहा था।

फिर उसने धड़कते दिल से डब्बे का ढक्कन धीरे से उठाया। जलतरंग की मीठी ध्वनि कमरे में बज उठी। अनुभा के दिल में मीठी सिहरन हुई।

अंदर नजर पड़ते ही वह चौंक गई।

इतने खूबसूरत डब्बे के अंदर एक निहायत ही साधारण कत्थई रंग के कवर वाली एक फटी-पुरानी डायरी थी। शायद बरसों पुरानी।

उसने कई बार डब्बा खोला और बंद किया। हर बार खोलते समय मीठी ध्वनि फैली। हर बार किसी सिहरन से हवा हिली और कमरे में उठती हिलोरों ने अनुभा को छुआ।

*

डायरी खोलकर पढ़ने का मन बनाते अनु को संकोच हुआ। किसी दूसरे की जिंदगी के पन्ने उलटना कहीं अपराध तो नहीं!! वह भी तब-जब वह व्यक्ति खुद आपसे

अपनी जिंदगी साझा करता नहीं आया हो। फिर याद आया कि डायरी उसे टोप्पो चाची ने दी है—यह भरोसा करके कि वही इसे लेने की सही हकदार है। वह सबसे सही पात्र न भी हो तो कुपात्र नहीं। डायरी वे किसी और को भी दे सकती थीं। अगर उन्हें तय होता कि रानी अमित को प्यार करती है तो शायद उसे ही देतीं। अगर उन्हें तय होता कि रानी अनुज से शादी करने को राजी थी तब शायद अमित नहीं, अनुज को दे देतीं। अगर उन्हें तय होता कि डायरी रानी के घरवालों को देना ही सही है तो शायद दीदी को... फिर अचानक वह खुद पर ही हँस पड़ी। भला टोप्पो चाची को पता थोड़े था कि इस खूबसूरत डिब्बे के अंदर कोई डायरी है! उन्होंने भी वही सोचा होगा जो पहले-पहल अनुभा ने सोचा कि उसके अंदर कोई गहना या दूसरा कीमती सामान है। नहीं, गहना या कीमती सामान होने की सोचतीं टोप्पो चाची तो निश्चित तौर पर दीदी को देतीं। वह उलझ गई।

उसने खिड़की के पास खड़े होकर बाहर देखा। बरसात नहीं हो रही थी। आसमान से बादल गायब थे। फैक्ट्री और ऑफिस के ऊपर का धुआँया-सा आसमान घुप्प अँधेरे में डूबा था। इक्का-दुक्का स्ट्रीट लाइट से सड़क जगह-जगह रोशन और भीगी थी। उसी स्ट्रीट लाइट की पीली रोशनी गंदले-से आसमान को छेदकर रोशन कर रही थी। एक दुबले पेड़ की डाली थी, अपनी फुनगी पर पड़ती रोशनी में चमकती। कई पेड़ इधर-उधर लेटे-बैठे थे—भूतों की आकृति का आभास देते। दूर दिख रही थी ऑफिस की बिल्डिंग और उससे परे गेस्ट हाउस का बगीचा। नहीं, दिख नहीं रहे थे, ये सब पर पता था कि है वहाँ ऑफिस, गेस्ट हाउस और बगीचा।

अनुभा ने खुद को सँभाला। रानी की हत्या के कारणों और हत्यारे का पता लगना बहुत जरूरी था। डायरी से कोई सुराग मिल सकता था।

वह बिस्तर के सिरहाने तकिये का सहारा लेकर बैठ गई और जी कड़ा करके डायरी खोल ली। पन्नों को सरसरी तौर पर उलटा-पलटा। इतना समझ आ गया कि डायरी तिथियों के लिहाज से बेतरतीब है। शायद डायरी खोलते ही जो पन्ना सामने आता होगा, रानी उसी में लिखने लग जाती होगी। पन्ने पलटते उसके मन में सवाल उगा—क्या इसमें कहीं मेरा जिक्र भी होगा?

डायरी पूरी पढ़ चुकी तब सुबह होने को थी। वह थक गई थी—मानसिक तौर पर ज्यादा। बिस्तर पर निढाल लेट गई, तब खयाल आया कि आज शनिवार है। आधे दिन के लिए ऑफिस जाना पड़ेगा। उसके बाद कल छुट्टी।

दीदी का पड़ाव अभी यहीं रहेगा—सुबह-सुबह फोन करके अमित ने बताया। माँ ने फोन करके अनु से कहा फिर से कि दो-चार दिनों की छुट्टी लेकर घर आ ही जाए।

लेटे-लेटे साढ़े सात बज गए। नींद नहीं आती।

रानी की डायरी ने सुराग दिए हैं। अब अनुभा खुद पर ज्यादा शर्मिंदा है कि वह रानी को उसके ट्राइबल होने और खुद के नॉन ट्राइबल अपर कास्ट होने के कारण मन में पड़ी दीवार को लाँघना सिखा नहीं पाई। शायद अनु के लिए रानी का ट्राइबल होना कोई मुद्दा था ही नहीं कि वह इस बारे में सोचे। वह उससे उसी तरह मिलती रही जैसे किसी नॉन ट्राइबल से, पर रानी को यह हर पल याद रहा कि अनुभा उसके जैसी नहीं है... कि अनु के सर पर बहुत ताकतवर जेनरल मैनेजर सिंह चाचा का... हाथ है जबकि रानी के सर पर अदना से कर्मचारी टोप्पो चाचा और सिन्हा चाचा का कि सिंह चाचा के जेनरल मैनेजर होने के नाते और टोप्पो चाचा के उनसे दस रैंक नीचे होने के नाते अनु का रुतबा भी रानी से ऊपर है... कि किशोर सर, सिंह सर, अमित और अनुभा सजातीय हैं तो शायद वे सब मन से एक हैं ...पर ऐसा कुछ था नहीं। था भी तो अनु को उसका कोई अहसास नहीं था।

काश कि रानी इन मुद्दों से ऊपर उठकर अनु के साथ दोस्ती निभाती! उसे अपने जीवन की सारी परेशानियाँ शुरू से बता रही होती। तब आज उसकी हत्या नहीं हुई होती? लेकिन क्या अनु की हिम्मत पड़ती कि सिंह चाची को सब बता दे? पर लगता तो है कि सिंह चाची को पहले से सब पता है। बस वे प्रमाण तलाश रही हैं। कह नहीं रही थीं कि लाओ प्रूफ, तब पकड़वाओ उनको। किनको?

रानी ने किसी का नाम नहीं लिखा है। फिर भी कुछ लोगों के बारे में अंदाजा लगाया जा सकता है। क्या वह डायरी सिंह चाची को दे दे? या फिर पुलिस को? नहीं, पुलिस कुछ समझ थोड़े पाएगी। समझ पाएँगे तो ऑफिस के लोग। खुद अनुभा। अमित। या फिर अनुज।

आह, कभी सोचा थोड़े था कि अनुज इस तरह रानी के पीछे पड़ा है। बेरोजगार अनुज एक्का—जो नौकरी पाने की कोशिश में किशोर सर के आगे-पीछे लगा रहता है। अनुज के पिता ने सुसाइड किया या उनकी हत्या की गई—यह रिपोर्ट आने में देर हो रही थी। बल्कि फाइल आगे बढ़ ही नहीं पा रही थी। इसी कारण अनुज को पिता की जगह नौकरी मिलने में देर भी हो रही थी। वह लीगल एक्सपर्ट किशोर सर की चिरौरियाँ करता फिरता कि किसी तरह उसका मामला निबटवा दें और उसे नौकरी दिलवा दें। किसी भी तरह। किसी भी तरह? किशोर सर हँसते हुए हर बार दुहराते। खुद अनुभा ने कई बार यह दृश्य देखा था। अनुज को खुद पर कतई भरोसा नहीं था कि यहाँ नहीं मिली तो किसी और कंपनी में नौकरी उसे मिल जाएगी। नौकरी उसे इसी कंपनी, इसी प्रोजेक्ट में चाहिए थी। किसी भी कीमत पर। उसे यह भी लगता था कि कंपनी का यह नियम ही बेकार है कि यदि किसी ने आत्महत्या की है तो उसकी जगह आश्रित को नौकरी नहीं दी जाएगी। क्या किसी के आत्महत्या करने से उसके आश्रित असहाय नहीं रह जाते? बात तो उसकी सही

थी।

वह बेचैन हो गई। क्या टोप्पो चाची से मिलकर कुछ पूछा जाए? उन्होंने फिलहाल अपने घर आने को इनकार क्यों किया?

*

सुबह के आठ बज चुके थे। अब उठ जाना ही उचित था। ब्रश करके टहलती हुई वह टोप्पो चाचा के घर की ओर निकल गई। सोचा कि चाची को नमस्ते करके उनसे पूछ भर लेगी कि क्या वह दोपहर या शाम को उनके घर आ सकती है? चाची से बात करके ही डायरी में लिखे का मिलान करके तय कर सकती थी कि कौन है वह जो जबरन उसकी देह भोगता रहा? वह सर झुकाकर सब सहती, सोचती रही कि किसे बताएगी ये बातें? कौन भरोसा करेगा उसका? दीदी या माँ को बताएगी तो भरोसा करने के बदले उसे ही दस लेक्चर पिलाएँगी कि भाग मनाओ कि बैठे-बिठाए इतनी अच्छी नौकरी मिल गई—वह भी सरकारी। पक्की नौकरी मिलनी इतनी आसान है?

किसी और पेज पर उसने नाम लिए बिना यह भी लिखा है कि ऑफिस में कोई एक हैं जिन्हें वह बहुत अच्छी लगती है। वे चाहते हैं कि वह उनके सामने ही बैठी रहे दिन-रात। बड़ाई कर-कर के पिघला ही देते हैं उसका दिल और वह उन्हें खुद के साथ कुछ भी करने को इनकार नहीं कर पाती। बाद में हर बार पछताती है।

पर उसे तो कोई और अच्छा लगने लगा है, जिसका नाम वह डायरी तक में नहीं लिखेगी। किसी ने पढ़ लिया तो? नाम बस वह अपने दिल पर लिखेगी ताकि किसी के पढ़ लेने का खतरा ही नहीं रहे। जिसे चाहती है उसे इशारा कर दिया है कि उसके साथ जबरन क्या किया जा रहा है और किसके द्वारा। बार-बार। वह गुस्से से काँप उठा। वह दुविधा में थी कि क्या वह सेक्सुअल हैरसमंट कमिटी को शिकायत लिख दे उसके कहे अनुसार? वहाँ क्या होगा? कुछ होगा भी?

डायरी की बातें याद करती वह तय करती रही कि टोप्पो चाची से क्या-क्या पूछेगी।

पर चाची तो उसे देखते ही घर के बाहर तक दौड़ी चली आईं और छूटते ही बोलीं—

'तुम फिर काहे आई? इनकार किया था न? पुलिस की निगरानी में हैं हम। तुम जाओ अपने घर। फोन भी मत करना। पुलिस दू बार मेरे घर आ चुकी है पूछताछ करने। कोन जाने फिर आती होगी। तुमको इहाँ बइठे देखेगी तो तुमको भी परेसान करेगी। भागो इहाँ से।'

सुनकर अनुभा के चेहरे पर हवाइयाँ उड़ने लगीं।

'वो जो सुंदर-सा डब्बा आपने दिया था न चाची उसमें डायरी है रानी की।'

एक साँस में कहकर वह वापस मुड़ गई।

चाची के चेहरे पर चकित रह जाने वाले भाव उभरे। शायद वे कुछ पूछना चाहती थीं पर टाल गईं। उन्होंने आश्चर्य जताते अपना हाथ अपने सर पर दे मारा और चली गईं घर के अंदर।

न चाहते हुए भी अनुभा को लगने लगा कि अब सिंह चाची ही कुछ कर सकती हैं। ऑफिस से सीधे उनके घर जाना पड़ेगा। डायरी क्यों न अमित को दे दे जो उसके दिल में बसा था? सारी बातों का इशारा तो उसी की ओर है। पर क्या डायरी सिंह चाची को देना ज्यादा सेफ नहीं रहेगा? आखिर वे बड़ी हैं, समझदार हैं, डायरी पढ़कर सारी बातें समझ सकती हैं। वे अनुभा की हितैषी भी हैं। सही सलाह देती रही हैं हमेशा। अब भी जो करेंगी, सही ही करेंगी।

किसी तरह ऑफिस में समय काटकर वह सीधे सिंह चाची के घर पहुँच गई।

चाची सोफे पर विचारमग्न बैठी थीं। उनसे कुछ और खबरें मिलीं।

पुलिस ने आज अमित, अनुज और टोप्पो चाची से फिर से पूछताछ की थी। टोप्पो चाची से तो पहले भी पूछताछ हो चुकी—उन्होंने खुद बताया है। सुनने में आया कि पूछताछ के बाद अनुज अपने घर से गायब हो गया है। कोई समझ नहीं पा रहा कि वह पुलिस हिरासत में है या भाग गया कहीं। भला अनुज का क्या लेना-देना हो सकता है इस मामले से?

क्या अनुज को पता है कि हत्या किसने की?

'पुलिस को कुछ महत्वपूर्ण सुराग मिले हैं। फॉर्मल पोस्टमार्टम रिपोर्ट का इंतजार है अब।' चाची ने कहा।

'चाची मेरे पास' अनुभा बोलती-बोलती रह गई।

चाची ने शायद ध्यान नहीं दिया कि अनुभा कुछ कहना चाहती है। वे चाय लाने को सुमंत को आवाज लगा रही थीं। चाय पीकर अनुभा घर लौट रही थी कि रास्ते में अमित मिल गया। वह पुलिस की पूछताछ से निबटने के बाद ऑफिस गया था और अब जाकर काम निकल पाया था। अनु का मन हुआ अमित को डायरी वाली बात बता दे पर समझ नहीं पाई कि यह ठीक रहेगा या नहीं। क्या अमित को अच्छा नहीं लगता अगर पता चल जाता कि रानी मन ही मन उससे इतना प्यार करती थी?

घर लौटकर वह ज्यादा उलझ गई। न किसी काम में मन लग रहा था, न रात भर जागी रहने के बावजूद नींद आ रही थी। वह दो कमरों के अपने क्वार्टर के अंदर जाने कितने चक्कर काट चुकी थी जब उससे और बर्दाश्त नहीं हुआ। उसने फोन करके सिंह चाची को बता दिया कि टोप्पो चाची ने उसे ...

'क्या? डायरी? लेकर आ जाओ तुरंत। कार भेज रही हूँ। पुलिस के हाथ लगे, उससे पहले फटाफट कॉपी करवानी पड़ेगी।'

अनु को अफसोस हुआ कि वह खुद यह बात क्यों नहीं सोच पाई कि डायरी तो इस केस का मेजर एविडेंस है।

कार से उतरते ही उसने देखा कि अमित सोफे पर हाथों में सर दिए बैठा है। अमित के पास भी कुछ सूचनाएँ थीं।

किशोर सर हेडक्वार्टर में मीटिंग अटेंड करने के बाद वहीं से लंबी छुट्टी लेकर गाँव चले गए। सबों से कहा कि पुत्री समान रानी की मौत से उन्हें गहरा सदमा लगा है। उनके छुट्टी लेकर गायब हो जाने पर लोग तरह-तरह के कयास लगा रहे हैं।

पुलिस का शक अनुज पर गहरा गया है।

ड्राइवर डायरी लेकर चला गया। अनु का दिल धक-धक करने लगा कि डायरी कहीं गायब न हो जाए।

'परेशान मत हो। ऑफिस में इनके चैंबर में जो फोटोकॉपी मशीन है उससे कॉपी करके लाएगा।' चाची अनुभा को समझा रही थीं।

टोप्पो चाची का बयान पुलिस के लिए अहम है—चाची और अमित दोनों की यही राय थी।

'उनको सदमा लगा है।'—अमित ने व्यंग्य से कहा। 'खबर यह है कि गाँव नहीं गए, हेडक्वार्टर में ही किसी रिश्तेदार के घर रह रहे हैं।'

'खाए-पिए, अघाए, हर तरह से एक्सपीरिएन्स्ड आदमी हैं। मैनेज कर लेंगे सब।' चाची ने कहा।

' देखते हैं।' अमित ने कहा।

अनु अबूझ-सी दोनों को ताकती रही।

अनु को समझ आ चुका था कि अंदर की खबरें उसे नहीं दी जा रही हैं जबकि वह हर बात चाची से शेयर करती रही है। डायरी भी दे दी। चाहती तो रख लेती न अपने ही पास!

डायरी वापस आ गई। साथ में उसकी दो फोटोकॉपी। एक फोटोकॉपी अमित और एक अनु को देते हुए सिंह चाची अमित से बोली—'वकील से पूछो कि ओरिजिनल कहाँ रखें। फिलहाल मैं रख लेती हूँ।'

'...और वो अबॉर्शन के प्रिस्क्रिप्शन और बाकी पेपर्स? दिए टोप्पो जी की वाइफ ने?' चाची ने अमित से पूछा। उसने ना में सर हिला दिया।

तय हो गया कि रानी अबॉर्शन करवाने में मदद लेने ही टोप्पो चाची के पास जाती रही थी। इसी कारण कुछ दिन उनके यहाँ रुक भी गई थी। डायरी में भी इशारा है कि उसे प्रेग्नेंसी पहले भी हो चुकी थी।

कहती थी वह बार-बार—'तुम्हें नहीं पता मेरी जिंदगी में क्या हो रहा है'

तो क्या इसी कारण वह खुद को अमित के लायक नहीं समझती थी?

चाची और अमित ने बताया कि दीदी,जीजाजी और भइया अपना प्लान चेंज करके अब यहाँ से हेडक्वार्टर चले गए हैं।

अगले हफ्ते यूनियन वाले डुंगडुंग चाचा ने अनु से कहा कि उसे भी पिटिशन में साइन करना है। वह इनकार नहीं करे। कैसा पिटिशन चाचा? उसने पूछा। वे बोले-

'रानी को न्याय दिलाना है। एक ओर पुलिस जाँच में ढिलाई बरत रही है तो दूसरी ओर मैनेजमेंट। साफ है कि ऊपर से ऐसा ही निर्देश है। आखिर कौन है हत्यारा? अनुज गायब कैसे हो गया? रानी के सेक्सुअल हैरसमंट समिति को दिए कम्प्लेन्ट पर कोई कार्रवाई क्यों नहीं हो रही? प्रबंधन दोषी को तुरंत सजा दे।'

अनु ने फिर से खुद को ठगी गई महसूसा। रानी ने दोस्ती का मान नहीं रखा जबकि वह उसके लिए कुछ भी करने को हर पल तैयार थी।

'चाचा आप मुझे सबकुछ बताइए—मैं बहुत परेशान हूँ।'

चाचा का स्वर लगभग फुसफुसाहट का हो गया ।

'तुम्हें तो मालूम होगा ही कि कैसे उसका शोषण होता था। बार-बार प्रेग्नेंट हो जाती थी। तब टोप्पो की वाइफ उसे डॉक्टर के पास ले जाकर...'

' मुझे नहीं मालूम था चाचा। आज ही पता चला। कोई मुझे साफ-साफ कुछ बता ही नहीं रहा। सबको लगता है कि मुझे सब मालूम होगा, रानी बताती होगी एक-एक बात पर सच यह है कि रानी साथ टिफिन करती थी, बातें भी करती थी पर निजी बातें एकदम नहीं बताती थी। बस यही दुहराती रहती थी बार-बार कि तुम्हें तो अंदाजा भी नहीं होगा कि मेरी जिंदगी में क्या हो रहा है... मैं पूछती रहती थी, इतनी बार समझाने की कोशिश कर चुकी थी कि हमें एक-दूसरे से सारी बातें शेयर करनी चाहिए पर शायद उसे लगता था कि...'

अनुभा हताशा में चुप हो गई। डुंगडुंग चाचा ने कुछ पल इंतजार किया कि शायद वह आगे कुछ और बताए, फिर बोले—

'रानी मेरी बेटी जैसी थी। तुम भी बेटी जैसी ही हो। तुम भी नौकरी कर रही हो, अकेली रहती हो, इसीलिए तुम्हें भी आँख-कान खुले रखने चाहिए। अपना भला-बुरा समझने की कोशिश करनी चाहिए। वैसे तो सिंह सर का परिवार तुम्हारी देखभाल करता है, फिर भी...मुझे आश्चर्य हो रहा है कि तुम्हें कैसे भनक तक नहीं लगी कि रानी सेक्सुअल अब्यूज की शिकार हो रही है। लगातार। वह कुछ कहती क्यों नहीं थी, मुँह बंद किए सब सहती क्यों जाती थी मैं समझ नहीं पाता। नौकरी कर रही थी, जानती थी कि यहाँ से लेकर दिल्ली तक एस.सी. एस.टी. सेल है जहाँ

से मदद मिल सकती है। इतने सख्त कानून हैं, यूनियन भी है जिसमें चांस से मैं हूँ। खुद ट्राइबल हूँ, सबों की मदद करता हूँ तो किसी ट्राइबल लड़की के लिए कुछ नहीं करूँगा? जब टोप्पो जी ने बताया तो मैंने तुरंत ऐक्शन लेते उससे एक चिट्ठी लिखवाई थी सेक्सुअल हैरसमंट कमिटी को। वह डर रही थी लिखने में पर समझाने पर लिखा। यहाँ तो कोई कमिटी है नहीं, जबकि कानूनन होनी चाहिए यहाँ भी... उसकी शिकायत जी.एम. सर ने मेरे कहने पर हेडक्वार्टर फॉरवार्ड कर दी। जाने कैसे लोगों को खबर लग गई और वह शिकायती चिट्ठी गायब करा दी गई। मैं हेडक्वार्टर जाकर शुभ्रा मैडम से मिला था। उनको ऑफिस कॉपी दिखाई, डाक का नंबर दिखाया। वहाँ ट्रेस करने पर पता चला कि चिट्ठी वहाँ रिसीव हुई थी, पर मैडम तक पहुँचने से पहले ही गायब करा दी गई। मैडम बहुत नाराज हुईं अपने स्टाफ पर... बात तो उनपर भी आती न कि उनकी डाक गायब कैसे हुई? वे तो वैसे भी दबंग ऑफिसर हैं। उनकी आवाज दबाई नहीं जा सकती। हर मीटिंग में खुलकर बोलती हैं और अपने सीनियर्स तक से नहीं डरतीं। उन्होंने मेरे सामने ही अपने डाक बाबू को बुलाकर खूब डाँटा, फिर तुरंत मुझसे ऑफिस कॉपी ली, उसके फोटोकॉपी पर डाक रजिस्टर से नंबर लेकर चढ़ाया और कहा कि वे कार्रवाई शुरू करने में देर नहीं करेंगी। यह तो बहुत सीरियस मामला है। ऊपर से किसी ट्राइबल लेडी का। तुरंत नोट बनाया और जाँच के लिए कमिटी कन्स्टीट्यूशन का अप्रूवल ले लिया। ऑफिसर्स असोसिएशन ने तब बहुत दबाव डाला शुभ्रा मैडम पर कि इस तरह किसी के कुछ भी लिख देने पर तुरंत ऐक्शन में न आ जाएँ। पर वे अड़ी हुई थीं। जाँच समिति को रानी ने सब बताया। जो करते थे गलत काम, दोषी थे, वे समझ गए कि अब तो बदनामी और सजा—दोनों से बच नहीं सकते। कौन जाने उनकी ही चाल हो कोई रानी की हत्या में'

'जाँच समिति की बैठक कब हुई चाचा? मैं तो रानी के साथ ही रहती थी।'

'अरे, गई नहीं थी रानी एक बार हेडक्वार्टर? बताया होगा तुमको कि टूर पर जा रही है।'

अनुभा ने याद किया। हाँ, कहा तो था दो-तीन बार कि हेडऑफिस जा रही हूँ काम से। शाम तक लौट भी आती थी।

'हाँ चाचा, याद आ गया। पर वह साफ बात करती नहीं थी न! जाने क्यों उसे मुझपर भरोसा नहीं था।'

वह चाचा को डायरी वाली बात बताती-बताती रह गई। डर था कि सिंह चाची डाटेंगी।

बातें आखिर फैल ही गईं—जो जितनी डुंगडुंग चाचा ने बताईं, उसके साथ और भी बहुत सारी। अनु का दिमाग चकराने लगा। क्या कल को खुद उसके बारे

में भी ऐसे ही कहेंगे लोग कि यह भी तो रानी की दोस्त है तो कौन जाने यह भी... हाय राम! कह रहे हैं लोग कि जो होता होगा, रानी की सहमति से ही होता होगा। वरना किसकी हिम्मत है कि एक ट्राइबल लड़की से जबर्दस्ती करे। प्रेग्नेंट कैसे हो गई बार-बार, जबकि ऐसे मामलों में हर कोई सावधानी बरतता है! जरूर उसकी भी मर्जी रही होगी। सोचती होगी कि इसी बहाने शायद वे उससे शादी कर लेंगे। क्या वह भी उनको पसंद करती थी? अरे, पूछना क्या है—करती थी, तभी तो...

'वे कहते थे उससे कि उन्हें अपनी वाइफ पसंद नहीं है। वे रानी से शादी करना चाहते हैं। वह इतनी काबिल और खूबसूरत लड़की है, गोरी नहीं है तो क्या!' सुषमा ने बताया कि रानी ने अपने कम्प्लेन्ट में लिखी थी यह बात।

'यह भी लिखा था कि जब वह बाद में विरोध करने लगी तो उन्होंने कहा कि अगर मुँह खोला तो वे खुद बता देंगे सब से कि वह कितनी बार सो चुकी है उनके साथ। फिर कौन करेगा उससे शादी और उसका भविष्य क्या होगा—वह खुद सोच ले। हाँ, अगर चुप रही तो वे उसकी शादी किसी अच्छे लड़के से करा देंगे। वह अपना घर बसा ले, भले ही उन्हें भी खुशी देती रहे इसी तरह।' रनिता ने जोड़ा।

'पर यह समझ नहीं आया कि पहली बार में ही रानी ने शिकायत क्यों नहीं की? मुँह बंद किए क्यों रही? क्या बिगाड़ लेते वे उसका? कौन-सी नौकरी चली जाती? सरकारी नौकरी है।'

'अरे, वह कुछ ज्यादा ही दब गई थी उनके अहसान तले। गाढ़े समय में दो-एक बार मदद क्या कर दी, वे उसे देवता ही लगने लगे।' अमित तल्खी से बोला। 'उसके बाद तो जब देखो तब-बस उनकी ही बड़ाई।'

सही, सही, सही—जो अंदाजा लगाया, ठीक निकला। किशोर सर, किशोर सर...अनुभा के सर के अंदर गूँजने लगा। और किसकी हिम्मत थी? वही तो लगे रहते थे उससे। रोकते थे डिक्टेशन के बहाने देर तक ऑफिस में और फिर गेस्ट हाउस ले जाकर...डायरी में लिखा उसके अंदर घूमने लगा।

अमित खुलकर बता रहा था भीड़ को—

'शॉर्टहैंड का कोर्स करके स्टेनो बन गई तब उसे इतना समझाता था, शुरुआत में तो मुझसे भी छुपा रखी थी यह जबर्दस्ती करने वाली बात। ले जाते रहे डिक्टेशन देने को गेस्ट हाउस और वह आराम से चली जाती रही। बार-बार। मुझे तो लगता है कि शायद शुरुआत में वह सचमुच उनके झाँसे में आ गई थी कि अपनी पत्नी को छोड़ देंगे, उससे शादी कर लेंगे।' अमित के यह कहने पर सब चुप हो गए।

'अरे, इतनी बेवकूफ नहीं थी वह।' अनुभा बोल पड़ी। 'कोई भी लड़की इतनी अकल तो रखती ही है कि समझे कि एक मिडिल एजेड आदमी इस तरह

अपनी पत्नी–बच्चों को छोड़ेगा नहीं। बस उसका फायदा उठा रहा है।'

'अनु, तुम यह बात समझती हो पर वह अगर समझती होती तो' रनिता बोली।

'हो सकता है कि वह डरती हो। एक बार फँस गई तो चाहती होगी कि किसी तरह बात छुपी रहे। बदनामी नहीं हो। इसी कारण मजबूरी में उन्हें ना नहीं कर पाती होगी' अनु ने कहा।

'अमित तो इतनी परवाह करता था उसकी। सब जानते हुए भी उसे अपनाने को तैयार था। वही पीछे हट रही थी। अमित से भी खुलकर बात नहीं करती थी।' पांडे जी बोले।

'और अमित अगर पीछे हट जाता तब भी किसी ट्राइबल लड़के से हो जाती शादी।' सरस ने कहा।

'पर अमित को वह बहुत पसंद करती थी। मुझे मालूम है।' अनुभा ठसक से बोली। 'हिचक की कोई डोर थी जो उसे पीछे खींच लेती थी और वह खुलकर प्यार का इजहार कर नहीं पाती थी...'

'पर वह समझने लगी थी बाद में कि सर उसे' सुषमा आधा वाक्य बोल कर चुप हो गई। अनु ने हामी भरी।

'हाँ, तुमसे तो जैसे दिल की सारी बातें करती होगी वह! 'अमित ने खिल्ली उड़ाते टोन में अनु से कहा। हताशा तब भी उसके चेहरे पर पसरी हुई थी।

'नहीं, दिल की बातें मुझसे नहीं करती थी। मुझे खुद आश्चर्य है कि क्यों करती थी वह ऐसा... बताती होती तो ऐसी गति नहीं हुई होती शायद। पर... अब मुझे पक्के तौर पर मालूम हो गया है। कैसे? यह अभी नहीं बताऊँगी किसी को। चाहो तो तुम बता दो।'

'चुप ही रहो अभी।' अमित ने घुड़का।

सवाल सब के मन में उगा होगा, पर किसी ने कुछ पूछा नहीं।

सभी लोग घर चले गए तो अनु ऑफिस के कमरे में अमित के साथ अकेली रह गई। तब सभी मतभेदों और थोड़ी देर पहले अमित द्वारा खुद की खिल्ली उड़ाए जाने से उपजे अपमान को दिल में परे करते उसने पूछा—

'यह बताओ कि अनुज का नाम कैसे आ रहा है इस सब में?'

'वही मालूम कर रहा हूँ मैं भी। कुछ पक्का पता चले तो बताऊँगा।' अमित ने कहा। 'तुमने पिटिशन पर साइन कर दिया?'

'हाँ, किया न! हर एक ने किया। हमें सच जानने का अधिकार है। पुलिस को हत्यारे को सामने लाना ही पड़ेगा। तुम्हारा शक किस पर है अमित?'

'कोई भी भाड़े का अपराधी यह काम कर देगा। पर किशोर सर हत्या करवा

देंगे—यह बात गले नहीं उतरती। वे घर-परिवार वाले आदमी हैं। छोटी-सी जगह है, गिने-चुने अपराधी चरित्र के लोग। आज न कल हत्यारा पकड़ा जाएगा—तब उनकी साजिश का पर्दाफाश हो जाएगा। क्या वे जेल जाना अफोर्ड कर सकते हैं? पत्नी काम नहीं करती। दोनों बच्चे पढ़ ही रहे हैं। कोई बच्चा सेटल्ड नहीं,आमदनी का कोई और जरिया नहीं। क्यों करेंगे ऐसा? हैरसमंट कमिटी की जाँच में दोषी पाए गए, तो भी नौकरी कोई चली थोड़े जाएगी? हाँ, हेडक्वार्टर से पिछले महीने ही यह ऑर्डर तो आया था कि रानी का ट्रांसफर दूसरे डिपार्टमेंट में कर दिया जाए। एनक्वायरी चल रही थी न, तो रूल के अनुसार किशोर सर तभी से बौखलाए हुए थे। सुना है शुभ्रा मैम एनक्वायरी रिपोर्ट फाइल करने ही वाली हैं। किशोर सर उसी सिलसिले में हेड ऑफिस रुके हैं। पटा रहे हैं शुभ्रा मैम को कि मामला किसी तरह रफा-दफा करें। चाहते होंगे कि उन्हें दोषी करार न दिया जाए या फिर लिख दें शुभ्रा मैम कि दोनों में समझौता हो चुका था। कौन-सा रानी अब कहने आएगी कि यह सच नहीं!'

'तो ट्रांसफर उस कारण हुआ था रानी का!' पर अब यह कोई पूछने वाली बात थोड़े रह गई थी।

'यह कम्प्लेन्ट वाली बात कितनों को पता थी अमित?'

'शायद ही किसी को। अब भले बात फैल चुकी है।' अमित ने कहा तो अनु के दिल को शांति मिली। सबकुछ से अनजान वह अकेली नहीं थी।

अचानक उसे भान हुआ कि ऑफिस के इस कमरे में वह अमित के साथ बहुत देर से अकेली है तो वह झटके से उठकर बाहर निकल गई।

क्वार्टर जाने का मन नहीं है। कहाँ जाए?

यहाँ अकेले बिल्कुल दिल नहीं लग रहा। माँ बार-बार कह रही हैं कि कुछ दिनों के लिए चली आओ। उन्हें लगता होगा शायद कि अकेली अनुभा दोस्त की हत्या के बाद उदास और असुरक्षित महसूस कर रही होगी और कुछ दिन घर आकर रहने से उसका मन बहल जाएगा। वे समझ नहीं पा रहीं कि घर चली गई तो वह और बेचैन हो जाएगी। यहाँ रहते तो जो हो रहा है, उसकी साक्षी और उसका हिस्सा है। रोज-रोज मामले के बारे में नई सूचनाएँ मिलती हैं, नई स्ट्रैटेजी बनाई जाती है, लोगों से बातें होती हैं तो लगता है कि हाँ, रानी को न्याय दिलाने की कोशिशों में वह भी शामिल है।

अगले तीन दिनों तक कुछ नहीं हुआ। रोज-रोज ऑफिस जाना, वही-वही बातें और लोगों के डिफरेंट इन्टर्प्रिटेशन... लगने लगा है कि जनता की राय बँटी हुई है। रानी के बारे में सब एकमत नहीं थे कि जो होता रहा, वह जबरन ही था।

रात हो चुकी थी। अनु अपने क्वार्टर में टी.वी. चलाकर बैठी थी। भूख लगने

का अहसास हुआ तो उसने पहले से पका कर रखी रोटी-सब्जी परोस ली। तभी दरवाजे पर आहट हुई। साथ ही मोबाइल बजने लगा। अमित दरवाजे के बाहर खड़ा फोन कर रहा था। उसने कहा कि रात को दरवाजा खोलते वह हिचक सकती थी इसीलिए दरवाजा खटखटाने के बाद फोन से भी बता दिया।

अनु ने दरवाजा खोल दिया।

'सिंह चाची तुरंत बुला रही हैं।' अनु पर नजर पड़ते ही वह बोला।

'मैं खाना परोस चुकी हूँ। खाकर आ जाऊँ?'

'नहीं, रात को अकेली क्यों जाओगी? मेरे स्कूटर पर चलो।'

'तो खाना खा लूँ? तुम भी खाओगे?'

'क्या पकाया है?' अमित ने पूछा।

'बैंगन-बड़ी की सब्जी और रोटी। कितनी सब्जियाँ मिलती ही हैं यहाँ जो...'

'एक रोटी और थोड़ी सब्जी मुझे भी दे दो। भूख तो तगड़ी लगी है। सुबह कमरे से ब्रेड खाकर निकला, उसके बाद से कुछ खाया नहीं है। तुरंत चले चलो सिंह चाची के यहाँ। बहुत-सी जानकारी मिलेगी रानी वाले मामले में।'

अनु अंदर रसोई में जाकर एक और थाली-कटोरी निकाल ही रही थी कि देखा अमित बाहरी दरवाजा खुला छोड़कर भीतर आ चुका है। एक रोटी में सब्जी डालकर रोल बनाकर बड़े-बड़े कौर निगल रहा है। खड़े-खड़े ही पानी का गिलास उठाकर पूरा गिलास पानी एक साँस में गटक गया है। अनु को अपने भाई की याद आ गई। हड़बड़ी हो तो वह भी ऐसे ही खाता है।

'एक और रोटी खा लो। मैं घर वापस आकर और रोटियाँ बना लूँगी।'

'नहीं। चलो अब जल्दी से। अरे, तुमने तो खाया ही नहीं!' घर से निकलते अमित को ध्यान आया।

'कोई बात नहीं।' अनु उसके स्कूटर पर बैठती बोली।

सिंह चाची सोफे पर उन दोनों के इंतजार में ही बैठी थीं। अनु को देखते ही पूछा—

'अरे अनु, दो-तीन दिनों से आई नहीं इधर?'

अनु बोल नहीं पाई कि वह नाराज है उनसे कि उन्होंने अंदर की कोई बात उससे कभी शेयर नहीं की। डुंगडुंग चाचा बता सकते हैं तो फिर चाची क्यों नहीं? सब सोचते रहे कि उसे तो सब पता है जबकि पता उसे कुछ नहीं था। क्यों किया चाची ने ऐसा?

चाची ने हँसकर पूछा—

'अमित का रोना थमा कि तुम्हारे यहाँ गया तब तक रो ही रहा था?'

अनु ने आश्चर्य से अमित को देखा तो वह लजा गया।

चाची ने कहा—

'वो डायरी है न रानी की... वही पढ़ते-पढ़ते। भले सामने-सामने कभी कुछ कबूला नहीं हो मुँह से, रानी ने डायरी में बहुत कुछ लिखा है। पढ़ने के बाद अमित खुद को सँभाल ही नहीं पा रहा। मैं समझा रही हूँ कि तुम तो कई बार प्यार का इजहार खुलकर कर चुके थे ...तो फिर तुम्हारा क्या दोष! पता नहीं रानी के दिल में क्या था कि वह तुम्हें प्यार करती थी, पर अपनाने से हिचकती थी। अब इतनी तरह की बातें हो रही हैं कि क्या सच है, क्या झूठ—समझना मुश्किल है। जो होना था, हो चुका। अब रानी वापस थोड़े आएगी अपनी बात कहने!! पर सोचने की बात तो है कि अगर वह अमित को इतना चाहती थी और उनसे—यानी कि किशोर जी से—वाकई परेशान थी, किसी भी तरह पीछा छुड़ाना चाहती थी, तो खुलकर अमित के साथ आई क्यों नहीं? इसे ही इग्नोर क्यों करने लगी?'

'चाची, वह ढुलमुल और कमजोर दिल की थी। मैं समझता था यह बात, इसीलिए ज्यादा चिंतित रहता था उसके लिए। समझाने की कोशिश करता रहता था, पर वह समझती ही नहीं थी। हर पल याद रहता था उसे कि वह ट्राइबल है कभी अपने आदिवासी होने से ऊपर उठ ही नहीं पाई। पर जैसी भी थी, कमबख्त थी बहुत सुंदर...' अमित ने मुस्करा कर कहा।

'तो सुंदर तो हमारी अनुभा भी है और कमजोर दिल की, ढुलमुल या बेवकूफ भी नहीं।' चाची ने कहा तो अनु शर्म से लाल हो गई। बोली—

'चाची, अब इसमें मेरा नाम क्यों घसीट रही हैं?'

'अनु, तुम तो इसमें शुरू से घसीटी हुई हो—भले तुम्हें अहसास नहीं है। उनकी नजर सिर्फ रानी पर नहीं, तुम पर भी रही होगी। मुझे पूरा अंदाजा है। तुम हमारी छत्रछाया में थी, इसीलिए उनकी हिम्मत नहीं थी कि इनसे—तुम्हारे चाचा से— पंगा लें। तुम पर गलत नजर डालते तो कहीं के नहीं रहते। उनकी तो पुरानी आदत है यह। किसी अच्छी-सी कुँवारी कन्या को देख, कंट्रोल ही नहीं कर पाते खुद को। चलता रहा है यह पहले भी। साथ काम करने वाली कुँवारी लड़कियों में से किसी बेचारी ने मुँह नहीं खोला, तो वे शरीफ बने जीते रहे। अबकी रानी प्रेग्नेंट हो गई। यूनियन बीच में आ गई। हाल में सेक्सुअल हैरसमंट रूल भी आ गया। एनक्वायरी होने लगी। शुभ्रा जैसी दबंग महिला के यहाँ उनकी चली नहीं। अब रिपोर्ट चली गई है ऊपर तो छटपटा रहे हैं। डिसिप्लीनरी ऐक्शन होगा, पनिशमेंट होगा।'

'वे छुप गए हैं। किसी को पता नहीं कि कहाँ हैं'—अमित ने कहा।

'हाँ, अब तो फाइनल एन्क्वायरी रिपोर्ट भी चली गई है सी.एम.डी. तक। पर

गायब वे हुए हैं रानी की दीदी द्वारा किए कोर्ट केस की वजह से। समन जारी हुआ पहले, अब कोर्ट द्वारा वारंट निकल गया है।'

'हैं? वारंट??' अनु के मुँह से निकला।

'हाँ, वारंट। पुलिस ने भले यह रिपोर्ट दे दी है कि वे गायब हैं इसीलिए उन्हें गिरफ्तार नहीं किया जा सका पर जिस दिन वारंट निकला, वे हेड ऑफिस में ही थे। पुलिस की मिलीभगत से गायब हुए हैं। सारे बड़े पुलिस ऑफिसर उनके रिश्तेदार ही निकल आते हैं।' चाची व्यंग्य से बोलीं।

'तो अब? 'अनु की उत्सुकता का अंत नहीं था।

'अब यह कि तुम धरना और प्रदर्शनी में भाग लेने हेड ऑफिस नहीं जाओगी। कल-परसों जब यूनियन वाले तुम्हें साथ चलने को कहने तुम्हारे यहाँ आएँ, उससे पहले ही तुम छुट्टी लेकर अपने घर चली जाओगी।'

'क्यों चाची? मेरी भी नैतिक जिम्मेदारी है—मोरल सपोर्ट तो देना चाहिए न ऐसे मामलों में? और मेरी तो खास दोस्त थी वह। साथ ही रहना, साथ ही टिफिन करना...' पर अंदर-अंदर अनु को कहीं यह भी लगा कि नहीं, रानी की निगाह में वह उसकी खास दोस्त नहीं थी। होती तो उसे पहले से पता नहीं होता सबकुछ!

'उसका कोई फायदा नहीं है अनु! समझने की कोशिश करो। लड़ाई ट्राइबल-नॉन ट्राइबल की लड़ाई में बदल जाएगी। क्या तुम्हें लगता है कि ऑफिस की राजपूत लॉबी किशोर जी को सपॉर्ट नहीं करेगी? कांड चाहे जो भी किया हो, अब तो एक राजपूत की नाक बचाने का मामला है।'

'यह तो गलत है चाची। इसमें जाति कहाँ से आ गई? एक कुँवारी, असहाय लड़की के शोषण का मामला है यह।' अनु दृढ़ता से बोली।

'मुझे तो अफसोस है कि रानी ने मुझसे कुछ कहा नहीं कभी। अपनी परेशानियाँ शेयर की होतीं तो मैं जरूर उसका साथ देती—हर तरह से। कभी उसे ऑफिस में शाम को अकेला नहीं छोड़ती। उसे वे जरूरी डिक्टेशन देने के बहाने से शाम को ले जाते गेस्ट हाउस, तो वहाँ भी उसके साथ जाती। उसका काम पूरा होने तक वहीं इंतजार करती रहती फिर उसे अपने क्वार्टर ले आती। जो भी होता, उसका सामना हम साथ मिलकर करते। आपकी मदद लेती, यूनियन की मदद लेती, अमित की मदद लेती—चाहे जिसकी हो सके, मदद लेती। पर उसने कभी मुझसे...' कहती हुई अनु रोने लगी।

'अनु सँभालो खुद को।' चाची बोलीं। 'यह सोचो कि यूनियन उसका साथ देगी यह उसे हमेशा से मालूम था। तो क्यों डुंगडुंग जी से नहीं कहा कुछ? उन्हें तो हाल में पता चला टोप्पो जी से। पता चलते ही वे तुरंत ऐक्शन में आ गए। अमित ने भी हिम्मत बँधाई और कहा कि लिखो कम्प्लेन्ट। सोचो कि एक बार अगर धोखे से

कुछ हो भी गया किशोर के साथ, तो दूसरी बार क्यों होने दिया? इतनी बार क्यों होने दिया? डिक्टेशन लेने क्यों जाती रही गेस्ट हाउस उनके साथ? विरोध क्यों नहीं किया? उस सेक्शन से ट्रांसफर का रिक्वेस्ट क्यों नहीं दिया? ट्रांसफर तो एनक्वायरी शुरू होने के बाद हुआ न शुभ्रा के कहने पर!'

'वह कमजोर दिल की थी चाची। डायरी पढ़िए न! उसे लगता था कि ऑफिस में उसके साथ कोई नहीं जबकि मेरे साथ आप हैं।'

'वह पढ़ी-लिखी समझदार लड़की थी अनु! उसे पता था कि यूनियन है, ट्राइबल कमिशन है, सेक्सुअल हैरसमंट कमिटी है, विप्स (वुमन इन पब्लिक सेक्टर) है, सब उसकी मदद करेंगे। फिर? मुझसे ही कहती? आई तो थी दो-एक बार तुम्हारे साथ यहाँ।'

'नहीं चाची, आपसे कैसे कह सकती थी? इतनी हिम्मत कैसे करती?'

'क्यों, मैं अध्यक्ष नहीं हूँ यहाँ की लोकल महिला असोसिएशन की? चलो छोड़ो यह सब। तुम घर जाओ। कल छुट्टी का आवेदन दे देना और सीधे माँ के पास चली जाना।'

'मैं अब भी समझी नहीं चाची। आप क्यों चाहती हैं ऐसा?'

'चलो यही समझ लो कि तुम और अमित मेरे सजातीय हो तो जाति कार्ड खेल रही हूँ। खास इसी कारण तुम दोनों को सेफ देखना चाहती हूँ।' वे हँसकर बोलीं। फिर समझाने लगीं एक और बार—

'याद करो अनु कि उसने कभी तुम्हें अपनी सगी माना ही नहीं, दिल की बातें शेयर ही नहीं कीं... उसके दिल में तुम उसके लिए गैर थी और बस औपचारिकता निभाती वह तुम्हारे साथ टिफिन करती थी। अब जो लोग धरने पर बैठेंगे, भूख हड़ताल करेंगे उनपर ऐक्शन होना तय है। अंदर की राजनीति चाहे जो हो, ऊपर-ऊपर रूल फॉलो किया जा चुका है। किशोर जी को मोरल टर्पिट्यूड, धोखाधड़ी वगैरह के क्लॉज में चार्जशीट मिलने ही वाला है। यह अलग बात है कि वे गायब करा दिए गए हैं तो उन्हें चार्जशीट सर्व करने में दिक्कत होगी। रूल के अनुसार चार्जशीट डाक से भेजा जाएगा। चार्जशीट इशू कर देने के बाद भी प्रसिजर फॉलो करते हुए ही एक्स-पार्टी एनक्वायरी हो पाएगी। अगर तब तक भी गायब ही रहे—और जाहिर है अरेस्ट होने को प्रकट क्यों होंगे तुरंत—तो एन्क्वायरी कम्प्लीट होने में भी तमाम देरी होगी। पर जो करना बनता है, मैनेजमेंट कर रही है। अब वह अपने ऊपर दोष क्यों ले? जो विरोध करना है, धरना देना है, सब पुलिस के सामने करो। हत्यारे को खोज निकालना पुलिस का काम है कि मैनेजमेंट का? वह इनडिसिप्लिन बर्दाश्त नहीं करेगी—ऐसा इन्होंने यानी तुम्हारे चाचा ने—कहा है मुझसे। जो भी धरना देगा, भूख हड़ताल करेगा, बातचीत का रास्ता नहीं अपनाएगा, वह नपेगा।

उसपर डिसिप्लिनरी ऐक्शन होगा। वहाँ रहोगी तो तुम भी वही सब फेस करोगी और वह भी उसके लिए, जिसने रोज-रोज साथ रहते भी कभी दिल की बात नहीं बताई तुम्हें। पुलिस भले किशोर जी को कभी खोज न पाए, आज न कल हत्यारे को जरूर खोज निकालेगी—देख लेना। अनुज भी कितने दिन छुपा रहेगा पुलिस से? लोग कह रहे हैं कि उसे किशोर जी ने उकसाया था कि वह रानी से शादी कर ले, तभी वे नौकरी पाने में उसकी मदद करेंगे। वरना वह नौकरी पाने की उम्मीद छोड़ ही दे... वैसे होने को कुछ भी हो सकता था। नौकरी मिल भी सकती थी अपने आप। आखिर यह प्रूव करना आसान थोड़े है कि अनुज के पिता ने सुसाइड ही किया! कोई बेहिसाब शराब एक साथ पी लेने से मर नहीं सकता? वह तो पियक्कड़ था ही। उसे इतनी बार मेमो भी मिल चुका था। उस दिन जानबूझकर इतनी पी ली और छत से कूद गया या कि आदतवश पी और गलती से गिर गया—यह कैसे पता चलेगा? अनुज को नौकरी तो मिलनी ही थी। बेवकूफ नहीं होता तो समझता यह सब और किशोर जी के झाँसे में नहीं आता। पर उसके पिता की मौत की मेडिकल रिपोर्ट उसके गले की फाँस बनी हुई है।

'किशोर जी ने ललचाया होगा उसे कि जो वे कहें वही करे तो नौकरी पा जाए। रानी अनुज की पत्नी रहते उनके लिए एवेलेबल रहती। ऐसा हो सकता है न! अंदाजे से कह रही हूँ, मुझे पता थोड़े है! पर संभावना तो बनती है ऐसी क्योंकि वह नौकरी के लिए बहुत डेसपरेट था। पर फिर भी हत्यारे का नाम वह बता पाएगा, यह कैसे मानें? छुपा हुआ क्यों है वह? सामने क्यों नहीं आ रहा? हत्या क्या उसी ने करवाई है? आखिर क्यों?' कहकर चाची चुप हो गईं कुछ देर। फिर बोलीं—

'अनु, घर जाकर अच्छी तरह सोचो कि क्या करना उचित है, क्या नहीं। खाना खा लिया है?'

'नहीं। अमित को भी भूख लगी है।' उसने कहा।

'तुम दोनों यहीं खा लो। खाना बना हुआ है। तुम्हारे चाचा शहर से अच्छे भुट्टे लाए थे। कबाब बने हैं उसी के। भात (चावल) है ही। पत्तागोभी की सब्जी, ओल का अचार और चटनी भी है। साथ में पराठे सिंकवा देती हूँ।'

उन्होंने रसोइए को आवाज लगा दी। सब डाइनिंग टेबल पर जा बैठे।

अनु का दिमाग इतनी सारी सूचनाओं से थक चुका था। वह चुप बैठी खाती रही। अमित भी।

'अमित एक प्यार के चले जाने से जिंदगी खत्म नहीं हो जाती। न्याय के लिए लड़ो पर खुद को मिटाकर नहीं।' खाना परोसवाती चाची कह रही थीं।

खाना अनु की पसंद का बना था पर एकदम बेस्वाद लगा उसे!

चाची के घर से लौटकर देर रात तक बिस्तर पर लेटी वह देर तक सोचती

रही। उसे समझ नहीं आया कि आखिर क्यों धरने–प्रदर्शनी में शामिल नहीं होना चाहिए? छुट्टी लेकर घर क्यों भाग जाना चाहिए? शायद चाची उसके लिए कुछ ज्यादा ही प्रोटेक्टिव हो रही हैं। हो सकता है कि उनकी यह बात सही हो कि किशोर सर की निगाह उस पर भी थी। यह भी संभव है कि सिंह चाचा की छत्रछाया ने ही उसे किशोर सर की शिकार होने से बचाया। पर क्या वह खुद अपना बचाव नहीं करती? चलता रहता शोषण और चुप रह जाती? उसके अंदर विद्रोह की ज्वाला उठ रही थी। किशोर सर को जेल में होना चाहिए। किसी भी हाल में। क्या उनकी पत्नी को मालूम नहीं होती रही होंगी पति की करतूतें? क्यों चुप रहीं? उनकी बेटी के साथ होता ऐसा, तो? पत्नियाँ चुप रह जाती हैं इसीलिए पतियों की हिम्मत बनी रहती है। घर और सुरक्षित शादी का सुख भोगते, बाहर कुँवारी देह के भोग का आनंद भी लेते रहते हैं। अगर भान हो उन्हें कि उनकी हरकतें पता चलते ही पत्नी उन्हें छोड़ देगी, शादी टूट जाएगी, समाज और ऑफिस में बदनामी होगी, नौकरी चली जाने का खतरा होगा... तब शायद कुछ भय हो। ऐसे चरित्रहीन, अनैतिक लोगों को सबक मिलना ही चाहिए, तभी एक के उदाहरण से अगला भी कुछ करने से पहले सोचेगा अंजाम के बारे में।

नींद टूटती रही रातभर बार–बार। अगली सुबह वह जल्दी उठ गई और डुंगडुंग चाचा के घर चली गई। सिंह चाची की बात सही थी। अगले दिन धरना दिया जाना था हेडक्वार्टर में।

हेडक्वार्टर में बस से उतरकर नारे लगाती, ऑफिस गेट की ओर बढ़ती भीड़ में वह सबसे आगे थी। 'रानी को न्याय दो' लिखी तख्ती हाथ में थी। मेन गेट के बाहर उन सबों को रोक दिया गया। सिक्योरिटी तगड़ी थी। विशाल मेन गेट को बंद किए सिक्योरिटी वाले बाहर चेन बनाए खड़े थे। गेट की बगल के मैदान में धरना स्थल पर सब बैठ गए। लगभग दो घंटे नारे लगते और नेताओं के भाषण चलते रहे। तब जाकर ऑफिस के अंदर से प्रशासन विभाग के जेनरल मैनेजर कई दूसरे ऑफिसरों को साथ लिए बाहर आते दिखे। शुभ्रा मैम भी उनके साथ थीं। डुंगडुंग चाचा ने दूर से उन्हें आते देखा और सबों को पहचनवाया कि वही हैं शुभ्रा मैम... सफेद शर्ट में अधिकारी स्थापना विभाग के चीफ मैनेजर और चेक की शर्ट में सिक्टोरिटी वाले मैनेजर हैं। साथ मे कई और ऑफिसर तथा हेड ऑफिस के यूनियन लीडर्स भी थे। डुंगडुंग चाचा और दूसरे नेता आगे जाकर बात करने की कोशिश करने लगे तो उधर से आदेश आया—

'सिर्फ तीन लोगों से बात करेंगे। गेट खुलने पर भीड़ अंदर घुसी चली न आए, यह भी आप नेताओं का ही जिम्मा है। सिर्फ तीन लोग ऑफिस के अंदर आइए।'

डुंगडुंग चाचा ने समझाया सबको कि कोई भगदड़ न मचाए, गेट खुलने पर अंदर जाने की कोशिश नहीं करे। अनुशासन बनाए रखना सब की पहली जिम्मेदारी होनी चाहिए। वरना अनुशासन तोड़ने के आरोप में मेमो, चार्जशीट, एन्क्वायरी वगैरह के चक्कर में असली मुद्दा खो जाएगा। सब ने सहमति जताई। तब वे टोप्पो चाचा और अमित को साथ लेकर अंदर चले गए।

अनु बाहर भीड़ के साथ बैठी रनिता और सुषमा से बातें करती रही। पहली बार नौकरी ज्यावन करने इसी ऑफिस में आई थी। उस दिन भी मन में उलझन थी। घबराहट तो खैर थी ही। उलझन आज भी है पर इतने लोगों के साथ आई है, तो घबराहट बिल्कुल नहीं।

चालीसेक मिनट बाद दोनों चाचा और अमित बाहर आ गए। उनके चेहरे पर तनाव था। भीड़ जानने को उत्सुक थी कि अंदर क्या बात हुई!

डुंगडुंग सर ने सब को साथ आने और शांति बनाए रखने के लिए धन्यवाद देने से अपने भाषण की शुरुआत की। अनुशासन तोड़ा नहीं गया था इसीलिए किसी पर कोई ऐक्शन नहीं लिया जाएगा—विरोध और प्रदर्शन तो सबका अधिकार है। उनके यह कहते ही भीड़ में खुशी की लहर दौड़ गई। पर सब को उत्सुकता यह थी कि रानी के मामले में क्या जानकारी मिली। बताता हूँ, बताता हूँ—अधीर हो रही भीड़ से संबोधित टोप्पो चाचा बोले।

किशोर सर के बारे में आश्वासन मिला था पर अनुज के बारे में पक्की सूचना। अंदर हुई बातचीत का ब्यौरा विस्तार से दिया गया।

पुलिस पर दबाव डाला जा रहा था कि वह किशोर सर को जल्द से जल्द ढूँढ निकाले। पुलिस ने आश्वासन दिया था। किशोर सर को शुभ्रा मैम की रिपोर्ट के सी.एम.डी. के पास जाने के बाद उनके आदेशानुसार सस्पेंड कर दिया गया था। उन पर आगे की कोई भी कार्रवाई बिना एनक्वायरी नहीं की जा सकती थी। एन्क्वायरी रिपोर्ट आने में अभी देर थी,क्योंकि एन्क्वायरी शुरू ही नहीं हो पाई थी। एन्क्वायरी शुरू करने से पहले पुलिस द्वारा उन्हें खोज लिए जाने का इंतजार किया जा रहा था ताकि उनका पक्ष भी सुना जा सके। प्रिंसिपल ऑफ नैचुरल जस्टिस का खयाल रखे बिना कुछ भी किया जाएगा तो कोर्ट में टिकेगा नहीं न!! होने को तो यह भी हो सकता था कि वे छुपे ही रहें तो एक्स-पार्टी एन्क्वायरी के बाद नौकरी से निकाल ही दिए जाएँ। पर अभी कुछ भी कहना जल्दबाजी होगी—डुंगडुंग चाचा का इतना कहना था कि साथ आए लोगों ने अपनी अपनी राय प्रकट करनी शुरू कर दी।

'अब जिंदगी भर यानी रिटायरमेंट तक गायब और सस्पेंड रहेंगे पर सामने नहीं आएँगे।'

'नहीं, ऐसा थोड़े होता है—एक्स-पार्टी एनक्वायरी होगी और डिसमिस हो

जाएँगे।'

'अरे, वह नहीं होने का। अभी हैरसमंट कमिटी की रिपोर्ट ही मैनिपुलेट होने को है कि दोनों पक्षों में समझौता हो चुका था।'

'ऐसा कुछ नहीं होगा जी। ऐसा होता तो सस्पेंड क्यों किए जाते?'

'देख लेना, वे सामने आएँगे तब भी यही बयान देंगे। कहीं कोई ऐसा कागज न दिखा दें कि अपनी पहली पत्नी को तलाक देकर वे रानी से शादी कर चुके थे। दिखा देंगे कोई तलाक का कागज और साथ ही रानी से मंदिर में शादी का सर्टिफिकेट। उनके लिए यह बाएँ हाथ का खेल है।'

'पहले यह तय तो हो कि गर्भ का बच्चा उनका ही था। क्या पता...'

'अच्छा आप लोग अभी चुप हो जाइए'—डुंगडुंग चाचा बोले।

'आपस का विचार-विमर्स बाद में कीजिएगा। आगे हम बहुते जरूरी सूचना देने वाले हैं।'

लोग किसी तरह शांत हुए।

'अनुज जेल में है'—यह सुनते ही भीड़ में अपने आप सन्नाटा छा गया। लोग एक-एक शब्द ध्यान से सुनने लगे।

अनुज गिरफ्तार हो चुका था। उसने पुलिस को बयान दिया था कि उस रात वह रानी के पास विवाह प्रस्ताव लेकर गया था पर रानी उससे शादी को राजी नहीं हुई। गुस्से और हताशा में कि अब किशोर सर उसे नौकरी दिलाने में मदद नहीं करेंगे, उसने रानी पर पास पड़े लोढ़े से वार कर दिया। रानी ड्राइंग रूम की कुर्सी से लड़खड़ाती हुई उठी और अंदर बेड पर लेट गई। वह भी पीछे-पीछे गया और सर से तेजी से निकल रहे खून की धार देखकर सहम गया। उसे लगा कि रानी बेहोश हो रही है। थोड़ी देर में खून बहना रुक जाएगा और वह होश में आ जाएगी। समझ नहीं पाया कि एक ही वार में रानी की मौत हो चुकी है। उसे लगा कि होश में आने के बाद रानी वार करने के लिए उसका नाम नहीं लेगी और समझ जाएगी कि वह क्यों गुस्से में आ गया। वह उसके घर से हड़बड़ी में निकला और लोढ़ा पास के कुएँ में फेंक कर घर जाकर सो गया। अगली सुबह पता चला कि रानी नहीं रही, तब उसे बहुत अफसोस हुआ क्योंकि वह हत्या करना चाहता नहीं था। उसने चर्च में यीशू से अपने किए की माफी माँगी। रानी के कफन-दफन के कार्यक्रम में चर्च में शामिल हुआ और उसके लिए बार-बार प्रार्थना की। यीशु से अपने किए की क्षमा हर रोज माँगता हुआ घर पर ही रहता रहा। फिर जैसे ही भनक लगी कि किशोर सर ने पुलिस को दिए बयान में हत्या का शक जिन लोगों पर व्यक्त किया है, उनमें उसका नाम भी है, वह दोस्त के गाँव जाकर छुप गया। तब किशोर सर ने ही किसी की मार्फत कहलवाया उससे कि भलाई इसी में है कि वह छुपा नहीं रहे। अगर उसने

हत्या की भी होगी तो वे उसे बचा लेंगे। वकील कर देंगे उसके लिए अपने खर्चे से और नौकरी भी दिलवा देंगे। वकील का खर्चा वह बाद में उन्हें चुका दे। वैसे भी पुलिस उसे पकड़ेगी ही पर छुपे रहने पर गुनाह बड़ा समझा जाएगा। तब उसने पुलिस थाने में आत्मसमर्पण कर दिया। अब किशोर सर की करनियाँ पता चल गई हैं, रानी से शादी करने को उकसाने के पीछे की मंशा भी पता चल गई है तो वह पछता रहा है। समझ गया है कि किशोर सर ने अपनी मीठी बातों से उसे पूरी तरह फँसा दिया है। पता उनको भी नहीं था कि वही है हत्यारा। अब वह डरा हुआ भी है कि नौकरी तो नहीं ही पा सकेगा, कड़ी से कड़ी सजा होगी और सालों-साल जेल में सड़ना पड़ेगा। वह चाहता है कि किसी तरह किशोर सर मिल जाएँ सामने तो उनकी भी वही गत करे जो गलती से उसके हाथों रानी की हुई।

डुंगडुंग चाचा जैसे ही चुप हुए भीड़ में छाया सन्नाटा बिखर गया। फिर आपस में होने वाली बातचीत से शोर मच गया।

सब किशोर सर को गालियाँ दे रहे थे। अनुज को भी।

'बेचारी रानी...बुरा हुआ उसके साथ...'

'और अनुज? वह भी एगो बेकूफे (बेवकूफ ही) न निकला जी!'

'अरे कहा होगा उसको कि साबित करवा देंगे कि हत्या उसकी नीयत नहीं थी। जो हुआ, गलती से हुआ।'

'सही है, हत्या के इरादे से जाता, तब तो कोई हथियार खुद लेकर जाता न!'

'पड़ा होगा सिल-लोढ़ा पास में जो बेचारी की जान जाने की वजह बन गया।'

'अब सिल-लोढ़ा तो कॉलोनी में हर घर में है—खासकर आदिवासी लोगों के घर में!!'

'देखो, ऐसे चुपचाप सहते चले जाने से यही होता है। जब भी कुछ गलत हो अपने साथ, बताओ। सबों को नहीं तो कुछ खास लोगों को'

'लड़कियाँ इसीलिए तो फँसती हैं कि उनका शोषण करने वाले जानते हैं कि धमकाने पर चुप रह जाएँगी। सहती रहेंगी।'

जितने मुँह, उतनी राय।

आपस में सलाह-मशविरे के बाद यही ठीक समझा गया कि अब धरना खत्म करके लौट चला जाए।

शाम होते-होते वे सब वापस टुपकी प्रोजेक्ट लौट आए। सब इस बात से संतुष्ट थे कि धरने में भाग लेने और प्रबंधन विरोधी नारे लगाने वाले किसी पर कोई डिसिप्लिनरी ऐक्शन नहीं लिया जाएगा।

कपड़े बदलकर अनु बिस्तर पर लेट गई। अभी रात के सात ही बजे थे। खाना

पकाने या खाने का मन नहीं था। सिंह चाची उससे नाराज होंगी कि उनका कहा नहीं माना पर उस बारे में सोचने का मन भी नहीं था। चाची उसे प्यार करती हैं। पता चलेगा कि किसी पर कोई ऐक्शन नहीं लिया जा रहा है, तो वे निश्चिंत हो जाएँगी। वह वाकई बहुत थक गई थी। गला फाड़कर नारे लगाने से, इस घटना और हेड ऑफिस तक की यात्रा से...साथ ही जो हुआ और आगे जो हो सकता था उस बारे में लगातार सोचते रहने से!!

वह निचुड़ी हुई और उदास थी।

वह और उदास होना चाहती थी।

वह रोना चाहती थी पर रो नहीं पा रही थी।

उसे याद आया कि उसे पढ़ाई भी तो करनी है—एक्जाम सर पर हैं। एक्जाम तो अमित को भी देना था। वह भी आगे की पढ़ाई कर रहा था।

दोनों की ख्वाहिश थी कि ऑफिसर बनें। ख्वाहिश तो रानी की भी थी पर उसकी राह लंबी थी क्योंकि उसे ग्रैजुएट होना अभी बाकी था।

उसने रानी की डायरी के डब्बे को फिर से बक्से से निकाल लिया। खोलते ही जलतरंग की ध्वनि बज उठी। उसके मन में वहीं चौंक और हिलोर उठी जो पहली बार उठी थी। पहले कई बार पढ़ी हुई डायरी की फोटोकॉपी वह उलटने लगी। जाने मूल डायरी अब किसके पास है! उसने डब्बे को सीने से लगा लिया और मन ही मन रानी से वादा किया-

रानी तुमने मुझे दोस्त माना था या नहीं, मैं तुम्हें दोस्त मानती थी। दिल से। उसी दोस्ती का वादा कि मैं अपनी कोशिश छोड़ूँगी नहीं। अमित के साथ मिलकर, डुंगडुंग चाचा, टोप्पो चाचा और चाची के साथ मिलकर तुम्हें न्याय दिलवाने की कोशिश में लगी रहूँगी।

तुमने जानबूझकर उस रिश्ते को अपनाया, फँस गई या फँसाई गई—मुझे उससे लेना-देना नहीं है। सोच यह रही हूँ कि आखिर क्या किए जाने से अब तुम्हें न्याय मिल सकता है? तुम्हारे छोटे भाई को तुम्हारी जगह नौकरी दे दिए जाने से? अनुज को फाँसी होने से? किशोर सर को नौकरी से डिसमिस कर दिए जाने से? या कि उन्हें भी फाँसी मिलने से?

नौकरी तो कंपनी के नियमों के अनुसार तुम्हारे भाई को मिल ही जाएगी। अभी तो वह अंडरएज है न! क्या अनुज को फाँसी होगी अगर पता चले कि हत्या गैर-इरादतन थी? और किशोर सर? उन्हें तो नौकरी से निकाल दिया जाए कि फाँसी हो जाए—दोनों ही कम हैं।

सोचो कि तुम्हारी हत्या का वास्तविक दोषी कौन है रानी? सिर्फ अनुज तो नहीं न! किसी भी हत्या का दोषी कोई एक अकेला नहीं होता। अनुज को उकसाने

वाले और उकसाने वाले का चुप रहकर साथ देने वाले—सब तो दोषी हैं। तो क्या किशोर सर, उनकी पत्नी और उन सब को—जिन्हें पता था कि रानी का शोषण हो रहा है पर वे चुप थे—सजा नहीं होनी चाहिए? अकेले अनुज को फाँसी हो जाने से तुम्हारे साथ न्याय कैसे होगा? इस व्यवस्था को—जिसमें एक पुरुष ऐसे कांड करता आराम से जीता रह सकता है—चूर-चूर नहीं कर देना चाहिए? पति के पहले ही अपराध पर पति को छोड़ देने पर उतारू हो जातीं किशोर सर की पत्नी, तो क्या चलता रह पाता लड़की दर लड़की कौमार्य भंग का सिलसिला सालों-साल?

पर तुम चुप क्यों रही रानी? क्यों आखिर??

अकेली और निहत्थी तुम नहीं थी, फिर भी लड़ाई किए बिना ही हार गई?

मैं तुम्हारे लिए लड़ूँगी। संभव है मैं भी हार जाऊँ। संभव है किशोर सर छुपे रहें सालों-साल। उनकी पत्नी सस्पेंशन अलाउंस से आधी तनख्वाह, फिर तीन चौथाई तनख्वाह में घर चलाती रहें। या फिर वे पुलिस के सामने आएँ और बेल ले लें। ट्रांसफर करा लें किसी दूसरी जगह और वहाँ शरीफ बने जीते रहें। क्या उन जैसों को कभी कुछ नहीं होगा? उसका मन हुआ जाकर किशोर सर की पत्नी से मिले एक बार। सुने तो सही कि पति के लिए क्या कहती हैं! ऑफिसर्स असोसिएशन उन्हें ढाँढस बँधाए हुए है कि उनके पति जल्द ही बरी हो जाएँगे इस कलंक से। क्या वे इस बात पर भरोसा करती हैं कि पति निर्दोष हैं?

अपने अनजाने ही वह रोने लगी थी। अकेली। असहाय। बाहर बरसात हो रही होती तो उसका रोना उसे खुद भी सुनाई नहीं देता पर बाहर कोई शोर नहीं था। यह छोटा-सा कस्बा रात होते ही भूतों के डेरे में बदल चुका था। बाजार बंद हो चुके और सड़कें सूनी। लाइट भी चली जा रही थी बार-बार। बाहर बजते रात के सन्नाटे में वह अपनी हिचकियाँ सुन पा रही थी। खिड़की के बाहर पेड़ शांत खड़े थे—मानो रानी का भूत हों।

देर तक रोने के बाद वह समझाने लगी खुद को कि दुनिया उतनी भी बुरी नहीं थी। आखिर इतने सारे पुरुष एक स्त्री को न्याय दिलाने के लिए संघर्ष कर रहे थे न! यहाँ तक कि इसे राजपूत की नाक बचाने का मामला समझने वालों के खिलाफ मजबूती से एक राजपूत खड़ा था—रानी का ठुकराया प्रेमी!! शुभ्रा मैम ने भी रानी का पक्ष ही लिया था। किशोर सर सबों से मुँह छुपाते फिर रहे थे और रानी का हत्यारा जेल में था।... पर वह अकेला थोड़े था हत्यारा!

रानी के हत्यारे जेल में नहीं थे। हत्यारे तो खुले आम घूम रहे और घर में पड़े आराम से खा-पी-सो रहे थे। वे रानी की हत्या से निर्विकार और निरपेक्ष थे। भविष्य में भी वे चुप रहकर ऐसी ही हत्याओं और शोषणों के साक्षी बने आराम से जीते रहने वाले थे।

वह बिस्तर से उतर कर आईने के सामने जा खड़ी हुई।

अनुभा! रोना छोड़ो, मजबूत बनो—शरीर से, मन से। तभी लड़ाई जारी रख पाओगी—आईने के सामने खड़ी उससे दिवंगत पिता ने कहा।

अनु, भूखी मत रहो। खाना खा लो। —उसके अंदर घुस आई माँ उसे आदेश देने लगीं।

वह रसोई में चली गई।

फिर उसे अमित के लिए चिंता होने लगी। पता नहीं उसने खाया भी है या नहीं। अकेला रहता है और पता नहीं खाना पकाना जानता भी है या नहीं। रानी नहीं रही, तब से वह भी उसी तरह खुद से बेखबर जी रहा है—जैसे अनुभा।

उसने अमित को फोन मिलाया।

वह चाहती थी कि अमित उसके यहाँ आ जाए और वे दोनों रानी को न्याय दिलाने की रणनीति बनाते साथ ही खाना खा लें।

(दोआबा-सितंबर 2018)